苏州大学文学院学术文库

江苏高校优势学科建设工程项目资助

雁过留声

19世纪俄国文学讲稿

陆人豪/著

苏州大学出版社
Soochow University Press

图书在版编目（CIP）数据

雁过留声 ：19 世纪俄国文学讲稿 / 陆人豪著.
苏州 ：苏州大学出版社，2025. 4. -- ISBN 978-7-5672-5191-5

Ⅰ. I512.064

中国国家版本馆 CIP 数据核字第 202514FV79 号

书　　名：雁过留声：19 世纪俄国文学讲稿
YANGUO LIUSHENG：19 SHIJI EGUO WENXUE JIANGGAO

著　　者：陆人豪
责任编辑：沈　琴
装帧设计：吴　钰

出版发行：苏州大学出版社(Soochow University Press)
社　　址：苏州市十梓街 1 号　**邮编**：215006
网　　址：www. sudapress. com
邮　　箱：sdcbs@ suda.edu. cn
印　　装：苏州工业园区美柯乐制版印务有限责任公司
邮购热线：0512-67480030　**销售热线**：0512-67481020
网店地址：https://szdxcbs. tmall. com/(天猫旗舰店)

开　　本：700 mm×1 000 mm　1/16　**印张**：16　**字数**：207 千
版　　次：2025 年 4 月第 1 版
印　　次：2025 年 4 月第 1 次印刷
书　　号：ISBN 978-7-5672-5191-5
定　　价：68. 00 元

前　言

我曾在兰州大学中文系、苏州大学文学院及其他几所院校讲授19世纪俄国文学，积累了一些资料和教学心得，经重新审校、补充、修改，整理成这份讲稿。

我认为，教学应遵循以下基本要求：

1. 传授目前已有定论的基本知识。

2. 广泛采纳国内外研究成果，介绍对某一个专题的不同学术观点。

3. 讲解教师个人的观点。

课堂教学的时间很宝贵，每一分钟都不应浪费，即使是解释名词、术语，也应有所准备。不要高估学生的阅读量。外国文学史涉及的作家、作品太多，即使是重点作品，学生也来不及全读，所以在分析作品前，有时还不得不介绍作品情节。转述情节也应事先仔细准备，要尽量传达出原作的叙述风格，为下一步分析作品做好铺垫。例如，果戈理在《外套》中用幽默的语调讲一个悲伤的故事。介绍这篇小说的情节时，应尽可能传达出原作的幽默口吻。我在介绍作家时，尽量把作家生平和创作活动联系起来；讲解作品时，常常采取夹叙夹议的表达方式，最后归纳总结。我觉得这样讲课有助于学生理解和接受。

20世纪50年代至今，俄罗斯发生了翻天覆地的变化，对历史的评价经历了反反复复的过程。历史无定论，文学史更无定论。不要随便说什么是对，什么是错；不要随便说什么观点对，什么观点保守、落后、陈旧。时髦不一定正确。文学是时代的产物。文学创作和整个文学进程与社会生活息息相关。

19 世纪俄国文学的主流是现实主义，以忠实反映现实为己任，所以简明扼要地交代文学创作的时代背景是完全必要的。20 世纪 90 年代初苏联解体后，俄国学术界对历史的看法分歧很大。有些文学史著作刻意淡化文学创作的历史背景，强调文学发展的内在进程和规律。有些文学史著作则坚持讲授文学进程的历史背景，如莫斯科国立师范大学 2005 年出版的教科书《19 世纪俄国文学史》（作者为斯吉宾、普罗科菲叶娃、柯罗文）第一章《1800—1830 的文学运动》第一节的标题就是“历史事件”。作者明确指出，19 世纪初俄国社会的主要特征，是农奴制危机日益加剧，列举的重大事件是亚历山大一世的未遂改革、1812 年反抗拿破仑侵略的卫国战争、贵族革命家十二月党人起义。我认为这样的文学史观是正确的。19 世纪俄国现实主义文学具有很强的批判性，因此，必须讲清楚作家的思想倾向和作家世界观的矛盾。

19 世纪俄国文学的艺术成就很高，探讨不同作家的不同创作风格和代表作品的艺术特色，是教学的重要内容。从事人文科学领域教学的教师必定受所处时代意识形态的影响，有长处也有局限，这些也必定反映在教学内容和观点上，当代读者自然可以理解。讲稿中有几处引文因所据原作（特别是俄文版著作）出版年份久远，目前难以寻觅，无法核实并注明全部所需信息，请读者见谅。

认真备课，努力讲好每一堂课，是我应尽的责任。

这份讲稿也是我工作的记录，现编成付梓，留作纪念。

陆人豪

2024 年 8 月 23 日

目　录

引　言

在欧洲文学发展史上，19 世纪是双峰并峙的时代，一座高峰是法国文学，另一座是俄国文学。

从文学思潮流变的角度看，19 世纪俄国文学的主流是现实主义，它是在浪漫主义之后发展起来的。俄国文学的浪漫主义和现实主义的发展阶段，与西欧文学是同步的。俄国浪漫主义作为一种席卷文学领域的思潮，形成于 19 世纪初至 19 世纪 30 年代；而现实主义则形成于 19 世纪 30 年代初，其显著的标志是普希金的诗体长篇小说《叶甫盖尼·奥涅金》，写作时间是 1823 年至 1831 年。西欧现实主义第一部成熟的作品是司汤达的《红与黑》，它的发表时间是 1830 年；巴尔扎克的《人间喜剧》第一部《朱安党人》发表于 1829 年。浪漫主义和现实主义是 19 世纪欧洲最重要的文学思潮，它们的产生和发展是由法国大革命及其后果在社会和文学面前提出的课题所决定的，这些课题由每一个民族的文学根据各国资本主义物质生产发展的水平、社会进程的要求和意识形态的特点来解决。也就是说，由于国情的不同，同样的现实主义文学在各国各有特点。

在西欧，经过 18 世纪末 19 世纪初的法国大革命，资本主义确立了统治地位，整个 19 世纪是西欧资本主义节节胜利的时代。而俄国，直到 19 世纪 60 年代初，还是一个农奴制国家，到 19 世纪后半期，资本主义发展仍然十分缓慢。同样是 19 世纪，时间没有停步，历史进程在这里却大大落后了。

然而，十分奇特的是，较之整个欧洲，经济、政治相对落后的俄国在文学艺术方面却取得了辉煌的成就，涌现出一大批杰出的作家、诗人、剧作家、批评家，如普希金、莱蒙托夫、果戈理、屠格涅夫、赫尔岑、别林斯基、车尔尼雪夫斯基、杜勃罗留波夫、奥斯特洛夫斯基、涅克拉索夫、冈察洛夫、陀思妥耶夫斯基、托尔斯泰、契诃夫等。

对于这样的现象，马克思、恩格斯曾做过概括。他们在总结精神生产与物质生产的关系时说，精神生产有时与物质生产的发展出现不平衡现象，所举的例子是希腊神话、19 世纪挪威文学和俄国文学，可见 19 世纪俄国文学在马克思、恩格斯眼中的崇高地位。俄罗斯民族也以拥有如此辉煌的文学成就而自豪，他们的文学史家以“黄金世纪”来赞誉本民族这个时期的文坛盛况。

第一章 19 世纪俄国文学概述

19 世纪的俄国，全称俄罗斯帝国。

俄国是个多民族国家，其中俄罗斯族人口最多。俄罗斯族是东斯拉夫人，东斯拉夫人中的三大民族是俄罗斯族、乌克兰族和白俄罗斯族。公元 9 世纪，东斯拉夫人在乌克兰第聂伯河中游的基辅建立了早期的国家，史称基辅罗斯。公元 988 年，基辅罗斯大公弗拉基米尔引入基督教的分支希腊东正教并定为国教，基辅全城居民被赶入第聂伯河中受洗。东正教对俄国社会的所有领域，包括文学艺术领域，都产生了巨大而深远的影响，直至今天。

公元 12 世纪初，基辅罗斯分裂为基辅公国、莫斯科公国等十几个公国，形成三百多年封建割据的局面。在这期间，公元 1242 年，成吉思汗的孙子拔都率军攻陷基辅罗斯等公国，建立金帐汗国，统治俄罗斯 240 年。公元 1482 年，莫斯科公国伊凡三世大公战胜金帐汗国，摆脱了蒙古人的统治。[1]

16 世纪初，莫斯科公国结束了长期封建割据的局面，建立了统一的中央集权的俄罗斯帝国。此时，西欧在经历了约千年（公元 476 年至 1453 年）的中世纪黑暗年代后，进入 14—16 世纪科学与艺术革命浪潮

[1] 说一件与蒙古人统治俄国有关的译事。我们现在所说的俄罗斯，无论是古称或者今名，在原文中都没有“俄”这个音。按直接音译，古代称“罗斯”，现在的名称是“罗斯亚”，但是蒙古人发不出“罗”这个卷舌音的单音，必须先从喉咙里挤出“俄”这个喉音，才能带出“罗斯”。我国译者从蒙古人那里把这个国名传过来，按他们的发音写成汉语，“罗斯亚”就变成了“俄罗斯”。

奔涌的文艺复兴时期，揭开了近代西欧文明的序幕，而此时的俄国还只是一个落后封闭保守的国家。1689 年，彼得大帝执政时，俄国才向西欧敞开国门，以极端手段全盘西化，但是阻力重重，西欧诸国的新思潮在俄国传播得既缓慢又艰难。

到了 18 世纪，文艺领域的古典主义、启蒙主义和浪漫主义步履艰难地进入俄国，可以说，俄国整个文化思想领域的步伐比西欧慢了不止一个节拍。所以 19 世纪以前，从欧洲文学的背景看，俄国文学的成就不大。俄国为什么落后？原因有二，一是沙皇专制制度的严酷统治，尤其是对思想的禁锢；二是农奴制度对生产力的束缚。俄国的统治阶级是封建的土地占有者，其中有两个基本集团：世袭贵族，即享有特权的土地占有者，拥有世袭领地和田产；现职贵族，因有军功或职务关系获得沙皇或大公封赐的土地。

俄国的政体是君主专制制度，最高统治者是沙皇。“沙皇”这一称号是伊凡四世，当时十七岁的小皇帝，于 1547 年隆重采用的。这一称号来自神圣罗马帝国皇帝凯撒。伊凡四世把凯撒的俄语译名截取后一半，加以改造，汉语音译为“沙皇”。伊凡四世采用这个称号，是想强调俄罗斯帝国在欧洲诸国中的突出地位和作用，以及沙皇在国内的无限权力。伊凡四世的父亲瓦西里三世执政时，有一个名叫菲格菲的僧侣上书讲到俄国的强大时说，古罗马是第一罗马，君士坦丁堡是第二罗马，以莫斯科为中心的俄国是第三罗马，而第四罗马不会再有。这个表述当然反映了俄罗斯皇帝统治世界的野心。沙皇专制制度对内实行高压统治，严格的审查制度牢牢控制着思想文化领域，死刑、流放和苦役等待着每一个敢于反抗或者传播不利于沙皇专制统治思想的人。19 世纪一大批杰出作家的遭遇完全可以证实这一点。

从 15 世纪起，俄国的农民处于农奴的从属地位。大公和沙皇在给贵族封赐土地的时候，把原先住在这块土地上的农民一起划归了贵族，这个贵族就成为这块土地的领主，这块土地就是他的领地，贵族地主有权向领地上的农民征收赋税，并强迫他们服劳役。贵族地主为了巩固自己的利益，一步步把农民束缚在他的领地上，使农民越来越依附领主，最后沦为农奴。17—18 世纪，彼得大帝和叶卡捷琳娜二世强化贵族专政，农民对地主的封建依附性被国家用法律固定下来，这就是农奴制。农奴的生活极其困苦，命运异常悲惨。农奴一星期用六天时间无偿地为农奴主种地，只有在月光下和星期日才能在留给他们维持一家生存的一小块土地上为自己劳动。农奴是没有人身自由的。农奴主常常把农奴全家或者单个出卖，换取马、狗或者车。农奴主可以随心所欲地决定农奴的婚姻，并享有野蛮的初夜权。凡是不肯听从的农奴就被拷打，被关进地牢或送去边防当兵或罚做苦役。农奴的劳动果实全部被沙皇、农奴主、贪官污吏、警察和神父夺去。极度的贫困、饥饿、苦役、兵役、棍子和皮鞭，从襁褓到坟墓，伴随农奴的一生。农奴主只把他们看作会说话的畜生，教训他们绝对服从沙皇、正教和主人，尽力使农奴处于愚昧麻木的状态。

俄国封建制度持续的五个世纪，也就是封建主一步步加深对农奴的统治和剥削的过程。俄国的社会以这种农奴主占有土地和强制性的农奴劳动为经济基础，社会的基本矛盾始终是贵族农奴主与农奴的矛盾。

到 18 世纪末，农奴制腐朽、保守、落后、野蛮的性质进一步暴露，俄国社会的基本矛盾除了引发农奴以起义方式表达的直接反抗，还激起社会思想领域，尤其是文学领域的强烈反响，反对农奴制度和沙皇制度成为贯穿整个 19 世纪俄国现实主义文学的主题。因其深刻的批判精神，高尔基把它称为批判现实主义。这个论断至今看来还是正确的。

19 世纪初至 30 年代，俄国文学中占主导地位的是浪漫主义，代表人物是诗人普希金。30 年代后，这股思潮逐渐消退，让位给现实主义。俄国文学从浪漫主义向现实主义的转变也是在普希金的创作中完成的。现实主义文学发展的脉络非常清晰，它是由普希金奠基，由果戈理继承并赋予鲜明的批判倾向和深厚的人道主义精神，由别林斯基在理论上予以论证和大力宣扬，由车尔尼雪夫斯基从美学的高度予以概括，由屠格涅夫、陀思妥耶夫斯基、托尔斯泰、契诃夫等推进到成熟的阶段。他们的创作无论在思想内涵上，还是在艺术形式上都达到令人仰望的高度。

俄国现实主义文学摆脱了 18 世纪文学过分模仿西欧文学的弊病，在内容和形式上都显示出鲜明的民族性。

俄国进入 19 世纪后，发生了一系列重大事件，它们深刻地影响了作家的创作和文学的进程：

1812 年，反抗拿破仑入侵的卫国战争。

1825 年，贵族革命家起义。

1853—1856 年，克里米亚战争。

1861 年，农奴制废除。

1812 年的卫国战争，促使俄罗斯爱国情绪的高涨和改革意识的觉醒。打败骄横不可一世的拿破仑自然值得自豪，但是，带兵直入巴黎的俄国贵族军官们发现，法国人拥有的自由是俄国人无法想象的。他们自己带领的战胜者队伍，不过是穿军装的农奴，士兵们打完仗回家，脱下军装，还是农奴。军官和士兵都看到了外面的世界，思想不可能不受到触动。贵族军官中关心国家命运的有识之士意识到农奴制度和沙皇君主专制制度是俄国大大落后于法国和西欧其他国家的根本原因。他们回国后秘密结社，密谋起事。他们的主张是废除农奴制度，制定宪法，以宪法控制皇权，改君主专制制度为君主立宪制。1825 年 12 月 14 日，一批爱国军官在彼得堡参政院广场发动起义。但是，这种少数人的武装政变很快被镇压下去，为首五人被处绞刑，其余人员被终身流放西伯利亚服苦役。后人根据起义日期称这些贵族革命家为十二月党人。十二月党人甘冒失去所有贵族特权甚至生命的危险，投身改革事业，他们的主张和行动顺应历史发展的潮流，他们的高尚品格获得后人的崇敬，无产阶级革命领袖列宁称他们为纯钢铸成的英雄。贵族革命家的思想影响了 19 世纪上半期的哲学、文学和意识形态的其他领域。

十二月党人中有的成员本身就是哲学家，如恰达耶夫；有的成员本身就是诗人，如起义领袖之一雷列耶夫。当时已经享有盛名的诗人普希金与贵族革命家交往密切，深受他们的影响。他的诗歌直接宣扬他们的主张，颂扬他们的爱国激情，怀念与他们的友谊，鼓励他们在流放和服苦役的艰苦生活中保持乐观的精神。

贵族革命的思想极大地影响了普希金，提高了他的思想境界，俄国文学也由此走上了关注现实、贴近现实和真实反映现实的道路。雷列耶夫和普希金的共同导师是贵族革命的先驱者拉吉舍夫。拉吉舍夫于 1749 年出身贵族家庭，十七岁时被女皇叶卡捷琳娜二世选中派往德国莱比锡大学学习法律。求学期间，他遍读欧洲启蒙主义思想家的著作，完全接受了他们的观点。1790 年，拉吉舍夫出版了《从彼得堡到莫斯科旅行记》，用白描手法描写农奴赤贫的生活，直接揭露农奴制的罪恶。该书传入宫廷，叶卡捷琳娜二世大怒，宣布立即逮捕并判处他死刑，后改为流放西伯利亚。1802 年，拉吉舍夫不堪忍受沙皇政府的迫害，服毒自尽。由拉吉舍夫确立的反对君主专制制度和农奴制度的主题，在现实主义文学的形成和发展中发挥了至关重要的作用。十二月党人和普希金十分尊崇这位先行者。

普希金之后，果戈理在现实主义道路上继续迈进，他在代表作《死魂灵》中活灵活现地刻画了五个农奴主的丑恶嘴脸，把农奴制的腐朽揭露得淋漓尽致。果戈理的作品已经充分展露现实主义创作方法的主要特征。当时追随果戈理的作家群逐渐形成一个创作流派，别林斯基称之为自然派，其实就是现实主义派，不过，当时在俄国还没有“现实主义”这个说法。自然派作家群的代表人物有赫尔岑、涅克拉索夫、屠格涅夫、冈察洛夫、陀思妥耶夫斯基、萨尔蒂柯夫-谢德林、格里戈罗维奇等。

在俄国现实主义文学的形成和发展中，文学批评发挥了巨大的作用。当时最有影响的文学批评杂志是普希金创办的《现代人》和别林斯基主持的《祖国纪事》，最有影响的批评家是赫尔岑、别林斯基、杜勃罗留波夫和车尔尼雪夫斯基。

赫尔岑出身名门望族，但是以继承贵族革命家的传统而自豪。他在莫斯科大学读书时，就与挚友奥加辽夫一起宣誓与农奴制度和专制制度斗争到底。赫尔岑集社会活动家、作家和批评家于一身，因宣传革命思想被沙皇政府逐出国门，终生不得回国。

赫尔岑创作的小说《谁之罪》开问题小说之先河，他在伦敦创办《钟声》杂志，秘密运回俄国，产生很大的影响。他和别林斯基首先肯定并赞扬文学在俄国人民争取自由的斗争中发挥的特殊作用，强调文学的社会功能。他说，对于被剥夺自由的人民，文学是唯一的讲台，人民在这个讲台上表达自己的愤慨，发出良心的呼声。别林斯基于 1847 年，即尼古拉王朝统治最残暴的时期，在著名的《给果戈理的信》中说，只有在文学里，不顾鞑靼式的审查制度，仍存在着生命与前进的运动。别林斯基、杜勃罗留波夫和车尔尼雪夫斯基出身中下阶层，是平民知识分子的代表。他们因为主张依靠农民摧毁农奴制度，而被称为革命民主主义者。别林斯基通过评论普希金、莱蒙托夫，特别是果戈理的创作，全面深刻地阐述了现实主义创作方法的主要特征。

果戈理从早期作品开始，直到代表作《死魂灵》，塑造了组成农奴制度基础的大量农奴主和外省贵族的猥琐形象，描写他们庸俗无聊、懒惰成性的寄生生活，用幽默和讽刺的笔调淋漓尽致地暴露农奴制的腐朽。果戈理还在《钦差大臣》等作品中塑造了沙皇政府大小官吏贪婪受贿、逢迎谄媚的令人憎恶的形象，把专制制度黑暗腐败的底细揭露在光天化日之下。果戈理继承了普希金的传统，并极大地加强了批判的力度。

别林斯基由此概括出俄国现实主义文学的主要特征：真实性、批判性、人民性、民族性、独创性和典型性（即在典型环境中塑造典型性格和细节的提炼与典型化）。别林斯基的文学批评活动引领许多作家走上普希金和果戈理开辟的现实主义之路。别林斯基的艺术鉴赏水平极高，凡是得到他正面评价的作家作品都能获得读者的高度认同，因而在文学史上留名。他还从艺术哲学的高度，对文学的本质特征做过深刻的阐述。他说，文学是形象思维。这句名言至今常被引用。别林斯基的贡献和功绩还在于他极大地提高了读者群的艺术品位和鉴赏水平，读者从他的文章中学习如何鉴别文学作品的好坏和艺术水平的高低。

杜勃罗留波夫是位才华横溢的青年批评家，可惜二十五岁就英年早逝。他在彼得堡中央师范学院读书时，就在《现代人》杂志上发表《论俄国文学发展中人民性渗透的程度》《黑暗王国》《黑暗王国中的一线光明》《什么是奥勃洛莫夫性格？》《真正的白天何时到来？》等经典性论文，从理论上有力地推进现实主义文学的发展，在读者中产生了很大的影响。

19世纪中期以后，车尔尼雪夫斯基的文学批评活动继续发扬别林斯基的传统。这是一位集革命家、哲学家、作家和文学批评家于一身的杰出人物。他于1855年在彼得堡大学公开答辩的美学论文《艺术对现实的审美关系》中提出“美即生活”的著名论断，在黑格尔的美学观念占统治地位的文艺领域产生了颠覆性的影响。他认为，现实生活高于艺术，艺术的目的和本质在于再现生活。这就从美学的高度概括了现实主义文学的审美本质。

车尔尼雪夫斯基从 1856 年起主持《现代人》杂志，发表了《俄国文学果戈理时期概观》与论普希金、屠格涅夫、奥斯特洛夫斯基和青年托尔斯泰的文章，具体阐发他的美学观点。车尔尼雪夫斯基的美学观不仅对文学，而且对当时的整个文艺领域都产生了重大影响，同时代的著名艺术评论家斯塔索夫曾在评论巡回展览派的绘画作品时，着重讲到这一点。

19 世纪下半期至 20 世纪初，俄国批判现实主义文学在其杰出代表托尔斯泰、陀思妥耶夫斯基和契诃夫的创作中达到顶峰。列宁高度评价托尔斯泰的创作，说他的作品是最清醒的现实主义，撕下了一切假面具。如此赞誉是因为托尔斯泰的批评锋芒直指沙皇专制制度本身，如《复活》。托尔斯泰的不朽名著《战争与和平》以史诗般的宏伟场面和 559 个栩栩如生的人物形象，显示了现实主义文学反映生活的无限能力。长篇小说《安娜·卡列尼娜》把俄国现实主义文学从描写生活表象和人物行动引向深层次的内心世界，即心理刻画。屠格涅夫等作家善于描写人物心理活动的结果及其在行动上的反映，而托尔斯泰能进一步描写人物心理变化的全过程，把文学创作引向心理现实主义。俄国文学中另一位享有世界声誉的作家陀思妥耶夫斯基，更进一步把作家描写人物心理演进为人物自我剖析心理、自我审判。当然，作品是作家写的，一切自然在作家的掌控之中，但陀思妥耶夫斯基能让读者感到一切似乎是作品中的人物自己完成的。

在小说的叙述方法上，俄国文学从全知全能的作家以第三人称讲故事的传统方式发展到契诃夫极端客观冷静的叙述方式。契诃夫从不流露对人物和事件的感情倾向，尽量隐去操纵一切的作家的手和作家本人的喜怒哀乐。陀思妥耶夫斯基独创小说的复调结构，人物各唱各的调，各自表演，自我剖析心理，最典型的作品是《罪与罚》。对这种叙述风格最有开创性研究的是俄罗斯学者巴赫金。19 世纪俄罗斯文学塑造了众多形象系列，如多余人系列、被欺凌与被侮辱的小人物系列、忏悔贵族系列、平民知识分子新人系列等。这些系列形象出现在从普希金到契诃夫的众多作家的创作中，充分说明俄国现实主义文学的传承关系。

19 世纪俄国文学是真正为人生的艺术，它深刻地提出各种社会问题，并试图解答这些问题。它为俄国人民争取自由的斗争做出了重大贡献。许多作家由于反对沙皇专制制度和农奴制度而受到种种迫害。俄国作家的悲剧命运在世界文学史上是罕见的。例如，拉吉舍夫被判死刑，后改判流放西伯利亚，被迫自杀。雷列耶夫，十二月党领袖，被绞死。彼斯杜舍夫，十二月党诗人，被判流放西伯利亚，服二十年苦役后又被押往高加索当兵，在与山民作战时阵亡。普希金，遭流放、软禁，最后被宫廷暗中唆使法国流亡贵族在决斗中杀死，时年仅三十七岁。莱蒙托夫因写悼念普希金的诗篇，触犯沙皇，被遣送至高加索与山民作战。有人知道他被处罚的原因，故意寻衅决斗，莱蒙托夫被杀，时年二十七岁。赫尔岑，被捕流放，后被逐出国门，终生不得回国。别林斯基贫病交加，死于肺病，咽气的时候，警察刚到门口，准备逮捕他。屠格涅夫曾被捕，受过监禁。陀思妥耶夫斯基由于在地下革命小组宣读别林斯基给果戈理的信而被捕并被判死刑，押到刑场后，临刑前宣布改判为流放西伯利亚服苦役十年。托尔斯泰家中被搜查，本人被监视，被开除东正教教籍。车尔尼雪夫斯基被捕，流放西伯利亚二十七年，身患重病时才得到释放，回家不到半年去世……

俄国19世纪文学的最后一位作家科罗连科慨叹前辈的悲剧命运，写道：在末日审判的时候，俄国作家都要在上帝面前回答三个问题——你被捕过没有？你被流放过没有？你被警察监视过没有？面对这样的作家群，读者不由得肃然起敬。这样的文学，是值得我们认真学习的。

第二章　普希金

俄罗斯作家中最早被介绍到中国来的是诗人普希金，时间是 1903 年。最早被译成汉语的作品是他的小说《上尉的女儿》，作品讲的是农民起义领袖普加乔夫的故事，但译者为了迎合当时读者的趣味，把书名改为《俄国情史：史密士玛丽传》，又名《花心蝶梦录》。这个译名与作品内容完全不匹配，是翻译史上的一则笑谈。

普希金的诗歌在中国读者中流传最广的是《假如生活欺骗了你》，译文如下[1]：

假如生活欺骗了你

假如生活欺骗了你，
不要伤心，不要气愤。
不顺心的时候，千万冷静，
相信吧，欢笑的日子必将来临。
心存希望，期待未来，
尽管眼下步履艰难。

---

[1] 普希金的诗的中译文有多种版本，各有长短。看得出，译者都绞尽脑汁，做出了最大努力。尽管如此，理想的译文仍不多见。误译或表达不够确切、不够完美的地方在所难免。这里及以下所引译文参考了多种版本，又据本书作者对照原文，反复推敲，略作改动。出处不一，无法加注，特此说明并敬谢付出辛勤劳动的诸位前辈和当代译者。

世事无常，全是过眼云烟，

往事何必纠结，一切化为笑谈。

每一个人生活中都会遇到这样那样的挫折，当你心头压抑、情绪低落、垂头丧气，乃至悲观失望的时候，忽然想起或者正巧读到这首诗，第一句话，“假如生活欺骗了你”，就能让你心头一动。接着读下去，短短八句，必定会让你得到慰藉，受到鼓舞，精神为之一振。

很多人从这首抒情小诗认识了普希金。普希金全名亚历山大·谢尔盖耶维奇·普希金（1799—1837），是俄国伟大的民族诗人。伟大，这个形容词是不可以随便赋予什么人的。普希金对于俄国文学和俄罗斯语言的贡献是无人能及的。他的作品运用文学创作的几乎所有体裁，而且都取得经典性的成就，如诗歌、小说、诗体小说、戏剧、小悲剧、散文、童话、文学批评等。他塑造的形象如“多余人”“小人物”等，在后辈作家的作品中，都有传承。俄国作家对普希金无比尊崇，称他为“诗歌的太阳”“一切开端的开端”。

两百多年来，俄罗斯民族使用的现代标准俄语，是在普希金作品的基础上发展完善的。中国读者只要想想，我国的白话文是如何替代文言文的，就能理解普希金对俄罗斯民族的贡献了。俄罗斯儿童从小读普希金的童话诗长大；俄罗斯青年常常借用普希金的诗句表白爱情：“我记得那美妙的瞬间，在我的面前出现了你。”在文学史上，普希金既是俄国浪漫主义文学的杰出代表，又是现实主义文学的真正开创者。

在普希金之前，18 世纪俄国文学的主要弱点是缺乏民族特色。俄国文学刻意模仿西欧文学，主要是模仿法国文学，这是因为宫廷和整个贵族阶级的生活方式全盘模仿法国宫廷和贵族社会。翻开托尔斯泰的《战争与和平》头几页，读者会发现，满篇都是法语，这是贵族夫人舍雷尔在她的客厅里招待客人，那些公爵、伯爵和夫人都用法语说话，表示他们身份的高贵。托尔斯泰气愤地说，他们的先辈不但用法语说话，而且用法语思维。俄国贵族阶级的生活方式和文学都模仿法国或者英国，他们不以为耻，反以为荣。真正奠定俄罗斯民族文学基础的是普希金。

普希金生活的时代正是贵族革命运动酝酿、萌芽、成熟的时代，他的思想和创作，处于这一代贵族革命家的直接影响之下。普希金出身莫斯科的名门望族，他的母亲娜杰日达·奥西波芙娜是彼得大帝的黑奴阿布拉姆·汉尼拔的孙女。汉尼拔原来是阿比西尼亚，即今埃塞俄比亚一位有权势的亲王的儿子，被质于君士坦丁堡的土耳其宫廷，后来被带到俄国，彼得大帝给他受了洗礼，让他接受教育，培养他成为一名杰出的军事工程师。普希金在外表上继承了这位非洲祖先的很多特点。普希金的父母耽于享乐，对孩子的教育不大关心，但是父亲丰富的藏书，以及他文学界的朋友，为未来的诗人提供了接近文学的良好条件。特别值得一提的是照管幼年普希金的奶妈。这位农奴出身的奶妈使普希金熟悉了许多美丽动人的民间故事，让他从小就爱上了丰富、生动、瑰丽、珠宝般的民间语言。这位奶妈一生陪伴普希金，普希金写过几首诗，献给他的奶妈，怀着亲切真挚的感情，称她为“我的孤寂岁月的朋友”。贵族出身的普希金在自己的作品中经常流露出对农奴的同情，这一点民主主义因素最初的出现，同他的农奴出身的奶妈是分不开的。

1811 年，十二岁的普希金进入皇村中学。这是一所为沙皇培养高级文官的学校，专门吸收贵族子弟学习。普希金在皇村中学学习的时候，1812 年的卫国战争正在进行，民族意识的觉醒、爱国主义情绪的高涨，是普希金的世界观形成的基础。

普希金接近一位思想活跃的教授库尼岑和驻扎在皇村中学的骑兵近卫团中的几名军官。库尼岑坚决反对农奴制，几名军官的政治态度也比较激进，他们给普希金带来秘密的宣传品。有一名叫恰达耶夫的军官是位哲学家，他的著作《哲学书简》宣传唯物主义观点，对普希金影响很大。普希金的名诗《致恰达耶夫》就是献给他的。

普希金在中学时代就读过秘密流传的拉吉舍夫的著作，拉吉舍夫激烈的反农奴制的思想，直接教育了普希金。诗人后来写的《自由颂》，就是继承拉吉舍夫传统的历史例证。普希金在中学时代的朋友，有些日后成了著名的十二月党人，如普欣。普希金在中学时的学习成绩并不好，但他的诗才很早就显露出来，而且成熟得很快。

1817 年，普希金从皇村中学毕业，开始在外交部供职。在首都，他同贵族改革派人士接触频繁，曾参加他们的秘密集会，日后发动起义的穆拉维约夫、雅库什金、图辛等都是他的好友。

作家格里鲍耶杜夫（剧本《智慧的痛苦》的作者）也与他交往甚密。贵族改革派的活动和进步人士的帮助，确定了普希金的思想和艺术成长的道路，加上他本人对现实认识的深化，普希金的创作开始摆脱中学时代卿卿我我的小天地，显露出新的面貌。

1817 年，普希金创作了公民抒情诗《自由颂》。《自由颂》及后来创作的《乡村》《匕首》《在西伯利亚矿井深处》等一系列作品，过去被称作政治抒情诗。这个名称的确比较狭隘，不能概括国家有难、匹夫有责的公民激情。莫斯科大学俄罗斯语言文学系使用的《19 世纪俄国文学史》（库列舍夫著）把这类作品称作公民抒情诗。这个定性比较贴切。

自由颂

走开，快躲开我的眼睛，
西色拉岛软弱的皇后！
你在哪里，诸王的雷霆，

颂扬自由的高傲歌手？
来吧，快摘去我的桂冠，
摔碎我温柔的竖琴……
我要对世界歌唱自由，
我要痛斥皇位上的罪行。

西色拉岛的皇后指爱与美的女神维纳斯。这一段是对少年时期的生活态度和创作态度的否定。普希金在少年时期的诗主要歌唱爱情、青春、友谊和酒。现在他要“歌唱自由”，要“痛斥皇位上的罪行”。使诗人改变态度的是俄罗斯的黑暗现实。

唉！无论我向哪里望去，
到处是皮鞭，是镣铐，
是法律天大的耻辱，
是奴隶们无处诉求的泪水。
到处是不公的权力，
被陈腐的老规矩推上宝座的
是奴隶制的可怕的化身，
他狂热地追求盛名，
下场却早已注定。

普希金在下面几节诗中表现了一个思想：在任何一个国家中，有一样东西，既主宰皇帝，也主宰人民，这个东西就是至高无上的法，只有当自由和法结合在一起的时候，自由才有保障。他举例说，法国皇帝路易十六，因为蔑视法，结果死在断头台上。俄国暴君保罗一世，因为蔑视法，为所欲为，被暗杀在内宫。普希金以此警告现在的皇帝亚历山大一世。但是普希金并不赞成革命暴力，他在举法王路易十六被处死的例子时说，革命者处死皇帝同样触犯了法，也是不法。

他把摘去了皇冠的头
垂放在血腥的断头台上，
法沉默了，人民沉默了，
罪恶的斧头落下了。

普希金认为，只要皇帝遵从法，人民遵从法，一切不正义的不公平的事情都会消失，自由就会得到保障。

接受这个教训吧，帝王们，
无论是惩罚还是奖赏，
无论是血牢还是神坛，
都不是你们的忠实屏障。
请在法律的可靠荫庇下，
先低下你们的头颅，
人民的自由和安宁，
才是皇座永远的守卫。

普希金的这个思想，与贵族改革派的思想完全一致，即主张君主立宪制，用宪法来控制皇权，皇帝必须守法。《自由颂》只是表达了普希金温和的政治理想，但全诗语气激烈，言辞尖锐，必然激怒沙皇。

《自由颂》写于 1817 年，普希金紧接着创作了《致恰达耶夫》

（1818 年）和《乡村》（1819 年）。我们先说《乡村》。全诗分为两部分，诗人在前半部分以浓郁的抒情笔调写出了农村大自然的美景。宁静的田野、蔚蓝的湖面、整齐的田垄、堆满芬芳草垛的牧场……这一切使人陶醉，同时也使人想到生活在这里的人们。于是后半段就出现了令人黯然的图景：

然而一个阴沉的念头令人黯然。
凡是热肠的人类的朋友就会看见，
在生机勃勃的田野和山峦间，
到处是可耻的愚昧，令人难以忍受。
这里有和野兽一样的无法无情的地主，
仿佛命中注定他们该是人类的灾星，
对于眼泪和哀号一概不理，
只顾用强制的鞭子
把农民的全部劳力、土地、时间都强占到自己手里。
这里的奴隶们听从老爷的使唤给他劳作，
在无情的鞭策下，贫困不堪地苟延残喘。
这里所有的人都负着重轭，像是马牛，
没有希望，谈不到一点心灵的追求。
这里就连青春少女的娇艳，也只供无情恶棍的摧残。
如果老的一代用尽了，完了，
他的助手，年轻而旺盛的劳动力正好来代替。
请看他们的子孙，从同样破烂的茅屋中繁殖，
走出来，给主人增加受折磨的奴隶。

最后，诗人以深沉的同情呼吁：

啊，但愿我的歌声能打动人的心弦。
哦，我的朋友，是否有一天，
我会看见沙皇点点头，使人民不再受奴役。
我能否在我们的国土上看见开明和自由，
美丽的曙光终于升起。

普希金写作《乡村》的时候已被监视，沙皇常常派人来索取作品，普希金还算机警，只呈上《乡村》的前半部分，题名《幽居》，敷衍了过去。诗的后半部分显示出鲜明的反农奴制倾向，当时以手抄本形式秘密流传。

1818 年，普希金创作了名诗《致恰达耶夫》，用激动人心的诗句传达出这一代进步青年贵族准备为自由献身的浪漫主义激情。

爱情，希望和平静的光荣，
并没有长久地把我们骗慰欺诳，
就是青春的欢乐，
也已经像梦像朝雾一样消亡，
但我们的内心还燃烧着愿望，
在宿命力量的重压之下，
我们正带着焦急的心情，
倾听祖国的召唤。
我们忍受着期待的苦刑，
等候那神圣的自由时光，

就像一个年轻的恋人，
在等候那确切的约会一样。
现在我们的内心还燃烧着自由之火，
现在我们正直的心还没有死亡，
我的朋友，我们要把我们心灵的美丽的激情，
都献给我们的祖邦。
同志，相信吧，
迷人的幸福的星辰就要上升，射出光芒。
俄罗斯要从睡梦中苏醒，
在专制暴政的废墟上，
将会写上我们姓名的字样！

这首著名的抒情诗很典型地表现出普希金的风格：热烈、乐观、奔放，对未来充满希望。这首诗在青年中流传很广，特别是最后几句，甚至军队当中稍稍认识几个字的旗手都能背熟了。

这首诗的音调很美，铿锵悦耳，特别是最后几句。这种音乐美完全传达出了作者浪漫主义的激情。可以想象，在十二月党人的秘密集会上，把门关上，把窗帘拉严，有人用压低的然而激动的声音朗诵这首诗，参加集会的人会产生什么样的心情啊！

1825 年以后，大批十二月党人被流放到西伯利亚服苦役。他们在身上藏着的秘密徽章上都刻着这首诗中的一句：同志，相信吧，迷人的幸福的星辰就要上升，射出光芒。

《致恰达耶夫》的音乐美表现在哪里？

诗歌通过独创的意境和诗人的激情来感染读者，而这些又借助于高度凝练的、富有节奏感或者音乐感的语言来表达，诗歌的音乐感是靠格

律和韵律来达到的。欧洲各国语言差别很大，欧洲语言和汉语的差别更大，翻译时很难把诗歌的音乐感传达出来。严格说来诗是无法翻译的。中国读者难以体会欧洲诗人作品的语言美、音乐美，这不难理解。要实际欣赏这种音乐美，只好读原文。

原文如下：

К Чаадаеву

Любви, надежды, тихой славы
Недолго нас нежил обман,
Исчезли юные забавы,
Как сон, как утренний туман.
Но у нас горит ещё жиланье,
Под гнетом власти роковой
Нетерпеливою душой
Отчизны внемлём призыванье.
Мы ждём с томленьем упованья
Минуты вольности святой,
Как ждёт любовник молодой
Минуты верного свиданья.
Пока свободою горим,
Пока сердца для чести живы,
Мой друг, отчизне посвятим
Души прекрасные порывы.
Товарищ, верь, взойдёт она,
Звезда пленительного счастья,

Россия вспрянет ото сна,
И на обломках самовластья
Напишут наши имена!

《致恰达耶夫》一共九句二十一行，前十六行每四行一组，最后五行结尾，用的是抑扬格，或者叫轻重格，就是以一个非重音音节加一个重音音节为一个节拍，也就是顿或者拍。第一、第四组，每组四行，第一与第三行、第二与第四行交叉押韵。第二、第三组，每组四行，第一与第四行、第二与第三行押韵。第五组结尾，一共五行，А，Я 同韵。格律和韵律运用得好，全诗轻重起伏，听起来抑扬顿挫，节奏感很清楚，音乐美油然而生。

《自由颂》《乡村》《致恰达耶夫》，就这三首诗，惹出了大麻烦。沙皇政府很快就弄清楚诗歌的作者是谁，彼得堡总督米罗拉多维奇伯爵把普希金叫到自己面前。普希金去了，总督当着他的面命令警察局长去搜查他的住宅。普希金明白这是怎么回事，说，不必了，拿纸和笔来吧。他坐下来，写出了自己所有的禁诗。“痛斥皇位上的罪行”“在专制暴政的废墟上”，够直白，单单这两句就是死罪。沙皇勃然大怒，要把普希金流放到西伯利亚去。幸亏历史学家卡拉姆辛和名诗人茹科夫斯基说情，沙皇才勉强同意，把普希金赶出彼得堡，遣送到南俄去，在南俄总督手下服务。在南方期间，普希金结识了军队中的许多贵族改革派军官。当时的秘密组织叫幸福同盟，在南方的团体叫南社，其中的主要骨干都在军队里服役。

普希金与南社的领导人彼斯捷尔上校曾经见过面。普希金在 1821 年 4 月 9 日的日记中写道：“我和彼斯捷尔一同消磨了早晨的时光，他是我所知道的最富有独创智慧的一个人。”南社的成员曾利用一个军官的母亲的生日举行秘密集会，普希金碰巧参加了。这些交往，对普希金的思想发展影响极大，他的反抗情绪更加激烈起来。

当时在欧洲所发生的事情也给他很大的鼓舞。西班牙和意大利已经爆发革命，希腊也起来反抗土耳其的统治，普希金狂热地关注希腊人民的起义，他在当时的流放地基希尼奥夫经常和希腊的革命志士们来往，并且梦想自己也参加进去。诗人用《希腊的女儿》一诗，表达了他对希腊人民斗争的同情，歌颂希腊人民的英雄主义精神。

希腊的女儿啊，不要哭。
他成为英雄倒下了，
是敌人的子弹，射进了他的心脏。
不要哭吧，是不是你自己在战争开始前，
给他指定了这光荣的流血的途程。
那时候，沉重地感到生离死别的痛苦，
你的丈夫把庄重的手向你伸出，
他噙着眼泪祝自己的孩子平安，
但自由的黑旗已经在猎猎飘扬，
和阿里斯托顿一样，
他用桃金娘的绿叶缠起利剑，向敌人冲去。
是的，他倒下了，却完成了神圣的伟大的事业。

阿里斯托顿是公元前 6 世纪的希腊英雄，他与兄弟一起刺杀了暴君希巴克斯，死后被古希腊人尊为爱国英雄，并将他们所用的剑保存在桃金娘的枝叶下面。

这首诗写的是希腊，当然也寄托了诗人自己准备为推翻专制暴政而斗争的决心。同时期写的《短剑》也鲜明地表现了普希金的激进情绪。

林诺斯的火神把你锻铸，
你留在不死的复仇女神的手里，
你是自由的秘密的监护人，锋利的剑啊，
你可以惩处，你是冤仇的最后的裁判。
如果宙斯的雷不响，法的利刃也安息了，
你就是把诅咒和希冀赋予实现的人，
你可以隐藏在皇座下和灿烂的华服里，
你沉默的刀锋对恶人闪着夺目的光辉，
犹如地狱的冷光，犹如天神的电闪，
而他呢，站立着左右环顾，
在筵宴中坐立不安，
无论在哪里，你都能给他意外的一击。

诗中用罗马共和国、法国、德国历史上几个著名的事件来歌颂与暴政做斗争的英雄。最后，以歌颂德国英雄桑德结束全诗。桑德是德国学生，也是一名爱国的革命志士，因为刺杀沙皇密探考兹布而被处死。

《短剑》里最后几句是这样写的：

在你的德国，
你将成为不朽的幽灵，
以灾祸威胁罪恶的权威。
而在你的庄严的坟顶上，
无名的短剑闪着光辉。

结尾回到短剑上来，以短剑体现暴力恐怖，警告在皇位上坐立不安的亚历山大一世。普希金一直想成为一个把自由、诗歌和利剑结合在一起的诗人。

这时的普希金充满斗争激情，但他当时被驱逐到南俄一个偏僻的地方，远离政治中心，沙皇命令南俄总督派人随时监视他，普希金感到自己像被束缚住了手脚，像一只小鸟被困在笼中，像翻腾的波浪被禁锢在池塘之中，这时他写的几首小诗生动地体现了他的这种情绪，如《囚徒》《小鸟》《奔腾的浪花》。

小鸟

在遥远的异乡，
我遵守着家乡古老的习俗，
在春天一个明朗的节日，
一只小鸟被我放走，
我开始感到一点欣慰。
为什么对上天要埋怨不休，
至少这里是一个生灵，
从我的手里得到了自由。

这首小诗总共八句，但是点明了时间是春天，地点是异乡，写出了为什么家乡的习俗这个时候对于诗人如此珍贵，如此亲切，极其简洁地表明了普希金的处境。给一只小鸟以自由，这不是很自然地传达出了诗人自己要求自由的心境吗？再看看《奔腾的浪花》。

奔腾的浪花

是谁，奔腾的浪花，把你滞留？
是谁用铁链扣住了你迅猛的奔跑？
是谁把你激荡澎湃的巨流，
引到一泓死水里，默默地歇了潮？
是谁的魔掌一下子幻化了我所有的希望、悲哀和欢乐，
使我狂热的心灵和青春沉沉地睡去，充满了淡漠。
风啊，掀起这一池水，快来摧毁这压制我的屏障。
雷呀，自由的信号，你在哪里？
让你的霹雳在这沉默的水上震响！

这首小诗当然是诗人有所感而一气呵成的。先看前四句，写的是奔腾的浪花，写的是“你”，中间四句一下子讲到“我”上面来了，诗人甚至没有把浪花人格化，而是直接写“我”，写自己的情绪，但写着写着，仿佛突然醒悟，不是在写浪花吗？怎么写开自己了？于是又转过笔来写浪花。可是浪花和“我”已经分不开了，诗人压抑不住自己奔腾的激情，他呼唤风和雷来摧毁这压制他的屏障。

1822 年 7 月中旬，普希金被调至奥德萨，在总督伏隆卓夫的办公厅里供职。他同伏隆卓夫的关系处得很不好，1824 年提出辞职，但这时他的一封信被莫斯科警察局截留了，这封信写了一些不相信有上帝存在和灵魂不朽的话，加上伏隆卓夫给上面的报告，形势对普希金非常不利。彼得堡终于下了命令：普希金行为不端，立即撤职，押送到普斯可夫省他父亲的领地米哈伊洛夫斯克村。他在这里寂寞地度过了两年，其中只有他的亲密的朋友普欣路过时来看望过他。普欣是十二月党人北社的骨干人物。他在谈话中暗示有秘密组织存在。普希金在思想上与情绪上同

十二月党人完全一致，但他不是秘密组织的成员，他的那些十二月党人朋友认为他行动不够谨慎，不容易保守秘密。另外，他们热爱这位才华横溢的诗人，不忍心把他吸收进秘密组织来，他们担心，万一事情败露就会断送这位诗人的一切。

俄罗斯学者诺维可夫在《普希金在流放中》一书中记载，有一些普希金不知道的事，使他感到烦恼。于是他常常向朋友们打听，希望他们坦率地告诉他，但是甚至连普欣这个最亲密、最知己的朋友，只是用他那微妙的、坦率的笑容作为回答，热烈地紧握他的手。是啊，正是这样，张开了嘴笑，却闭紧牙关不说话。普希金和他的朋友畅谈了一夜，次日清晨告别。没有想到，这次分别竟是最后的诀别。同年，也就是 1825 年 12 月 14 日，贵族革命党人起义失败。起义志士被处绞刑和流放的消息很迟才传到偏僻的米哈伊洛夫斯克村，普希金获悉后非常震惊，他写道：处绞刑的人都被处决了，还有一百二十个朋友、兄弟和同志去服苦役，那也是可怕的。普希金曾在自己的原稿上画了一个绞架，上面挂了五个人的尸体，并且若有所思地写道：“我也会，是的，我也会。”

十二月党人受难的消息传来后，普希金写下了《先知》。

我怀着焦渴的心灵，
在幽暗的荒原上徘徊。
我站在一个十字路口，
一位六翼天使忽然显现，
他伸出轻柔如梦的手指。
在我的眼帘上点了一点，
于是就像一只受惊的苍鹰，
我睁开了先知的眼睛，

他又轻触了一下我的耳朵，
我的耳朵立刻充满了音响。
我听到了天体的运转颤动，
天使们在高空中轻盈地翱翔，
海底的怪兽在水下潜行，
荒原中藤蔓抽芽的声音。
他又俯下身子，用手探进我的嘴，
连根拔去我罪恶的舌头，
使我再也无法空谈和狡辩。
接着他把血淋淋的右手，
伸进了我麻木的口腔，
给我接上智慧之蛇的舌头。
然后他用剑剖开我的胸膛，
把一颗颤抖的心挖走，
把一块火焰熊熊的石头，
塞进我剖开的心房。
像一具死尸，我躺在荒原上。
这时候我听见上帝的呼唤：
“起来吧，先知，听啊，看啊，
让我的意志附在你的身上。
去吧，走遍五洲和四海，
用我的真理把人心点亮。”

这首诗说明普希金对遇难的十二月党人的思想、事业和精神是十分崇敬的。在他们的崇高的精神的召唤下，诗人的整个精神世界发生了变化。他自觉地意识到自己作为十二月党诗人的使命，要向人民继续宣扬十二月党人的思想。原诗初稿最后四句是这样的：

起来，起来，俄国的先知，
穿上那耻辱的丧服，
去吧，去找那卑鄙的杀人犯，
用细绳把他的脖子勒住。

这四句诗，十分明显地表露了诗人愤慨至极的心情。发表的时候，因为碍于检查制度，改成了现在的样子。

1826 年 9 月 3 日深夜，一个宪兵奉命把普希金从米哈伊洛夫斯克村押解到莫斯科，直接带到沙皇的宫中。沙皇尼古拉一世在书房中等他，沙皇问道："普希金，假如你在彼得堡，你也会参加 12 月 14 日这次暴动吗？"普希金大胆地回答："一定的，皇上，我所有的朋友都参与了，我不会不参加的，只因为我不在当地才得免于难。"

的确，在几乎所有被捕的起义军官身上都抄出普希金写的革命诗歌。显然，在起义的思想准备上，普希金是起了不小的作用的。普希金忠实于十二月党人的思想，忠实于自己的朋友，怀念自己的朋友。

1826 年，他写了《致普欣》：

我最早的朋友，
我最早的知交，
可记得你的马车的铃声响彻了我幽居的院落，
在我那积雪的凄凉的院中，
你的来临使我多么快乐，

但愿上帝使我的声音也同样传进你的心灵，
也给它带去同样的慰藉。
但愿这声音以中学时代的明朗的回忆，
照耀你的囚居。

1827年，普希金写下了有名的《在西伯利亚矿井深处》。此诗也以《致西伯利亚囚徒》为标题广为流传。

在西伯利亚矿井深处，
望你们忍辱负重，保持傲然正气，
你们屈辱的苦役不会被人忘记，
你们思想的崇高意向不会湮没消亡，
希望是厄运的忠实姐妹，
甚至在阴暗的地底，
也会唤起你们的精神和欢乐。
大家所期望的时辰，
不久就会来临，
爱情和友谊。
会穿过阴暗的牢门，
来到你们的身旁，
正像我的自由的歌声，
会传进你们牢狱的深坑。
沉重的枷锁会掉下，
阴暗的牢狱会倒塌，
自由会欢快地在门口迎接你们。

弟兄们会把利剑送到你们手上。

这首诗和上一首《致普欣》，是托十二月党人穆拉维约夫的妻子带到西伯利亚赤塔去的。这首诗坚信，十二月党人的事业不会落空。全诗的调子由深沉悲愤，渐渐转入高昂的乐观的境界，最后一段充满鼓舞人心的战斗气息。这首诗对流放中受难的十二月党人的鼓舞作用是可想而知的。

十二月党人的妻子中有好几位放弃全部贵族特权，直接跟随丈夫到西伯利亚去服苦役。如伏尔康斯卡雅公爵夫人，她的丈夫伏尔康斯基被判死刑后改为流放西伯利亚服苦役，她陪伴丈夫去了，在西伯利亚与丈夫同受监禁和流放之苦。

十二月党人妻子的事迹在俄国流传很广。诗人涅克拉索夫专门为她们写了一首长诗《俄罗斯妇女》，歌颂她们对爱情的忠贞，对丈夫事业的忠诚。诗中描写一位女主人公历尽艰辛到达流放地，下到矿井深处，在拥抱丈夫之前，先捧起丈夫的脚镣放到唇边亲吻，泪流满面。此情此景，深深感动了千万读者。十二月党人的继承者赫尔岑在《往事与随想》中，对这些可敬的妇女的事迹，也有详细记述。

《在西伯利亚矿井深处》这首诗被带到西伯利亚后，被放逐在当地的十二月党人奥多耶夫斯基和了一首诗，其中有这样的句子：我们屈辱的苦役不会被人遗忘，星星之火会燃烧成熊熊的火光。这首诗流传出去，后来在俄国革命运动当中起了特殊的作用。1900 年，列宁在国外创办《火星报》，就用这最后一句诗作为报头题词：星星之火会燃烧成熊熊的火光。

十二月党人起义失败后，尼古拉王朝的黑暗统治笼罩俄罗斯大地，一切有生命的进步思想，都被压制。普希金感到孤独。这种情绪一直伴随诗人，直到他生命的最后一刻。

1827 年，普希金创作《阿里昂》：

> 我们很多人同乘在独木舟上，
> 有些人紧拉着帆，
> 有些人同心协力地摇着插在深水里的有力的桨。
> 我们聪明的舵手在静寂中一声不响地驾驶着满载的船，
> 而我充满信心在向水手们歌唱，
> 突然间骚动的旋风狂袭过来，
> 卷起波涛的胸膛，
> 舵手死了，水手们也死了，
> 只剩下我一个隐秘的歌者，
> 被暴风雨掷向海岸。
> 我唱着旧日的颂歌，
> 并晒干我潮湿的衣裳。
> 在太阳下的岩石旁。

阿里昂是公元前 6 世纪至公元前 5 世纪的古希腊诗人与音乐家，普希金借用他的名字作为诗的标题。这首诗比喻的意思是很明显的。

1831 年，普希金创作了《回声》：

> 无论是野兽在林中嚎叫或者雷鸣，
> 或是猎人吹起号角，
> 或者是少女在山坡后歌唱。
> 对于每一种声音，

你都在茫茫的空中报以反响，
你给了回答的音信。
你倾听惊雷的霹雳，
暴风雨的吹打，波涛的翻腾，
还有乡野牧童的招呼，
一切都引起你的回荡，
但是你自己得不到答复。
诗人啊，你也一样。

这首诗说明普希金响应了时代的一切事件，但他的歌声得不到回答。在十二月党人被放逐以后，诗人找不到知音，他感到孤独。人民离得太远，也不能了解诗人的心声。

1835年，十二月党人起义十周年，普希金写下了《乌云》：

暴风雨后残留的乌云，
你独自曳过蔚蓝的天空，
唯有你使欢笑的日子不欢，
唯有你投下了忧郁的暗影。
不久以前，你还在苍穹奔驰，
凶恶的闪电缠住你的躯体，
于是你发出沉闷的雷声，
把雨水泻满干渴的大地。
好了，雷雨已经过去，
土地复苏了，时令已经不同。
你看那微风轻轻舞弄着树梢，

正要把你逐出平静的天空。

这首诗写得非常含蓄，诗人在借着一朵乌云抒发自己的情怀，但是诗人就是写乌云，没有给乌云加上一点人格化的东西，借物抒情恰到好处。自然界很平常的情景，在诗人那里引起了如此深沉的感触。稍微熟悉普希金生平的人，在读这首诗的时候，一定会产生一连串的联想。诗人把失败了的十二月党人起义比作消散了的暴风雨，而他自己是这场逝去的暴风雨残留下来的最后一朵乌云。

诗人在同年 12 月 26 日给奥西波娃的信中就有“起义已满十周年”之类的话。起义刚失败不久时，普希金对未来还充满信心，《在西伯利亚矿井深处》这首诗充满着战斗的气氛。而十年过去了，牢狱没有倒塌，十二月党人还关在阴暗的地牢，已经很少有人想起他们了，已经很少有人敢于提到这些被放逐、受苦受难的革命者了。普希金的诗句再也迸发不出蓬勃的生气，只流露出忧郁和疲倦。诗人只感到自己是孤独的，是不为人所需要的，像暴风雨后残留的乌云。好了，走开吧，时令已经不同。这首诗很典型地表现出沙皇专制制度统治下进步诗人的精神悲剧。我们就以这首诗结束对普希金公民抒情诗的分析吧。要说明普希金创作后期的精神状态，再也没有比这首诗更合适的了。

普希金的成就，主要是在诗歌方面，他活了 38 岁，写了 880 首抒情诗，包括未完成的在内，生前发表了 305 首。普希金被誉为“俄国诗歌的太阳”，从他发表最初的诗作起，一直到现在，不同时代的读者怀着赞叹的心情，咏读他的诗歌。他的诗歌语言朴素凝练，丰富生动，富于音乐性。一般说来，优秀的诗人都有独特的天赋。普希金的天赋令人惊讶，加上他从小熟读前辈诗人的作品，养成了他独特的思维方式。读者会感到，普希金用诗来思维，从诗的角度审视世界，他出口成诗，下笔成诗，诗是他的思想和情感的自然流露。

除了公民抒情诗，普希金还写了大量吟诵友谊和爱情的诗篇，这些作品生动地反映了他青少年时代对爱情和幸福的热烈追求，对人间欢乐的追求。普希金天性热情，感情丰富，极易激情迸发。爱情在他的精神世界里，占据着很重要的位置。普希金有一首脍炙人口的抒情诗《致凯恩》，这是俄罗斯中学生、中国学俄语的学生都会背的。

我记得那美妙的瞬间，
在我的面前出现了你，
犹如昙花一现的幻影，
犹如纯洁至美的精灵。
在那绝望的忧愁的苦恼中，
在那喧嚣的虚荣的困扰中，
我的耳边长久地响着你温柔的声音，
我还在睡梦中见到你亲爱的倩影。
年华流逝，狂暴的激情驱散了往日的幻想，
我忘记了你温柔的声音和你那天仙般的面影。
在穷乡僻壤，在流放的阴暗生活中，
我的岁月就那样静静地消失，
失掉了启示，失掉了灵感，
失掉眼泪，失掉生命，也失掉了爱情。
如今灵魂已开始觉醒，
这时候，在我的面前重新出现了你。
犹如昙花一现的幻影，
犹如纯洁至美的精灵。

我的心狂喜地跳跃，
一切又重新苏醒，
有了启示，有了灵感，有了生命，
有了眼泪，也有了爱情。

1825 年，普希金被软禁在米哈伊洛夫斯克村，生活孤寂，情绪低落。这时，他的邻居奥西波娃家来了一位女眷，普希金正好去拜访，遇见了凯恩。凯恩是他早年在彼得堡时认识的女友，那时的普希金年轻，朝气蓬勃，与贵族改革派青年军官们频繁交往，思想活跃，意气风发，创作灵感时时勃发，写了不少好诗。这一段生活留给普希金美好的回忆。现在，在孤僻的流放地，他突然见到了彼得堡来的客人。凯恩的来访勾起普希金多少回忆，凯恩仿佛是普希金彼得堡生活的化身，是他的青春时代的化身，是他的诗歌激情的化身，她的到来引起了普希金对往事的回忆，引起了他创作的冲动。普希金在送别凯恩时赠给她这首诗和长诗《叶甫盖尼·奥涅金》的第二章。《致凯恩》是赠给他的女友的，普希金从来没有想到发表这首诗，他的情感的流露是极其自然的，其中寄托了多少思想，多少感情。

普希金的诗充满俄罗斯民族生活的情调，大自然、生活场景、习俗，在他的诗中都是典型的俄罗斯式的。普希金的诗，总的情绪是开朗乐观的，他不肯屈服于命运。他要从命运的手中夺回哪怕是他丧失的快乐的一部分。本章开头引用过的《假如生活欺骗了你》就是例证。

除了 880 首抒情诗，普希金还写了 14 首长诗和一部诗体长篇小说。14 首叙事诗是《鲁斯兰与柳德米拉》《巴赫契萨拉伊喷泉》《高加索的俘虏》《茨冈》《强盗兄弟》《努林伯爵》《波尔塔瓦》《铜骑士》等。诗体长篇小说是《叶甫盖尼·奥涅金》。《鲁斯兰与柳德米拉》是普希金十八岁时创作的，当时他还在皇村中学读书。《高加索的俘虏》《强盗兄弟》《巴赫契萨拉伊喷泉》《茨冈》写于南方流放期间（1820—1824年），是普希金浪漫主义长诗的代表作。1828 年写的《波尔塔瓦》和1833 年写的《铜骑士》是普希金现实主义长诗的代表作。《波尔塔瓦》和《铜骑士》都是写彼得大帝的。《波尔塔瓦》写彼得大帝同乌克兰统领马赛帕的矛盾冲突。马赛帕企图把乌克兰从统一的俄国分裂出去，投降瑞典。《铜骑士》也写彼得大帝。彼得大帝是 18 世纪俄国有为的改革派君主，他同瑞典皇帝查理十二在波尔塔瓦决战，打败了查理十二，夺得了波罗的海的出海口。

彼得大帝得胜后，建立了一座壮丽的城市彼得堡，也就是后来的列宁格勒，即现在的圣彼得堡，这是俄国通向西欧的窗口。彼得大帝在历史上立下了伟大的功绩。但是，彼得堡是建立在农奴的白骨之上的，伟大的历史业绩往往同人民的牺牲和痛苦，以及个人的不幸联系在一起。这种矛盾是无法解决的。历史就在这种矛盾中创造、前进。普希金在《铜骑士》中并没有写彼得堡建成时的事迹，而是写彼得堡有一次被涅瓦河泛滥的洪水淹没的时候，一个小公务员叶甫盖尼的不幸遭遇。他所爱的姑娘在洪水中淹死了，他对花岗石座上骑在骏马上的彼得大帝塑像发出抗议、诅咒和威胁。忽然，他听到铜马落地的声音，回头一看，铜骑士彼得大帝从高高的花岗石座上，骑马一跃而下，直向他奔来，叶甫盖尼吓坏了，掉头就跑，骑士紧追不舍。铜马的马蹄，清脆地敲击着石头铺的路面。叶甫盖尼吓疯了，倒毙在涅瓦河边。有人说这首诗表现普希金对小人物的同情，有人说是对彼得历史功绩的肯定。我以为这部作品恰好表现了普希金心中无法解决的问题。他提出了这个问题，即历史进程的洪流与个人命运的冲突。矛盾如何解决，普希金没有提供答案。这个问题直至今日还在困扰我们。请看 20 世纪俄罗斯作家肖洛霍夫的名作《静静的顿河》，全部情节不就是提出了这个问题吗？肖洛霍夫想说的是：个人不过是历史风暴中的一粒沙子，个人无法掌控自己的命运。

现在我们再回过头去讲一讲南方时期的两首浪漫主义长诗《高加索的俘虏》和《茨冈》。这两首诗和《叶甫盖尼·奥涅金》在思想上有联系，而在艺术上正好表明普希金的创作从浪漫主义到现实主义的过渡和转变。《高加索的俘虏》的主人公是一个俄罗斯贵族青年，他被高加索三名彪悍的切尔开斯人俘虏，戴上脚镣当奴隶。可是他与别的俘虏不同，他对痛苦和随时可能遭到的杀害，漠然置之。他的目光冷漠忧郁，对一切无动于衷。他本来因为对生活厌倦，来到这蛮荒之地，他无所追求，无所惋惜，唯一遗憾的就是失去了自由。一个美丽的切尔开斯姑娘动了恻隐之心，给他送来马奶和葡萄酒。以后，每天晚上都来送饮食，并且爱上了他。姑娘向他倾诉自己不幸的命运，她的父兄准备把她卖给山那边的切尔开斯人，换取黄金，她不愿意做这种牺牲品，宁愿把爱情献给这个年轻英俊的俄罗斯俘虏。俘虏感谢姑娘的这番厚意，但是任何温情都已温暖不了他的僵冷的心。在一个暴风雨的晚上，趁村里男人全部外出作战，姑娘锯开了俘虏的脚镣，放他走了，然后自己投入了汹涌的河水。青年人听到了身后的响声，但是连头都没有回。普希金说自己在这部长诗中想要描写这种成为19世纪青年特点的对生活的冷漠和过早的心灵衰老。普希金在一个充满浪漫主义色彩的环境里塑造了一个现代贵族青年的灵魂：他在这个世界上看不到值得期待的目标，无论是高加索壮丽的自然景色、山民的淳朴生活，还是切尔开斯姑娘的爱情，都不能把他从空虚中拯救出来。

《茨冈》这部作品的标题是根据俄语直接音译的。茨冈就是吉卜赛人。吉卜赛人在斯拉夫人那里被叫作茨冈。贵族青年阿列哥也是因为对上流社会生活厌倦，加上他不知道为什么触犯了法律，离开城市来到茨冈中间，加入了他们的流浪生活，并且和茨冈姑娘金菲拉结为夫妇。后来金菲拉不爱他了，阿列哥发现她有外遇，就把金菲拉和她的情人都杀了。阿列哥早已发现金菲拉不再爱他，曾经向金菲拉的父亲发过怨言，还说他会用钢刀惩罚负情的女人。但是茨冈老人说，为什么呢？青春比鸟还自由，什么人能够把爱情阻挠，快乐轮番地赐给一切人。茨冈有自己的道德，他们认为人享有一切自由，包括爱情，她不爱你了，你就别干涉她的自由吧。而这是受城市文明熏陶的贵族青年所不能接受的，他被妒忌折磨，用血把自己和这些淳朴自由的茨冈永远分开了。老人对他说："你生来不是过粗野生活的，你寻求自由，只为了自己，你到流浪的茨冈中来追求自由，但是并不给别人自由。"

普希金写了俘虏和阿列哥两个现实的当代人，但是在特殊的浪漫主义的环境中展开他们的性格。因此，这种对当代贵族青年性格的刻画受到很大的局限。这种局限在诗体长篇小说《叶甫盖尼·奥涅金》中得到了克服。《叶甫盖尼·奥涅金》是普希金的代表作。这部作品的写作始于 1823 年 5 月，1830 年完稿，历时八年。在这八年中，爆发过十二月党武装起义，这个重大事件影响了作品的构思。《叶甫盖尼·奥涅金》是诗体长篇小说，我们简称为诗体小说。诗体小说是叙事诗的一种，是以诗的形式写成的小说，把叙事和抒情结合起来，它具有小说的特点，即有完整的情节结构，对人物性格及其发展过程进行细致的刻画，对人物活动的具体环境进行描写等。同时，它又有诗的特点，即抒情，除了通过主人公抒情，普希金更以"我"的身份进入作品，直抒胸怀，对人物及事件直接做出评价，或借一点事由发挥一通他对生活中各种问题的看法和感受。所以，作品中有大量的抒情插话。据粗略统计，全诗正文 8 章共 389 节，有 70 节抒情插话，约占五分之一。这是指整节抒情插话，还未包括在一节中插进的几句话。大量的抒情插话给诗人以极大的自由和发表议论的篇幅。如此，抒情又和议论结合起来。所以抒情和叙事、议论相结合，便是这部诗体长篇小说在形式上的特点。《叶甫盖尼·奥涅金》采用十四行诗的形式，也称商籁体。著名的诗体长篇小说还有拜伦的《唐·璜》。

《叶甫盖尼·奥涅金》讲的是这样一个故事。彼得堡贵族青年奥涅金坐着马车匆匆忙忙地赶到乡下去，他的伯父快要死了，奥涅金要去接受一笔遗产：庄园和农奴。他是彼得堡上流社会的一个纨绔子弟，从小接受法国家庭教师的教育，胡乱读过一点书，他的全部知识，刚刚够在社交场上应酬，他的最大的本领就是在情场上追逐女性。他每天下午起床，出去散步，黄昏时分坐上马车到最好的饭馆和朋友一起吃饭，然后赶到戏院，稍坐一会儿又赶到芭蕾舞剧院，给自己喜欢的女演员捧场，然后坐上马车回家换衣服。他要在化妆台前坐上两三个钟头，仔细收拾自己的头发、指甲，试穿各种时髦的服装，打扮好了，又乘上马车赶去参加某位公爵或者伯爵家里举行的舞会或者庆祝晚会，一直玩到第二天清晨才回家，然后一直睡到下午。在他起床之前，几张请帖又已经送到床前，不是舞会，就是晚会。总之，今天和昨天没有分别，一样的烦恼，一样的单调。终于，奥涅金对这种空虚无聊的生活感到厌倦了。

天天在游乐，随心所欲，
情场的胜利足够他夸口。
然而我的奥涅金可真的快乐？
这黄金的岁月有没有烦忧？
在宴席间，他尽情地饮筵，
他的心里可真是那么安憩？
不是的，他的感情早已僵冷，

世俗的欢笑已使他厌倦。

他决心躲过这一切，关在家里看书，可是他受的教育太浅薄，翻了几本书就不感兴趣。他想写作，坐了半天，面前还是一张白纸。这时候他的父亲突然死了。奥涅金为了应付债主，把家产一起交了出去。正好这个时候他接到一封信，伯父病重，要他去接受遗产。伯父死了，一大片庄园归他所有。在乡下的最初几天，他觉得新鲜，可是过不了几天，他又觉得厌倦了。开头，邻居们常来做客，几次以后，乡下地主的庸俗烦琐的谈话，使他厌烦透了，他吩咐仆人在后门时时备好一匹快马，只要听见大门口有马车声，他立刻骑上马，从后门溜走。不久，邻近的地主都说他是个怪物，不再来拜访了。只有一个年轻的邻居连斯基，刚从德国哥廷根大学学习回来，满脑子浪漫主义的幻想，他的来访才使奥涅金稍稍感到愉快。有一次连斯基约他一起到邻近一家地主家去做客。那一家姓拉林，有两个女儿，大的叫达吉雅娜，小的叫奥丽迦。连斯基承认自己爱上了奥丽迦，邀请奥涅金一起去看看他的意中人。奥涅金答应了，但只在拉林家坐了一会儿。可是他的来访扰乱了达吉雅娜心灵的平静。达吉雅娜性格内向，恬静、忧郁、孤僻，不喜欢热闹的应酬，不愿意和那些乡间阔少谈笑。在外省地主的那个庸俗的圈子里，她落落寡合。达吉雅娜喜欢读法国、英国小说，她常常带一本言情小说，在幽静的树林里独自游荡。她看得入了迷，把幻想当成了现实，把那些言情小说的浪漫主义主人公看作自己理想的意中人。这时候奥涅金出现了，他的贵族风度，倜傥大方的气派，他对周围事物的淡漠，他的慵懒的神态和疲倦的目光，他在拉林家这个平庸的小天地中流星似的出现，这一切都对达吉雅娜的想象产生了影响。她早就在等待某一个人。奥涅金出现了。达吉雅娜对自己说，就是他，就是这个人！达吉雅娜的心失去了平衡。

她写信给奥涅金，表白自己的感情。读完达吉雅娜的信，奥涅金被这个纯洁少女的坦率、热烈的表白打动了，他不愿意欺骗这个少女，于是直接去见达吉雅娜。在达吉雅娜家的花园里，面对脸色苍白的达吉雅娜，奥涅金滔滔不绝地讲了一大通道理。他说他不能爱她，因为他害怕结婚，只要一想起家庭生活，他就要打哈欠，那时候他只能给达吉雅娜带来痛苦。最后他说：你的信是那样坦率，我对你也不能不说实话，但是你以后可不能这样冒失，因为并不是人人都像我这样了解你。奥涅金走了，很长时间都没有去拉林家。

有一次连斯基来说，过几天是达吉雅娜的命名日，拉林夫妇请他去做客，顺便也邀请了奥涅金。连斯基并不知道奥涅金与达吉雅娜的事情，他以为奥涅金只是厌烦与那些庸俗的乡村地主应酬，就保证说只有少数几个客人来赴宴。连斯基因为和奥丽迦不久就要结婚，所以情绪很高，死乞白赖地拉奥涅金去参加庆祝晚会。奥涅金勉强去了。客人很多。奥涅金一看就知道上了连斯基的当。吃饭的时候，他正好坐在达吉亚娜的对面。达吉雅娜脸色苍白，眼睛里含着泪，让奥涅金很尴尬，他心里不痛快。他发誓要向连斯基小小地报复一下。舞会开始了，奥涅金故意一场不漏地邀请奥丽迦跳舞，使出他在彼得堡上流社会的手段，向奥丽迦献殷勤。奥丽迦这个轻佻的姑娘也把连斯基忘了。连斯基因为妒忌，愤怒到极点。奥涅金捉弄了一下连斯基，觉得很满意，回家却看到了一封信，连斯基不能容忍他的侮辱，提出决斗。奥涅金根本不在乎，立即就回复，表示接受。彼得堡的花花公子，哪个不习惯这一套？第二天清晨，漫不经心的奥涅金和心事重重的连斯基准时来到村外小河旁，在规定的距离之外，两人同时举枪瞄准，奥涅金的枪先响，连斯基应声倒地。虽然这一切完全符合上流社会的规矩，但是奥涅金还是感到良心受到责备，他待不下去了，离开了乡村，到各地去旅行。然而，旅行也和世界上所有事情一样，使他厌倦。几年以后，他终于又回到彼得堡，在舞会上露面。他的一个显赫的亲戚，一位将军，向他介绍自己的夫人。奥涅金低低一鞠躬，然后抬起眼睛一看，不由得大吃一惊，在他面前的正是达吉雅娜。但是她已经不是那个单纯的乡下姑娘，而是雍容华贵的公爵夫人。达吉雅娜当然认出了奥涅金，可是她只是非常淡漠地回了礼，脸上的表情一点儿没有变化，连眉毛也没有抬一抬，说了几句客套话就飘然离去，把呆若木鸡的奥涅金留在原地。达吉雅娜变得多么厉害，体态庄重，风度高贵，成了舞会的皇后。奥涅金简直不相信自己的眼睛，他开始狂热地追求达吉雅娜，一封接一封地给她写信，但达吉雅娜完全不理会。最后，奥涅金忍耐不住了，跑到将军的家里去，撞见达吉雅娜一个人坐在客厅里，正在泪流满面地读他的信。奥涅金跪在她的面前。

达吉雅娜说：

好了，奥涅金，起来吧，
你还记得你那时对我说的那番话吗？
虽然那时候你对我那样冷酷，
但还表现出行为高贵。
而现在呢，你为什么这样追我，
是不是因为我富豪显赫，
我的荒唐失足，
将会被所有人传为笑柄，
而你可以向所有人炫耀
你在情场上的本领。
对于我，你以前那份冷冷的教训，
远胜过现在这种热情这些书信。

对于我，奥涅金，这种豪华，
这种可厌的生活的浮夸，
这富贵场中对我的推崇，
这些晚会和这漂亮的家，
它们算得什么？
这时我宁愿抛弃这些身着破衣的假面舞会，
这一切荣华喧嚣和烟尘。
为了那架书，
那郊野的花园，
和我们乡间小小的住所，
我宁愿仍然是那个地方，
奥涅金，我们在那里初次相见。
我愿意看到那荒凉的墓场，
那里一个十字架一片树荫，
覆盖着我的奶娘。

最后达吉雅娜说：

我虽然爱你，
但我已经属于别人，
我将要一世对他忠心。

她走开了。
奥涅金站在那里，
仿佛一个霹雳把他震呆。

这时候传来了马刺的声音，达吉雅娜的丈夫随着进来。就在这尴尬的一刻，普希金结束了这部作品。作品的主要人物有四个：奥涅金、达吉雅娜、连斯基和奥丽迦，最重要的是奥涅金，他是俄国 19 世纪 20 年代贵族青年的一种类型的代表。20 年代的贵族青年有三种类型，第一类是发展成为十二月党人的贵族进步青年，他们有很高的教养，性格坚强，生活目标坚定。他们大多数是军官，在 1812 年卫国战争中随军到过巴黎，接受了资产阶级民主自由思想，梦想回来改造自己的祖国。第二类是沉迷于纸醉金迷生活的腐化的贵族青年。第三类青年，既对贵族腐朽的生活方式表示厌倦，又无力跳出这种生活圈子，他们没有明确的生活目标，缺乏坚强的意志，无所事事，彷徨苦闷。奥涅金就是他们的代表。像奥涅金这类人，对贵族上流社会的生活感到烦闷厌倦，这说明他的精神要求比一般贵族子弟略高一筹，在百无聊赖的时候，他曾经想干点什么，也就是说他并不安于无所事事，似乎总在寻求一种连他自己也说不清的生活目标，但他所受的贵族教育使他毫无实际工作能力，完全缺乏意志力量，终于一事无成。谈情说爱是他生活中最主要的事情，可是无论他最初拒绝还是后来追求达吉雅娜，都是出于利己主义的打算，终于错过了幸福的机会。正如达吉雅娜最后对奥涅金说的：

幸福消失了，
但它曾经是多么接近。

爱情描写是刻画人物性格的手段。在俄罗斯文学中，爱情生活常常是对主人公的考验。奥涅金在爱情生活上的表现，说明他既想超越贵族上流社会的道德，最后又屈服于它的道德。他在爱情生活中的失败，说明他在生活中完全找不到自己的位置。他与连斯基的决斗，说明他还是受贵族社会这种野蛮而虚伪的风尚的支配的。小说开头，他由于厌倦而离开彼得堡上流社会，小说结束的时候，他又回到从前的生活圈子，他曾经有过模糊的叛逆的愿望，而终于不能成为叛逆者。奥涅金对生活持怀疑态度，厌倦冷漠，对一切不感兴趣，对社会问题更没有很大兴趣；读过一点英国政治经济学家亚当·斯密的作品，一知半解；对自己庄园的农奴生活，觉得有不合理的地方，还做过一点小小的改革，但刚动手就厌烦了，一点正经的事情也做不成。

正如赫尔岑所说，奥涅金是一个游手好闲的人，因为他从来不做什么事，他在他所处的环境里是一个多余的人。奥涅金既不愿意与纨绔子弟、贵族官僚们同流合污，又与人民距离太远；既不满于上流社会的生活环境，又找不到另一个合适的生活环境，成为没有立足之地的多余人。

人们常常用既非孔雀，又非乌鸦来形容这种人，这是很确切的。多余人的悲剧主要是找不到精神支撑点，在否定了一种生活之后，找不到另一种生活理想来填补精神空白，找不到的原因是距离人民太远。在普希金的时代，贵族社会中出现这一类青年，他们的生活没有意义，他们的命运如何，当时的生活没有提供答案。普希金敏锐地看到了自己阶级中出现的这类典型，寻找他们的精神忧郁症的病根，即贵族知识分子脱离人民，这也是《叶甫盖尼·奥涅金》的主题。赫尔岑和别林斯基深切理解这种典型的意义，把这种典型称为“多余人”，这个名称极其确切和形象地点出了这种典型的本质。高尔基在评论“多余人”的时候曾经说过，这些人不能为生活而斗争，在生活中找不到自己的位置，而且或多或少地明确意识到个人存在的无目的，于是把这种无目的看作一切社会生活和历史过程的无意义。高尔基还说，“多余人”在文学中的出现，是贵族阶级的自我批判。

在普希金作品的研究中，一向存在奥涅金究竟是贵族先进青年的典型，还是“多余人”的典型的争论。持前一种意见的人的根据是，普希金自己说过，他曾经想把奥涅金写成十二月党人。其实这是一种形而上学的观点，只抓住作者的一句话，而没有看到普希金说过这句话后，在创作构思上的改变，改变的关键是创作过程中发生了十二月党人起义，起义的失败使普希金十分震惊，也启发他冷静地思考失败的教训。普希金作为贵族有识之士的代表，在政治思想上，与十二月党人是一致的，但在对现实的认识上，比十二月党人清醒。起义的失败暴露出贵族革命家的弱点，普希金开始怀疑，脱离人民能否改革现状？他写过历史剧《鲍里斯·戈杜诺夫》（1825 年 11 月），剧中直接提出人民在历史上的作用问题，反映了他对这个根本问题的思考。

十二月党人的失败充分暴露了贵族改革派脱离人民这个致命弱点。起义失败后，贵族改革派人士的革命性日益减弱，他们的弱点愈加扩大，这是促使普希金改变人物命运构思的根本原因。对贵族生活和现状不满的奥涅金本来有可能走向革命，而现在在 1825 年以后完成的奥涅金形象，最终蜕化成“多余人”，以脱离人民、精神空虚作为他的最突出的特点。从呈现在我们读者面前的完整的作品来看，奥涅金实实在在是一个“多余人”的形象。

现在我们来谈谈《叶甫盖尼·奥涅金》在普希金的创作和俄国文学现实主义形成中的作用。首先，普希金在这部作品中，在贵族社会日常生活的环境中来塑造人物，这就与《高加索俘虏》和《茨冈》截然不同。这两部作品中的主人公完全生活在特殊的充满浪漫色彩的环境中，即高加索的少数民族和流浪的茨冈中。而《叶甫盖尼·奥涅金》这部作品把主人公放在贵族社会日常生活的环境中，其中全部细节的描写都是十分真实的。难怪别林斯基称赞《叶甫盖尼·奥涅金》是当时俄国社会生活的百科全书。在这样的环境中，人物的性格可以深入展开，显得真实可信，而且获得典型意义。其次，普希金受启蒙主义思想的影响，强调环境和教育对人物性格形成的意义，所以他详细描写了奥涅金的生活细节和教养，这样一个缺乏意志力量，缺乏实际能力，缺乏做成任何一件事的毅力的“多余人”，正是这样一种环境和教育所造成的，这种写法是现实主义文学塑造人物的一条重要原则。有意思的是，普希金强调，贵族子弟奥涅金所受的是法国人的教育。普希金认为，这是贵族子弟的性格脱离俄罗斯民族土壤的表现之一。与此相对照的是，他塑造了达吉雅娜的形象，按照普希金的想法，女主人公的形象应该是对奥涅金形象提出的问题的解答，体现了贵族人物解脱精神矛盾的出路。达吉雅娜的家是被美化的宗法制生活的化身。她虽然也出身贵族，但是她在自己父母家里，好像是别人家的女儿。形成达吉雅娜性格的生活条件是俄罗斯的大自然，大自然怀抱中的穷乡僻壤，俄罗斯民族固有的文化传统、民间传说和风俗习惯乃至贫苦乡邻的影响，因此，达吉雅娜精神和谐，处处与奥涅金形成鲜明的对照。

教育奥涅金的是外国家庭教师，培育达吉雅娜的是普通的俄国农奴出身的奶妈。奥涅金活动的场所是剧场和宴会，达吉雅娜生活的天地是田野和森林。奥涅金过着反常的生活，拿黑夜当白天。达吉雅娜遵循着自然规律，像只清晨的小鸟，黎明即起，像农家姑娘一样，到外面去用初雪洗脸。奥涅金最拿手的是在交际场上逢场作戏，达吉雅娜幻想着真挚的爱情。达吉雅娜性格中的一切优点，都来源于这种接近自然的生活。在普希金看来，不脱离民族生活的土壤，是克服贵族弱点的道路，也是奥涅金之类贵族子弟解决精神矛盾的出路。在这个意义上，普希金把达吉雅娜称作“我的理想”。普希金塑造的“多余人”形象，真实地反映了贵族阶级改革派人士革命性逐渐减弱以至消逝的历史趋势，表明了时代的动向，反映了当时生活的本质。这也为以后俄国现实主义文学做出了榜样。此后，俄国文学以塑造不同典型人物来反映时代的交替，完全继承了普希金这一传统。奥涅金是个开放性的典型，“多余人”的全部特点并没有在奥涅金这一个人身上体现出来，“多余人”的完整的典型是由 19 世纪 20 至 50 年代好几位作家塑造的贵族青年的形象来共同完成的。他们是莱蒙托夫的《当代英雄》中的毕丘林、赫尔岑的《谁之罪》中的别尔托夫、屠格涅夫的《罗亭》中的罗亭、《多余人日记》中的朱尔卡多林和冈察洛夫的《奥勃洛莫夫》中的奥勃洛莫夫。奥涅金的形象也有明显的缺点，即平面性，他的一切几乎全由普希金叙述出来，我们看不到他的心理活动、自我意识。这些缺点在以后的“多余人”形象中将得到克服。最后，我想结合外国文学研究、现当代文学研究和比较文学研究，来谈几点看法。“多余人”的名称，一再出现在各种论文中，研究者把“多余人”与古典文学、现当代文学中的一些人物做比较研究，力图拓宽研究视野。但是我发现，他们对“多余人”典型的丰富内涵总是把握得不够准确和全面，因此，有些文章显得非常牵强。

第一，“多余人”典型的历史内涵是 19 世纪 20 至 50 年代贵族统治危机在贵族阶级内部的反映，是贵族阶级所做的自我批判。第二，“多余人”典型的阶级内涵：“多余人”是一批对现实不满、对生活厌倦的贵族青年精神蜕变的产物，是一批有模糊的叛逆愿望而无力使之实现的、无力跳出贵族生活圈子的聪明的“废物”。第三，“多余人”典型的哲学内涵是对现实的怀疑主义、对生活的虚无主义和悲观主义，以及处世中自觉或不自觉的利己主义。第四，“多余人”典型的心理内涵：“多余人”的出现是自启蒙主义以来个人意识觉醒的表现及认识自我的一种努力。认识的结果是什么呢？是价值观的失落感和清醒得令人绝望的多余感。“多余人”既非正面人物，又非反面人物，把“多余人”拔高为先进贵族青年的典型是不对的，把他们贬低为道德堕落的腐化青年也是不对的，他们的性格充满矛盾，是典型的二重组合，所以，不能对他们做简单化的道德批判。“多余人”典型的丰富内涵，引起不同时代不同民族不同阶级的读者的共鸣。中国现代作家郁达夫在读了《罗亭》和《多余人日记》以后，深受触动和启发。他多次谈到他的作品中的零余者，是在多余人的形象的启示下塑造的。据我看，郁达夫笔下的小资产阶级知识分子出身的零余者与“多余人”典型的哲学内涵和心理内涵是相通的，特别是心理内涵，正是价值感的失落感和自我意识到的多余感，成为零余者的主要特征。新时期文学中有许多描写下乡插队知青的作品，其中有不少主人公有明显的“多余人”的影子。“文化大革命”中下乡插队的知青，在打倒“四人帮”后，在整个国家恢复生机的时候，他们却产生了多余感，这是他们对生活的怨恨所引起的一种被欺骗、被抛弃、被遗忘的感觉，他们的精神支柱因此倾斜断裂，不为社会需要的多余感、自卑感油然而生。这些在我们的当代文学中有所反映，不少评论家也注意到了这一点。一些论者就这一点做比较文学的文章，把零余者与“多余人”绝对等同起来，把 20 世纪 70 年代中国插队知青与奥涅金、毕丘林绝对等同起来，寻找他们的相同处。我以为这是不妥当的，应该说“多余人”典型的内涵的某一方面引起后代某些人的共鸣，他们有相似之处，而不是完全相同。他们的共鸣点主要是在心理上。

下面我要介绍普希金的中短篇小说。很多人只知道普希金是诗人，而不知道他写过极其出色的小说。普希金生前发表过《别尔金小说集》《杜勃罗夫斯基》和中篇小说《上尉的女儿》。我先给大家介绍两篇短篇小说，这两篇作品分别写了俄国社会中两种不同的人物。第一篇《射击》的主人公西尔维奥是一个典型的贵族，他还保留着贵族的骑士风度。他把名誉看得高于一切，他生活的目标是复仇，而复仇的方式又非常奇特。复仇是为了追求精神上的胜利。他的生活有什么意义，有什么价值呢？普希金实际上是通过这个形象批判一部分贵族生活毫无意义，这种批判，也针对他自己。十二月党的领袖之一彼斯捷尔和普希金有过一次对话，普希金说决斗是捍卫个人名誉，彼斯捷尔说，与献身国家事业相比，为了个人名誉而随便拿生命去冒险，值得吗？普希金虽然被朋友敲过警钟，但最后还是死在这种控制不住的冲动中。读这篇小说，不由得想起普希金和莱蒙托夫两位天才诗人的结局，真是令人唏嘘。这篇小说的写法是很别致的，分上、下两篇，由故事叙说人串起来，故事的上半部分由第一个主人公西尔维奥讲述，故事的下半部分由第二个主人公伯爵讲述。一件事情，有头有尾，上篇造成悬念，下篇是结局。有关的两个人物，各讲一半。结局如果还是由西尔维奥自己来讲，那就不精彩了。现在把故事的开头由西尔维奥讲，结局由伯爵讲，在伯爵的叙述中，西尔维奥的性格更加鲜明了。小说的结构真是独具匠心，很值得借鉴。

第二篇小说是《黑桃皇后》。作品讲的是青年军官盖尔曼的故事。一群青年军官在一起打牌，打得兴高采烈，下的赌注越来越大。在场的人都参加了，只有一个青年军官默默地坐在一旁看，他叫盖尔曼。他几乎天天来看他的同伴们打牌，但自己从来不下注，因为他穷，赌不起。他在看人家赌的时候，眼睛狂热地闪着光，流露出强烈的欲望，但他控制自己不参加赌博。有一次赌局散了，主人留大家喝酒聊天。主人说，他给大家讲讲他祖母的一点儿轶事。他的祖母是某伯爵夫人，当年非常风流，常年住在巴黎，出入上流社会，祖父很有钱，随便供她挥霍，只要她开口就满足她的要求。但是，多大的财产也总有个限度。有一次，伯爵夫人赌输了回来，对丈夫说她赌输了，答应明天晚上给钱。输的数目很大，把祖父吓了一跳。他说，尽其所有，一时半时也凑不出这笔钱来。伯爵夫人没有办法，跑到一个放高利贷的人那里去恳求借钱。那个人平常很爱慕伯爵夫人，这下动了恻隐之心，说：“我不给你钱，但告诉你三张牌，你明天晚上再去赌，按我告诉你的三张牌，你押的赌注要正好是你输掉的钱，就是说保证你翻过来。但是你从此不再赌钱，再不用这三张牌，并且绝不把这个秘密告诉任何人。”伯爵夫人发誓遵守这些条件。第二天晚上，她按照那个人告诉他的三张牌下了赌注，结果翻了过来，还清了债，保住了自己的名誉。从此，她不再去赌场。现在她还活着，我每次去缠着她问这三张牌的秘密，她总是笑着摇摇头。故事讲完了，在场的人，有的相信，有的不相信，随便议论了一通，谁也没有把这当回事，只有一个人一声不响，专心致志地听着，也不发议论，最后，和大家一起向主人告别，回家了。这位老伯爵夫人的确还活着，七八十岁了，脾气古怪。她有一个养女，养女就是穷亲戚或女仆的女儿，养在身边，地位只比婢女略高一点。养女名叫丽莎，每天伺候老伯爵夫人的起居，给她读小说，随时准备陪她坐车出去散步或者出席舞会。没事的时候就坐着，手上随便拿点活计，等伯爵夫人的使唤。有一天，寂寞的丽莎坐在窗前做针线，房间在楼上，丽莎偶然抬起头向窗外望了一眼，瞥见正对窗口的路对面，站着一个青年军官。他站在那里，眼睛一动不动地盯着丽莎的窗口，丽莎没有在意，又低头做针线。不知过了多少时间，她偶然抬头一看，发现那个青年军官还是那个样子，还是那个姿势，目光盯着窗户。丽莎这次似乎觉得那个军官看见了她，捕捉到了她的目光。不过丽莎以为这只不过是她自以为是罢了，她又低下头去做针线，但是她已经没法控制自己不抬头再向窗外看一眼。情况还是老样子。直到天黑了，青年人才离开。

第二天一早，丽莎在窗口坐下之前，好奇地往窗外看了一眼，发现那个青年军官又站在那里，眼光固执地望向自己的窗户，他们的目光相遇，丽莎似乎觉得那个青年人的脸上露出一丝笑容。从此以后，丽莎一有空就坐在窗前，和那个青年军官交换着沉默而热烈的目光。丽莎的心被感动了。在上流社会中，养女的地位是很可怜的。她只比婢女好一点，但没有陪嫁，没有地位，一辈子就陪着古怪的老女主人，直到她死，自己则前途未卜。在舞会上，青年人有礼貌地向老伯爵夫人鞠个躬，从丽莎的身旁走过，谁也不会去注意她，谁也不会去请她跳舞。所以，窗外路对面那个青年军官的固执的追求的目光，使丽莎的寂寞的心感动了。

有一天，老伯爵夫人要出去散步，丽莎陪同，老夫人上车后，丽莎刚要踏上马车，忽然看见那个青年军官迅速跑过来，塞给她一张纸条。丽莎手里像捏着一块烧红的炭，好不容易熬到回家，把自己反锁在房间里读那张纸条。盖尔曼，读者当然已经猜到他就是盖尔曼，要求丽莎给他一个见面的机会，丽莎犹豫了很久，但终于下了决心。第二天，丽莎从窗口掷下一个纸团，盖尔曼迅速跑过来，拾起纸团就走了。丽莎写道："如果你真像你的信上写的那样爱我，那就请你在下星期的某一天晚上十一点多来大门口。那天晚上，伯爵夫人要在十一点至凌晨出席舞会，我也会陪去。马车离开后大门开着。仆人在老夫人回来之前都去休息，只留下一两个人在前厅看门，你到半夜之后，估计仆人都在打瞌睡的时候，悄悄进来，走过前厅，直奔楼梯，上楼后，经过客厅来到伯爵夫人的卧室，卧室屏风后边有两扇门，右边的通向伯爵的书房，左边的门后边有一道小楼梯，直通我的卧室，门开着，你到房间里，等我回来。"在指定的时间之前，盖尔曼早早到街角等候，他看伯爵夫人和丽莎上了马车，耐心地等到半夜之后，就按丽莎指定的路线悄悄地闪进了伯爵夫人的卧室，在屏风后边找到了两扇小门，盖尔曼打开左边的小门，看见一道窄窄的楼梯，那是直通丽莎的房间的，盖尔曼望了一眼，没有上去，却一转身进了右边的小门，进入书房。他发现从书房的门里可以看见伯爵夫人的整个卧室。凌晨四五点钟左右，街上马车铃响了，盖尔曼听见老夫人进来，看见丽莎伺候老妇人卸妆。世界上也许只有盖尔曼一个外人见过当年风流一时而如今老朽不堪的伯爵夫人卸妆的情景。只见她的头发都掉光了，假发和帽子都是用夹子和别针别住的，衣服的各种花边，也都是用别针别住的，别针像雨一样落下来。遮盖一切的外衣脱掉以后，老夫人完全像一段枯朽的木头。盖尔曼听见丽莎上楼去了，看见伯爵夫人像所有老年人一样，不马上去睡觉，却静静地坐在沙发上养神，她的眼睛呆滞不动，脸上毫无表情，嘴却无声地动着，好像在默默地唠叨着什么。突然，伯爵夫人的双眼动起来了，露出了惊恐的神色，而动着的嘴却不动了。原来，伯爵夫人发现，在她面前出现了一个陌生的年轻人，她想站起来，可是脚不听使唤。她只听见那个人说："不要怕，伯爵夫人，我不是坏人，不是来害您的。我今天来求您一件事，您还记得您年轻时候输钱的事情吗？有三张牌挽救了您的名誉，您不肯把这三张牌的秘密告诉您的儿孙，其实他们太富裕了，根本用不着知道这三张牌的秘密，而我是一个穷军官，这三张牌可以给我幸福，告诉我吧，这三张牌是什么？我和我的子孙将永远为您祈祷。"伯爵夫人终于开口了，她说："你不要听我孙子胡说八道，我不过是说着玩而已，实际上没有那回事。"盖尔曼跪在她面前继续苦苦哀求，但是老夫人一声不响，再不听了，再不开口了。盖尔曼求了很久，最后忍耐不住了，跳起来拔出手枪。厉声说："老妖精，你再不说，我就打死你。"他只看见伯爵夫人的眼睛露出惊慌的神色，把手举起来，好像要挡住盖尔曼的手枪，突然她的头一仰，身子一歪，倒在沙发上了。盖尔曼一看，老夫人吓死了。心灰意冷的盖尔曼走到屏风后，开了左边的小门，上楼梯走进了丽莎的房间。失望的养女正在哭泣，盖尔曼坐下来，把一切和盘托出，他要求丽涉指点一条出门的路。伯爵夫人年轻的时候，设计了一条暗道。盖尔曼走了。

伯爵夫人入殓的那天，有一个陌生的青年军官走到死者的棺材旁，那是盖尔曼，他内心有愧，他想最后看一眼老夫人表示自己内心的歉意，他随着吊唁的人走近棺材，当他低头想看清伯爵夫人的面容时，他清楚地看到死者的嘴微微牵动，对他微微一笑。盖尔曼神志恍惚地回家了。当天他睡下做了个梦，梦见伯爵夫人。伯爵夫人说："我可以告诉你三张牌的秘密，但是你必须娶丽莎为妻。"盖尔曼答应了。这三张牌是三点、七点、黑桃 A。过了几天，巴黎来了一个出名的赌场老板。军官们聚在伯爵夫人的孙子家里赌钱，盖尔曼也来了，他默默地站在旁边，谁也没留意到他。当赌注下得很大的时候，突然一只手伸到牌桌上来，把一笔很大数目的钱押在三点上。庄家也只好按这笔款数押上这么多的钱。揭牌了，一看，正是三点。那只手把桌子上所有的钱全部拢到自己跟前。大家一看，惊讶地发现是从来不赌的盖尔曼。第二天，盖尔曼又来了，赌徒们立即让给他一个位置。盖尔曼把两倍于昨天的赌注押在七点上，这次他又走运了。第三天，赌局只在他来了以后才开始。盖尔曼把一笔巨款压在一张牌上，然后高声说，黑桃 A。庄家揭牌了，不慌不忙地说："先生，您的皇后输了。"盖尔曼记得他是把钱押在 A 上，可是抬起手来一看，手底下压的不是 A，而是黑桃皇后 Q。这时候他仿佛看见黑桃皇后的脸似乎变成了老伯爵夫人的脸，嘴角牵动，朝他微微一笑。

《黑桃皇后》的主人公盖尔曼是个什么样的形象呢？他的性格特征是什么呢？他已经没有贵族特有的骑士风度了，他身上的贵族特征已经完全丧失，贵族的荣誉感丝毫都没有了。他追求金钱，金钱成为他的生活目标，恋爱成为追求金钱的手段，在他的身上表现出来的是冒险家的特征。在贵族阶级没落的过程中，开始出现资产阶级式的冒险家。这是普希金发现的，是 19 世纪俄国文学中第一个具有资产阶级特征的冒险家人物。他的后继者是果戈理的《死魂灵》中贩卖死农奴的乞乞科夫。

这个短篇写得很有特色，最精彩的地方是盖尔曼在指定的时间闯进伯爵夫人的卧室的那一段。盖尔曼走过前厅以后，直奔楼梯，经过客厅走进了卧室，卧室屏风后边有两扇小门，右边的小门通向书房，左边的小门后有一道楼梯，窄窄的楼梯直通可怜的养女的卧室，但是盖尔曼没有登上楼梯，而是一转身走进了书房。这一转身使整个情节出现了转折，盖尔曼的性格也就完全暴露。下一个精彩处是盖尔曼亲眼看见伯爵夫人卸妆。这一段含义丰富，老朽的伯爵夫人，象征着衰朽的行将就木的贵族阶级。

第三个精彩处是写伯爵夫人坐在安乐椅上休息，她的双眼无神，毫无表情。突然，她那僵尸似的脸，莫名其妙地起了变化，毫无声息地动着的嘴唇不动了，眼睛却活动起来了。原来在她面前出现了一个陌生的年轻人。普希金不写盖尔曼是如何走出书房，而是从伯爵夫人的脸部表情的变化来表现盖尔曼突如其来的出现。

另外，丽莎在窗前的心理活动也写得很出色，写出了心理活动的层次。她第一次偶然抬起头来，看见窗口路对面一个青年军官，没在意。第二次偶然抬起头，似乎觉得军官捕捉到她的目光，不过她认为这只不过是她自以为是罢了。第三次，她已经没法控制自己不抬头再往窗外看一眼。而第二天，她在坐下之前，先朝窗外看了一眼。盖尔曼去赌场的表现也写得层次分明，十分吸引人。《黑桃皇后》情节引人入胜，形象生动，叙述技巧高超，被当代俄国读书界奉为俄国经典小说之首。

最后谈谈《上尉的女儿》。这部作品描写 18 世纪俄国最大的一次农民起义，即普加乔夫起义。故事由主人公格里尼约夫以第一人称口吻叙述出来。格里尼约夫出身贵族家庭，还没出生，就在禁卫军团里登记入伍了，到他成年的时候，他的军龄已足够让他当军官。他的父亲不让他去彼得堡，免得他在花花世界里学坏，叫他到偏僻的奥伦堡去服役，老仆人萨威里奇跟随他去了。奥伦堡司令把格里尼约夫派到白山要塞去。

行至半途，草原上突然起了暴风雪，他们迷了路，不知道该往哪儿走。茫茫风雪中忽见一个人，这个人把他们带到旅馆。第二天，格里尼约夫和他告别的时候见他穿得单薄，便送他一件兔皮袄。

青年人到了白山要塞。白山要塞司令是米隆诺夫上尉，手下有二三十个残废兵，有一尊塞满了垃圾的大炮。上尉有个女儿叫玛莎。格里尼约夫和玛莎相处得很好。要塞里还有一个军官叫希伐勃林，他原来在彼得堡，因为与人决斗被罚。这个人在背后说玛莎的坏话。他对格里尼约夫说："如果你想玩一玩的话，我就把她让给你。"格里尼约夫认为，这是对他和玛莎的侮辱，于是提出决斗，但他不幸在决斗中受伤了。玛莎细心地看护格里尼约夫并接受了他的求婚。正在这个时候，普加乔夫起义军围攻并占领了要塞，米隆诺夫和格里尼约夫被俘，希伐勃林投降。神父太太动了恻隐之心，藏起了玛莎。上尉被绞死，格里尼约夫正要被套上绞索时，有一个老头扑到普加乔夫跟前说："你这没良心的，你不看看这是谁吗？你不认识我家少爷了吗？你还记得那一件兔皮袄吗？"原来老仆人萨威里奇认出了普加乔夫就是暴风雪中的领路人。普加乔夫一看，啊，原来是少爷，他就放了格里尼约夫，还送给他一匹马，让他走。格里尼约夫回到了奥伦堡。不久，普加乔夫围攻奥伦堡，格里尼约夫出战，有一个哥萨克故意把他引到冷僻处，给他一封信，那是玛莎给他的，信上说希伐勃林逼婚。格里尼约夫驰救被扣。普加乔夫再次伸出援手，救了玛莎，放了小两口。后来，普加乔夫失败被捕，格里尼约夫因为有这么一段经历，也被连累入狱。玛莎在彼得堡冬宫偶遇叶卡捷琳娜女皇，女皇答应殉难的上尉的女儿的请求，释放了格里尼约夫。普加乔夫临刑时，在围观的人群中发现了格里尼约夫，镇静地点了一下头。

普希金在写《上尉的女儿》之前，曾经走访了普加乔夫起义发生的地方，同亲眼见过起义和普加乔夫本人的老人们交谈过。他研究了大量的历史档案，写了历史著作《普加乔夫史》。普加乔夫起义在俄国农民运动史上规模最大，沉重地打击了农奴制度，震动了沙皇统治的基础。然而，历来官方的历史学家总是把普加乔夫写成可怕的杀人犯，把农民起义写成犯下血腥暴行的一场灾难。普希金一反贵族历史学家的阶级偏见，第一次把农民起义领袖普加乔夫写成正面人物。在小说中，普加乔夫起义被描述为得到广大农奴和被压迫少数民族广泛支持的运动，暴动的原因是贵族农奴主压迫太甚。在普希金的笔下，普加乔夫是一位深受人民爱戴的英雄，有很高的威望，爱憎分明，对自己人充满温暖的同情和关怀，对敌人则毫不留情。他机智勇敢，豪气冲天。这些特点贯穿小说的全部内容。小说的情节主线是由格里尼约夫与普加乔夫的个人关系构成的。这种关系用一句普通的话来说，叫以德报德；用学术语言来讲，叫人道主义。这两个敌对阶级的代表，在阶级斗争的激烈冲突中遇到一起了，他们都以深刻的同情心援助过对方。在两个阶级生死搏斗的背景下，这种关系显得十分奇特。普希金是想通过这两个人的关系说明，如果他们所代表的两个阶级都能用这种同情的态度处理相互关系的话，类似惨痛的流血事件就不会发生了。小说既写了农奴主对农奴的残酷，也写了起义农奴的无情报复。特别是在描写起义农民遭到残酷镇压之后，普希金借格里尼约夫的口说出了一句话：愿上帝保佑我们不再看见这种毫无意义的残酷的俄罗斯叛乱吧。的确，普希金从暴动发展的前景看，普加乔夫的失败是不可避免的，他对普加乔夫个人充满同情。他认为，暴动只能给农奴带来更大的灾难。他认为，只要贵族地主放下手中的鞭子，农奴放下手中的棍棒，双方是可以和平共处的。普希金的这种人道主义思想，当然仅仅是一种不可能实现的幻想。贵族农奴主和农奴的矛盾是不可调和的，只有农奴的斗争，才是推动俄国社会前进的动力。普希金的人道主义思想，在作品中是通过格里尼约夫和普加乔夫的关系表现出来的，而这种关系是通过一件兔皮袄的细节描写出来的。在普希金的小说里，细节具有典型性，是经过提炼的。兔皮袄在情节的关键时刻总是出现，成为联系敌对双方两个人物的纽带。普加乔夫对格里尼约夫说："我总记得你那件兔皮袄的好意。"细节的运用是普希金的一大特色。

《上尉的女儿》是俄国文学中第一部描写农民起义的文学作品。这部小说的写法在当时是很了不起的，但是在我们今天看来，这种写法本身就有很大的局限性。小说以格里尼约夫的个人遭遇和他同普加乔夫的个人关系为情节主线，这样就无法展开对农民起义的正面描写，起义的一切都是从格里尼约夫的角度去写的，因此都蒙上了贵族阶级的偏见的色彩。

《上尉的女儿》情节紧凑，叙述简洁，语言极其朴素。叙述的语调娓娓动听，像一条清澈的小溪。总的说来，普希金的小说和他的诗一样，有一种朴素的美，一切都恰到好处，没有一点多余的东西。

《上尉的女儿》完成于 1836 年。一年以后，普希金在决斗中被人杀死了。普希金的私生活很不幸，他娶了莫斯科一位有名的美女冈察洛娃，这个轻浮的女人只知道挥霍享受，她最喜欢的是参加舞会，对普希金的创作丝毫不理解、不喜爱、不尊重、不关心，当普希金怀着创作的喜悦，把自己的作品拿给她看的时候，她嚷道："天哪，普希金，你干吗老是拿这些东西来烦我?"无耻的沙皇尼古拉看中了冈察洛娃，他赐给普希金宫廷近侍这样一个贬低人的职位，主要是要让普希金的妻子随时可以出入宫廷，这样他就可以有很多机会接触冈察洛娃。另外一个法国流亡贵族丹特士也公开追求冈察洛娃。社会上流言四起，普希金的名誉受到严重损害。一个外国侨民之所以敢于这样大胆，是因为他知道沙皇对普希金没有好感，整个贵族上流社会把普希金看作眼中钉，以破坏他的名声为乐事。他们鼓励丹特士这样干。普希金接到了匿名信，信中充满了侮辱性的话，普希金忍无可忍。他提出决斗，他说他的名誉是属于全俄罗斯的。在决斗中，普希金受了重伤，两天之后与世长辞。临死时，他说："这个世界上没有我活的地方。"杀死普希金的是丹特士，但是在他后面站着沙皇尼古拉和整个贵族阶层。普希金逝世以后，群众自动聚集在他家门口哀悼。几天之内，有三万多人向伟大的诗人的遗体告别。沙皇怕引起群众示威，命令各报刊对普希金的逝世只能保持温和与适当的态度。举行葬礼的时候，教堂门口布满警察。最后，普希金的灵柩由宪兵押着送回米哈伊洛夫斯克村。但是，沙皇的任何措施都不可能禁止普希金的声音在世界上传播。

普希金在他逝世前一年写了《纪念碑》一诗，总结了自己的一生。

我为自己建立了一座非人工的纪念碑，
在人们走向那里的路径上，青草不再生长。
他抬起那颗不肯屈服的头颅，
高耸在亚历山大的纪念石柱之上。
不，我不会完全消亡。
我的灵魂在圣洁的诗歌中，
将比我的骨灰活得更久长，
逃避了腐朽和遗忘。
我将永远光荣，
即使只有一个诗人活在这月光下的世界上。
我的名声将传遍整个伟大的俄罗斯，
它现存的一切语言，
都会讲着我的名字，

无论是骄傲的斯拉夫人的子孙，是芬兰人，
以及现在还是野蛮的通古斯人
和草原上的朋友，卡尔梅克人。
我之所以永远能和人民亲近，
是因为我曾用我的诗歌，
唤起人们的善心。
在这残酷的世纪，
我歌颂过自由，
并且还为那些倒下去的人们，
祈求过怜悯与同情。
哦，缪斯，听从上帝的意旨吧。
既不要畏惧侮辱，
也不要需求桂冠，
赞美和诽谤都平心静气地容忍，
也不要和愚妄的人们空作争论。

最后，总结一下普希金创作的意义。概言之，普希金的创作开辟了俄国文学的新时期。

在俄国文学史上，普希金第一个把文学的地位提到前所未有的高度，把文学看作重要的民族事业。普希金总结了俄国文学的经验，奠定了真正的俄罗斯民族的现实主义文学的基础。普希金缔造了俄罗斯现代标准语。高尔基认为，普希金第一个指出应该利用民间的语言材料，把它提炼成标准语。高尔基说，普希金是伟大俄国文学的始祖。从普希金诞生到现在已经两百多年了，他的创作已经成为全世界人民的珍贵的精神财富。

第三章　莱蒙托夫

1837年1月末，普希金在决斗中被杀害后，在彼得堡很快流传开了一首诗——《悼诗人》。这首诗以火一样的语言，愤怒声讨杀害俄国民族诗人的刽子手。

悼诗人

诗人死了，他被迫捍卫荣誉。
倒下了，
为流言蜚语所中伤。
低垂下他那高傲不屈的头颅，
胸中带着铅弹和复仇的渴望。
昔日的心灵再也不能够容忍，
那琐屑非礼的侮辱和欺压。
他挺身而出，反抗人世的舆论，
依旧是匹马单枪。
被杀了。
被杀了。
如今，哀戚，悲痛和怨诉的剖白，辩解的空谈，
空洞的同声赞扬又有何用？
命运的最后的决定已经宣判。

不正是你们首先这样凶狠地
迫害了他那自由勇敢的天才。
而你们为了给自己寻欢取乐，
又把那将熄的大火煽动起来。
好了。
够了。
他已经再也不能容忍这最后的苦难。
稀有的天才已像火炬般熄灭，
那辉煌壮丽的花冠已经凋谢。

下面两段揭露宫廷如何假借法国流亡者的手杀害了诗人。全诗最后部分是这样的：

他死了，
带着复仇的无用的渴望，
带着被欺骗的希望留下的隐隐的懊丧。
奇妙的歌声已经沉寂了，
它们再不会发出嘹亮的声音。
歌手的隐身处阴森而又狭小，
在他的嘴唇上还打上了封印。

最初传出的诗就在这一句打住。普希金安葬后几天，作者听说上流社会竭力为凶手丹特士辩护，并多方污蔑普希金，在愤怒之下续写了最后16行。

你们这蜂拥在宝座前的贪婪的一群，
扼杀自由、天才和荣耀的屠夫啊，
你们躲在法律的荫庇下，
对你们，公论和正义一向是噤口无言。
但还有神的裁判啊，荒淫无耻的宠儿们，
严厉的裁判者等着你们。
他绝不理睬金银的清脆声响，
他早已看透你们的心思和你们的行径。
那时你们想求助诽谤也将徒然无用，
那鬼蜮伎俩再不会帮助你们。
而你们即使用你们那所有的乌黑的血，
也洗涤不尽诗人正义的血痕。

最后16行的矛头直指沙皇尼古拉一世，写得痛快淋漓。全诗洋溢的激情真实地反映了人民对普希金被杀害的强烈抗议。附有最后16行的诗稿在群众中流传开来，引起了极大反响。在宪兵总监宾肯多尔夫向沙皇呈报之前，已经有人把这首诗寄给了沙皇尼古拉一世，并且加了“革命檄文”四个字作为标题。诗的作者是23岁的莱蒙托夫，他立即被捕，随后被遣送到高加索服役。这首诗表明，莱蒙托夫不仅是俄国先进舆论的代言人，也是普希金的继承人。

米哈依尔·尤里耶维奇·莱蒙托夫生于1814年，卒于1841年，死时才27岁。他出身贵族家庭，在莫斯科大学伦理政治系读过书。当时别林斯基、赫尔岑也在莫斯科大学学习，那里是当时全俄国最先进的政治思想中心。莱蒙托夫在大学学习期间，因与教授发生冲突，被迫退学。退学后进彼得堡士官学校学习，毕业后当了军官，所以他之后被捕都是被判到高加索去服役。

莱蒙托夫的创作生活是在十二月党人刚被镇压后的黑暗岁月中度过的。贵族革命家离开了历史舞台，而新一代的革命者、革命民主主义者，也就是后来的平民知识分子还处于成长阶段，即思想上的准备阶段。莱蒙托夫继承了普希金和十二月党人的思想传统，他是前后两个革命时期的过渡阶段的代表人物，他的作品反映了这个过渡阶段先进人士的痛苦和抑郁。他们看到的是死刑和流放。他们被迫沉默，忍着眼泪，沉默不语，把自己的心思掩藏起来，所以唯一能反映他们心声的莱蒙托夫的诗歌充满怀疑和否定、被压抑的愤怒和深沉的忧郁。他渴望行动。他在《1831 年 6 月 11 日》一诗中说：

我必须行动，我满心希望，
每个日子都能够化为不朽的时刻。
但有力量而无用武之地。

这种对风暴的期待，对斗争的渴望，生动地反映在他的有名的抒情短诗《帆》中。

在那茫茫的蔚蓝色的大海里，
有一片孤帆在闪耀着白光。
它寻求什么，在遥远的异地？
它抛下了什么，在可爱的故乡？
波涛在汹涌。
海风在呼啸。
桅杆弓起了腰，

发出轧轧的声响。
啊，它不是在寻求幸福，
它也不是在逃避幸福。

下面是比蓝天还清澈的碧波，
上面是金黄色的灿烂的阳光，
而它不安地在祈求风暴，
仿佛在风暴中才有安详。

此诗写于1832年。这是一首典型的浪漫主义抒情诗。特殊的环境：大海。特殊的抒情主人公：大海中的一片孤帆，或者说就是莱蒙托夫自己。全诗用“它”来称呼，诗人借帆来抒发自己的感情。特殊的意境：在风平浪静的大海中祈求风暴，希望在风暴中获得内心的平静。抒情主人公是孤独的、高傲的，他厌倦了生活的无聊和平静，渴望来一次大的动荡、大的冲击。他祈求风暴，渴望行动，行动的目的是什么？斗争的结果是什么？他完全没有顾及，只要求在风暴中发泄自己的苦闷，因此，这个抒情主人公——孤独的白帆的形象带有浓重的悲剧意味。这充分反映出莱蒙托夫这一代进步青年的苦闷。他们在黑暗的现实中感到窒息和压抑，想冲破这种沉闷的气氛，但又不知道怎么办才好。目标不明，前途未卜。这首小诗的容量很大。容量大在什么地方呢？大在它提出的问题，大在它的答案是矛盾的，充满着难言之隐。诗中提问两句，回答两句，最后两句充满期待、渴望，充满即将爆发的感情。雾海孤帆这个形象，会触动你的心弦，让你读过之后必定会想一想，这究竟是什么意思。请你们回忆一下，普希金的《乌云》。

你看，那微风轻轻舞动着树梢，
正要把你逐出平静的天空。

普希金怀念当年的暴风雨，他以自我嘲弄的口气写自己的孤独的处境。现在，莱蒙托夫在风和日丽的平静的大海上祈求风暴，希望再来一次暴风雨。两代诗人这种思想上的联系和继承是多么鲜明。孤独的、不安的莱蒙托夫在祈求风暴，这就是他的全部创作的基调。

莱蒙托夫从 1828 年开始写诗，创作生活不过十二三年，而成熟期只有短短的四年左右。他写了 400 多首抒情短诗，其中有代表性的有《别了，满目疮痍的俄罗斯》《祖国》《咏怀》《诗人》《孤独》《祈祷》《1831 年 6 月 11 日》等。他还写了 23 首长诗，其中著名的有《童僧》《商人卡拉希尼可夫之歌》《恶魔》等。他还创作了诗剧《假面舞会》和长篇小说《当代英雄》。

先讲长诗《恶魔》。这部作品又翻译成《天魔》。我们暂时用最早的译名《恶魔》。莱蒙托夫从中学时代起就开始创作这部长诗，直到 1841 年才定稿。恶魔是一个十分矛盾的形象。他本来是上帝的长子，后来，由于他反对束缚人间自由、理性和意志，和上帝发生冲突，被逐出天国，在世界的荒野上徘徊。他怀疑一切，否定一切，鄙视一切，憎恨一切。他孤独地生活着，孤独地痛苦着。有一次，他飞过高加索群山，偶然看见了古达尔公爵家美貌无比的公主塔玛拉。这美的化身使恶魔心中突然感觉到难以形容的激动，一种幸福感填满了他那空漠的心胸。他重新体验到爱、善、美的神圣。他向塔玛拉求爱，塔玛拉要求他放弃作恶，与上帝和解。他发誓表示同意，塔玛垃向恶魔献出了爱情，接受了他热烈的吻。但恶魔的吻是有毒的，谁接受恶魔的吻，谁就丧命。恶魔明知道自己的吻会使塔玛拉死亡，但仍然在激动中吻了她。塔玛拉死了，天使带走了她的灵魂。从地狱升起的恶魔想阻挡天使的道路，但挡不住。塔玛拉死了，恶魔又重新丧失对爱、善、美的信念。他又像从前一样傲慢孤独地留在世界上，没有爱情，也没有希望。恶魔既是一个叛逆者的形象，又是一个极端利己主义者的形象。他梦想爱、善、美，但是又因为过于自私而破坏了这个爱、善、美。以自己的爱，毁灭自己的所爱，这真是一个悲剧。恶魔的矛盾是当时一部分青年情绪的反映，他们不满现实，而又用恶魔式的个人主义对待现实，用恶魔式的毒吻给人间带来灾难。

1840 年，长篇小说《当代英雄》问世。小说主人公毕丘林是一个现实中的恶魔。这个形象把抒情诗《帆》中的孤独和渴求风暴的激情与《恶魔》中的高傲叛逆精神，以及恶魔式的利己主义结合于一身。毕丘林是贵族青年军官，有教养，精力充沛，但在贵族社会的无聊生活中，不知道怎样发挥他的力量。他厌倦了上流社会的生活，来到高加索。

莱蒙托夫在《塔曼》《贝拉》《宿命论者》《马克西姆·马克西姆维奇》《梅丽公爵小姐》五篇故事中叙述了毕丘林怎样把自己的精力和生命浪费在无聊的事情上。他玩世不恭，追逐女性，玩弄对方的情感。在每做一件坏事之后，又做深刻的自我分析、心理解剖。这个充满矛盾的人物是奥涅金的亲兄弟，是俄国文学人物画廊中又一位“多余人”。高尔基说，个人主义一旦变为自我中心主义，就会创造出“多余人”。这句话对毕丘林是再适合不过了。毕丘林看起来像一个超人，但是他内心空虚，对自己的所作所为感到悔恨和幻灭。毕丘林的超人式的形象对青年读者很有影响，有一些青年读者把毕丘林看作向社会报复的英雄，欣赏他的才华、机智、猎取女性的本领、孤傲、冷漠和过人的精力。因此，他们在自己的生活遇到挫折的时候，很想做一个毕丘林式的玩世不恭的超人式的英雄，然而他们不理解毕丘林的苦闷，不理解造成他这种性格的社会根源，不理解他的生活其实是一种悲剧。毕丘林一再用别人的痛苦，甚至死亡来求得暂时的快慰，可是这一切都不能填补他的精神的空虚，他因为生活无目标、无意义而玩弄人生，不珍惜生命，成为谁也不需要的多余人。毕丘林有清醒的自我意识、深刻的自我分析能力，他意识到自己是多余的，这种感觉使他非常痛苦，但是又无可奈何。所以，他不是生活的强者，而是弱者。

莱蒙托夫在小说的《序》中说："当代英雄确实是肖像，但不是某一个人的肖像，这幅肖像是由我们这整整一代人身上充分发展了的缺点构成的。"《当代英雄》的叙述简练流畅，语言优美，风格接近普希金的中短篇小说，很有吸引力。读者拿起书来，愿意一口气读下去。据说，托尔斯泰在读过《当代英雄》后说，假如莱蒙托夫还活着，他不敢写小说。

莱蒙托夫于 1841 年 1 月回彼得堡休假两个月。他本来想离开军队，从此专心文学创作，但他的请求未获批准。在休假期满前两天，上级命令他 48 小时内离开彼得堡，回高加索继续服役。他是一个被放逐的人。有人知道，沙皇对他有恶感，因此，他在赴高加索的途中在五月城停留休息时受到别人的侮辱而被迫决斗，结果被杀死在马舒克山下，遗体在大雷雨中被淋了几个小时。这天距离普希金去世只有四年，沙皇政权又可耻地借他人之手，杀害了一位天才的诗人。

第四章 果戈理

尼古拉·瓦西里耶维奇·果戈理（1809—1852 年）是普希金的学生与继承者。他遵循普希金开创的道路，以追求高度真实的创作态度和杰出的讽刺才能，加强了俄国现实主义文学的批判倾向。果戈理是在 19 世纪 30 年代开始创作活动的，当时贵族革命失败，俄国社会的基本矛盾一个都没有解决。千百万农奴愤怒而又无奈地在等待时机，他们被压抑着的反抗情绪，在俄国社会内部酝酿出一股革命民主主义思潮。果戈理就是在这种思潮的引导和影响下，写出了辉煌的批判现实主义巨著《钦差大臣》和《死魂灵》第一部，以无比的讽刺才能剖开俄国农奴制度的脓疮，客观上帮助了俄国人民争取自由的斗争。

果戈理是一位世界观极其矛盾的作家。他的思想中有保守的因素，这些东西像黑点一样散布在他的大部分作品中。果戈理始终没有上升到革命民主主义的思想水平，但当他处于别林斯基等人的革命民主主义思想的良好影响之下时，他的创作就显出健康的倾向。当他离开革命民主主义思想的引导，离开祖国和人民的现实生活时，他的思想中的落后、保守的一面就占据上风，使他在生活的后期写出了与早期思想倾向背道而驰的《与友人书简选》。果戈理对于我们认识批判现实主义作家的复杂性方面是一个极其典型的例证。

果戈理于 1809 年出身于乌克兰波尔塔瓦省一个小地主家庭。父亲瓦西里·阿法纳西耶维奇·果戈理是一个有教养、有才能的人，他用俄文和乌克兰文写诗和喜剧，自己还常常参加演出。果戈理于 1821—1828 年在涅仁高级中学学习的时候，正是贵族革命党人秘密团体产生、自由思想传播的年代。1825 年 12 月，贵族革命党人起义，旋即遭到失败，接着而来的是恐怖的黑暗统治。涅仁虽然是个外省小城，但是这些事件的回声也传到了这里。中学生们背诵着雷列耶夫和普希金的歌颂自由的诗，阅读《北极星》杂志。《北极星》杂志是 1823—1825 年由十二月党人别斯杜舍夫和雷列耶夫发行的刊物。涅仁的学生们密切地关注着国内的政治事件。1828 年夏天，果戈理中学毕业，怀着发挥自己才能的希望来到彼得堡。他绘画很好，擅长演剧，并且已经开始写作。但是他在彼得堡到处碰壁，他的处女作不成功，投考演员也不及格，最后费了九牛二虎之力才谋到了一个小官吏的职位。但是，果戈理并没有放弃当作家的幻想，他决定写一些取材于乌克兰民间生活的故事。1830 年，《祖国纪事》发表了果戈理的第一部中篇小说《圣约翰节前夜》。不久，果戈理和普希金相识了。普希金对他的关怀和他们之间的友谊给予果戈理积极的影响。继第一部中篇小说之后，果戈理继续努力创作新作品。1831 年，《狄康卡近郊夜话》第一部出版，半年以后，第二部也和读者见面了。这两部作品受到了读者的赞赏，果戈理立即在文学界成为知名人物。

《狄康卡近郊夜话》第一部包括《索罗庆采市集》《五月之夜》《落水鬼》《圣约翰节前夜》《失落的国书》。第二部包括《圣诞节前夜》《可怕的复仇》《希邦卡和他的姨妈》等。《狄康卡近郊夜话》用鲜明的色彩描写乌克兰的大自然、乌克兰平民的生活和风俗习惯。果戈理把民间流传的神话传说和故事融合在对日常生活的描写中，因此，读这部作品时，我们感到两种鲜明风格的结合，即现实主义的世态描写糅合着浪漫主义的神话和传说的幻想成分。《狄康卡近郊夜话》写了乌克兰农村中少男少女的欢乐的爱情生活，以及乌克兰农村的世俗人情。别林斯基说，这是小俄罗斯的诗意的描写（顺便说一句，当时的俄罗斯人把自己称为大俄罗斯，把乌克兰称为小俄罗斯），充满着生活的迷人气息的特写。大自然所能有的一切美好的事物、乡村生活所能有的一切诱人的事物、人民所能有的一切独创的典型的事物，都五光十色地闪耀在果戈理这些出奇的诗情幻想里。但是在诗情画意的描写中，也出现了阴暗的色彩。果戈理通过对青年男女追求幸福爱情的故事，部分地接触到了一些社会性的问题。例如，在《圣约翰节前夜》中，贫穷的彼得罗为了要娶心爱的姑娘，不得不受魔鬼的指示，杀死了心爱的姑娘的弟弟，获得一箱金子作为彩礼。可是他没有得到真正的幸福，他所犯下的罪行老是纠缠着他的心灵，最后这种精神上的折磨终于把他毁了。果戈理在他最初的作品中，就批判了金钱的罪恶。1825 年，果戈理完成了《米尔格拉德》，1842 年发表了《彼得堡故事集》。《米尔格拉德》共收有四篇作品：《旧式地主》《塔拉斯·布尔巴》《地鬼》《伊万·伊万诺维奇与伊万·尼基福洛维奇吵架的故事》。《旧式地主》描写一对地主老夫妇吃了喝，喝了吃的无聊庸俗的一生。《伊万·伊万诺维奇和伊万·尼基福洛维奇吵架的故事》里，两个地主为了一件微不足道的小事吵起来，长久地打官司，弄得筋疲力尽。果戈理在这些作品中暴露了俄国地主阶级生活的腐朽和停滞，揭示了地主的精神世界的空虚与琐碎。然而，果戈理在描绘这些无聊的寄生生活的时候，没有用无情的讽刺使读者对他们产生憎恶的感觉，却巧妙地描写出他们善良的内心，引起读者的同情和怜悯。因此，普希金说，果戈理迫使读者含着忧郁与怜悯的泪发笑。这就是“含泪的笑”这句话的来历。《塔拉斯·布尔巴》以中世纪乌克兰的历史题材为基础，描写了乌克兰人民反抗波兰贵族的英勇斗争。小说的中心形象是塔拉斯·布尔巴，他是一个具有钢铁般意志，为祖国而战斗的哥萨克，由于热爱祖国，他甚至毫不犹豫地处决了自己的儿子、叛徒安德烈。塔拉斯最后被敌人捉住，绑在树上活活烧死，但临刑时，塔拉斯关心的不是自己，而是面临绝境的伙伴们。

果戈理的《彼得堡故事集》包括《涅瓦大街》《肖像》《狂人日记》《外套》等短篇小说。当果戈理从描写乌克兰农村转过笔锋来描写城市生活时，他的观察视野大大扩宽了。他在作品中关注新题材，提出新问题，揭示了城市生活惊人的矛盾和尖锐的社会冲突，以及彼得堡角落里小市民的贫困、卑残和受压抑等畸形现象，描写了专制制度下小人物的悲惨命运。《肖像》写一个画家恰尔特科夫的经历。这是一位很有前途的青年画家，但当他开始为了发财而绘画时，他就葬送了自己的才能。对于金钱的狂热追求使他心灵干涸，丧失创造才能。果戈理在这里又一次控诉了金钱的罪恶。在《狂人日记》里，果戈理写了在重官衔轻人格的社会里，一个小官吏从抑郁到发疯的悲剧。小说《外套》是果戈理的短篇小说中广受好评的一篇。他以略带幽默的笔调，叙述了一个穷苦的小官吏的不幸遭遇。

彼得堡某部有一个小职员，名叫阿卡基·阿卡基耶维奇·巴什马奇金。他的职务是抄写公文。他是在哪一年进部里当差的呢？谁也记不清了。不管换了多少任部长和各级官吏，大家总看见他坐在老地方，采取同样的姿势，干同样的事——抄写公文。因此，后来大家都相信，他准是穿了这身制服，秃了头顶，原封不动地生到世上来的。阿卡基·阿卡基耶维奇官职低下，收入微薄，穿着破旧，从不抬眼看人，一副寒酸卑贱的样子。门房在他走进大门的时候，甚至不望他一眼，就当是一只苍蝇飞过。上司对他冷淡粗暴，同事们只要一有空闲，就想出各种花招捉弄他寻开心，当他实在受不了的时候，只轻轻说一句："让我安静一下吧。你们干吗欺负我？"声调里有那么一种引起怜悯的东西，甚至有一个恶作剧闹得最凶的青年人忽然像被刺痛了似的停住了。阿卡基·阿卡基耶维奇在抄写公文时获得生活中唯一的乐趣。有几个字母是他特别喜欢的，每写到这几个字母时，他就眨眼睛，扭嘴巴，自己对自己偷偷地微笑。他白天抄公文，晚上闲着没事干，就带几份公文回去抄，实在没啥可抄的，就把已经抄过的再抄份副本给自己留下来。

阿卡基·阿卡基耶维奇和所有薪金微薄的小职员一样有一个最大的敌人，那就是彼得堡的冬天。他们没有厚实、暖和的皮大衣和靴子，每天上班时穿着破旧、单薄的外套，一面瑟瑟发抖，一面以最快的速度在严寒中穿过几条街道，冲进部里的门房，在那里使劲地跺脚，直跺到他们所有在路上冻僵了的执行公务的能力和才干溶解开来为止。有一天，阿卡基·阿卡基耶维奇觉得脊背和肩膀特别冷，他终于想到，可能是外套出了问题，回家脱下来一看，发现脊背和肩膀处其实只剩下几绺棉纱了。这件外套早已成为同事们嘲笑的对象，但阿卡基·阿卡基耶维奇从来不放在心上。这下严寒逼得他自己来仔细检查这件像破麻袋片一样的外套了。他决定请他认识的裁缝缝补一下。裁缝独眼龙彼得洛维奇和这件外套是老相识了，因为这件外套经他的手不知补过多少遍了。这一次，他用两只手把外套撑开来。透着亮仔细看了一遍，慢吞吞地宣布说，这件外套再也不能补了，必须做一件新的。阿卡基·阿卡基耶维奇的心凉了半截，他哪里有钱做新外套。但是不管怎样恳求，独眼龙就是不肯再补，因为事实上确实没有下针的地方了。没有办法，阿卡基·阿卡基耶维奇只好想法凑钱，要赶在彼得堡最冷的季节来到之前，凑够钱做一件新外套。他手头有 40 卢布，那是他每用一个卢布扣一个卢布的办法，多年积下来的。他还指望年终有一点奖金。还缺几十个卢布，怎么办？他的办法是，取消晚上的茶点，夜里不点蜡烛，如果要赶什么公文，他就到房东太太那里去借个亮。走在街上，要尽可能让脚尖着地，这样鞋底就不至于坏得太快。尽可能少拿内衣给洗衣店洗。为了免得穿脏，他一到家里就只穿一件旧袍子。终于，他凑够了钱。独眼龙陪他到店里挑了最便宜又厚实的呢子和衬里。独眼龙仿佛也意识到这一件外套是阿卡基·阿卡基耶维奇一生中的一件大事，所以做工特别道地，每一道线都用丝线缝，每一道缝线都用牙齿咬过，显得非常平服。当彼得堡最寒冷的月份开始的时候，独眼龙及时赶好了新外套。他亲自一早在阿卡基·阿卡基耶维奇上班之前给他送去，亲手帮他穿好，送他出门，在后面欣赏自己的手艺和心血的结晶。从后面看还嫌不够，又抄小路赶在阿卡基·阿卡基耶维奇的前面，从正面欣赏自己做的新外套。这一天对阿卡基·阿卡基耶维奇和裁缝都像节日一样。新外套受到同事们的热烈赞扬，大家要阿卡基·阿卡基耶维奇请客，表示庆祝。阿卡基·阿卡基耶维奇正在不知道怎么办才好，手足无措的时候，副部长说，今天正好是他的命名日，由他来代替阿卡基·阿卡基耶维奇请客。副部长的家住在城市的另一端，当中有些街道和广场很冷清。庆祝晚会拖得很晚，半夜过后，阿卡基·阿卡基耶维奇带着一点酒意回家了。他越走越觉得冷清，越冷清越害怕。突然，在他的面前出现了几个面目凶恶的家伙，其中的一个狞笑着，指着阿卡基·阿卡基耶维奇的外套说："这不是我的外套吗？"阿卡基·阿卡基耶维奇还来不及呼救，新外套就被剥走了。

阿卡基·阿卡基耶维奇在恐惧、悲伤和严寒中跌跌撞撞地跑回家中。他感冒了，但第二天挣扎着起来，去找警察局长，去了三次才见到。警察局长不注意事情的要点，反而盘问阿卡基·阿卡基耶维奇为什么这么晚才回家？是不是到什么不规矩的地方去了？同事们劝他不要再找警察局长，因为即使找到了外套，警察局还要他提出法律证据，证明外套确实是他的。同事们指点他去找一个要人，那是一位将军，只要他向警察局打个招呼，外套会找到的。阿卡基·阿卡基耶维奇在精神恍惚中求见那位要人，谁知将军是个装腔作势抖威风的家伙。他最喜欢在下级面前说的话是："你知道站在你面前的是什么人吗？你知道在跟谁说话吗？你怎么敢？"在这位将军面前，阿卡基·阿卡基耶维奇张皇失措，结结巴巴地把新外套被抢的经过说了一遍，恳求将军向警察局交涉一下，把外套找回来。可是将军觉得阿卡基·阿卡基耶维奇为这种微不足道的事情，竟然来直接打搅他，实在是太放肆了。他严厉地把阿卡基·阿卡基耶维奇斥责了一顿，把他赶了出去。阿卡基·阿卡基耶维奇浑身发抖，摇摇晃晃，不记得自己怎样下了楼，怎样走到街上。满街呼啸的暴风雪无情地向这个虚弱不堪的人袭来。阿卡基·阿卡基耶维奇回到家里，发高烧，一病不起。在昏迷之中，他只看到强盗怎样剥掉他的新外套，将军怎样声色俱厉地斥责他。他在高烧中挣扎了几天，就默默地死去了。

阿卡基·阿卡基耶维奇的一生和不幸的遭遇，引起了读者深深的同情和怜悯。这个穷职员的一辈子过的是一种什么样的生活？果戈理写他的精神世界是那样狭小、贫乏，反映出他整个生活的狭小、贫乏，他只在抄写公文中获得一点点生之乐趣。他生活在其中的那整个现实对他是那样冷漠，就像彼得堡冬天的严寒一样。他穿上那件新外套的时候，感到生活第一次对他微笑了一下，可是那一点点温暖意外地被夺走了。在他的不幸中，没有人切切实实地帮助他。那个用怀疑的眼光看着他的警察局长，还有那个装腔作势的将军的一顿训斥，在阿卡基·阿卡基耶维奇的悲伤的心灵上，加上最后的致命一击。果戈理在俄国文学中被侮辱被欺凌的小人物的画廊上添上了阿卡基·阿卡基耶维奇的形象。阿卡基·阿卡基耶维奇的故事可以用一种带着同情的笔调来写，也可以像契诃夫那样，用一种客观的冷静的态度来写。可是，果戈理有他独特的风格。他用一种略带诙谐的笔调、幽默的语调来讲述这个悲伤的故事，好像一个内心痛苦的人强装出笑颜。阿卡基·阿卡基耶维奇这个秃顶的、脑门上有几颗麻子的、目光呆滞的小老头的形象，初看起来是多么可笑，可是当你仔细看清了他的脸、他的内心、他关在房间里过的那种生活时，你无论如何也笑不出来了，你的心会被莫名的悲哀深深地震动。这就是果戈理的艺术的力量。果戈理的幽默仿佛是整个故事的一种衬托，是一幅画的底色。在明亮的底色上，阿卡基·阿卡基耶维奇的灰暗的身影显得更加突出。在幽默的语调中，一个悲伤的故事更加打动人心，这就是果戈理的艺术特色。他以阿卡基·阿卡基耶维奇的辛酸的命运向整个贵族官僚社会提出抗议，为被侮辱被欺凌的小人物发出了不平的呼声。

1836 年，果戈理完成了喜剧《钦差大臣》，它和《死魂灵》第一部是果戈理最重要的作品。这两部作品的题材都是普希金让给他的。《钦差大臣》所描写的故事，发生在俄国一个偏僻的小城市里。有一天，市长斯克伏兹尼克·德莫哈诺夫斯基收到他在彼得堡一个朋友的信，信上说，彼得堡派出了一个大员，要到这个小城市来视察，让市长做好准备。钦差大臣要来的消息，引起了市长和城里所有官员的惊慌，因为他们每个人的手上都很不干净。市长是个土皇帝，专横跋扈，敲诈勒索，到商店里随便指定把他喜欢的东西送到他家里去。他肆无忌惮地侵吞公款，公开接受贿赂，并把这一切说成是一般人的通病、容易犯的小过失。

法官喜欢接受人家贿赂的小猎狗。慈善医院院长随便盗窃委托他管理的医院。学监把学校搞得乌烟瘴气。邮政局局长喜欢拆阅别人的私信，他认为读别人的信比看小说还过瘾。他特别喜欢的信，还要专门留下来读给别人听。这群八品、九品文官现在聚集在市长那里，七嘴八舌地商量怎样对付彼得堡来的钦差大臣。突然，本地的两个乡绅跌跌撞撞地跑来报告，说他们在旅店里碰见一个彼得堡来的客人。据旅店老板说，这个客人本来说就要走的，可是住了一个多星期就是不动身，买什么东西都是赊账，一个子也不付。这里边肯定有点什么名堂。他也许正是彼得堡派出来私行察访的钦差大臣吧。市长和官员们吓坏了，决定亲自去看看。他们毕恭毕敬地去见那个年轻人，从他的每句话里都听出了言外之意，从他的每一个动作中，都觉察出一个私行察访的钦差大臣的神态，最后认定他就是那封信上提到的钦差大臣。市长惴惴不安地试探这位钦差大臣是否接受贿赂，最后竟然把他领到自己家里去住了。其实这是一个彼得堡的浪荡年轻人，是一个职位不高的政府小官员，偶然路过这个小镇，他在路上把钱花光了，付不出房钱，连吃饭的钱也没有，正在发愁，不知怎么办才好。他看出了，那批在他面前哆哆嗦嗦的官员把他当作了一位重要人物，于是将错就错，满口吹牛，说他在彼得堡如何出入宫廷，如何与将军大臣们交往，吹得天花乱坠，那批心中有鬼的官员竟然信以为真。假钦差赫列斯塔科夫向他们每个人勒索贿赂，而官吏们把钱一塞到赫列斯塔科夫手里，就觉得自己得救了。赫列斯塔科夫还调戏市长的妻子，同时向他的女儿求婚。市长兴奋极了，以为这下高攀了一门好亲事，日后自己可以平步青云，官运亨通。这时，赫列斯塔科夫的仆人奥西普劝主人趁别人还未识破马脚，手中又弄到大批钱财的时候，赶紧找个借口溜走。赫列斯塔科夫向市长说，他要到邻近的一个城市去办公事，答应回来后就同他的女儿结婚。他临走时在万分得意之中给彼得堡的朋友们写了一封信，告诉自己的奇遇。赫列斯塔科夫乘马车走了。市长家里聚集了所有的官吏，大家都在向市长庆贺。这个时候，邮政局局长匆匆赶来。他气急败坏地向大家宣布，他们上了当。原来，爱拆私信的邮政局局长拆了假钦差大臣的信。于是真相大白。恼羞成怒的市长大发雷霆，官员们互相指责，台上一片混乱。突然，一个宪兵出现了，宣布彼得堡来的长官命令本城全体官员去参见。真钦差大臣到来的消息把所有的人惊得目瞪口呆。台上每一个人都由于极度的惊慌而显出一种特别的丑态，全体哑场一分半钟，然后幕布徐徐落下。著名导演聂米罗维奇·丹钦科（戏剧理论家、著名导演斯坦尼斯拉夫斯基的朋友和合作者）说，大家是否还记得，《钦差大臣》是以市长的一句话开头的："诸位，我把你们请到这儿来，是要告诉你们一个很不愉快的消息，钦差大臣来咱们这儿了。"戏就这样开始了。这个消息引起了全体官员的恐惧，正是这种恐惧感推动着剧情的发展。《钦差大臣》是以宪兵的一句话结束的："奉圣旨从彼得堡来的长官要你们立刻去参见。行辕就设在旅馆。"真钦差大臣驾到的消息，以十倍的力量把人物的恐惧心理推到极点。这几句话像闷雷似的震动了所有人，整个人群忽然改变了姿势，呆若木鸡地站在台上。

所以说，《钦差大臣》的结构特点是一开头就进入戏剧冲突中心。对事件发生的前因，只用市长一句话就清楚地交代了，简练到了极点。剧本以宣布钦差大臣到来开始，以宣布钦差大臣到来结束，对钦差大臣的恐惧感就是全部情节的推动力。按果戈理的要求，哑场应该维持一分半钟。但是据丹钦科的导演记录，管下幕的人最长在第 52 秒钟上就落幕了。导演问他为什么这个时候落幕，他说，"我在只要再多一秒钟，我的心就要炸裂的时候下幕"。可见这种恐惧感竟然感染了下幕的人。有一次丹钦科坐在观众席上，在哑场达到第 50 秒钟的时候，旁边一位观众控制不住自己说，天哪，他们这就要中风了。

果戈理曾说过，他决定在《钦差大臣》中，将他当时所知道的俄罗斯的一切丑恶，集成一堆，集中起来嘲笑它一次。果戈理企图通过这种有力的嘲笑，使那些高官显贵有所醒悟，痛改前非。但是《钦差大臣》的客观的社会意义大大超过了作者的预料，钦差大臣在一个偏僻小城引发的官场丑闻广泛概括了社会现实。果戈理揭露了沙皇俄国当权阶级的全部污浊：专横暴虐、贪污受贿、盗窃拐骗、践踏百姓的利益。这一切都标志着从市长到检察官所有当权者的特征。《钦差大臣》的意义当然不只是讽刺官吏阶层，在描写外省官吏的奇形怪状的时候，果戈理揭露了整个农奴制度的丑恶和沙皇俄国全部国家机构的罪恶本质。这部作品变成了对整个贵族地主国家的严厉控诉。俄国广阔的国土上的这个偏僻、腐败透顶的小小城市，成了当时沙皇专制俄国的象征。《钦差大臣》的主要人物市长斯克伏兹尼克·德莫哈诺夫斯基的形象体现了沙皇官僚制度的本质。这是个老奸巨猾、专横暴虐的骗子。他为所欲为，相信不会受到惩罚。事实上，整个沙皇政权的官僚机构也正是这样腐败透顶，官官相护，市长就是这个制度的产物，他与这个制度血肉相连，他也代表这个制度。假钦差大臣赫列斯塔科夫的形象是彼得堡官吏阶层的典型代表，他把这个阶层的所有坏东西集于一身。市长毫不怀疑地把他当作钦差大臣，这绝不是偶然的。赫列斯塔科夫的特点是无耻地漫天撒谎，这些谎话在外省官吏看来仿佛若有其事，因为领导国家机关的正是这种赫列斯塔科夫式的人物。喜剧中的其余人物也各具典型性。

1836年4月，这部喜剧在彼得堡首次公演，自此，果戈理不断遭到那些恼羞成怒的官僚的咒骂和攻击。为了回应这些攻击，果戈理在1842年《钦差大臣》的修订本上加上一句题词："脸丑莫怪镜子歪。"当邮政局局长宣布钦差大臣是假的，市长恼羞成怒的时候，他的丑态总引起观众哄堂大笑，这个时候，果戈理让市长面向观众怒斥道：笑什么？笑你们自己。作家的讽刺对象不是很清楚了吗？

1949年前，《钦差大臣》在我国曾广泛上演。1976年打倒"四人帮"后，我们的报刊上有文章提到《钦差大臣》，说《钦差大臣》给我们提供了艺术上的借鉴。话题是由当时上演的一出讽刺喜剧《枫叶红了的时候》引起的。这出喜剧讽刺"四人帮"，很受观众欢迎，但也有人提出疑问：一出戏，怎么没有一个正面人物？舞台怎么都叫反面人物占领了呢？有人想起了《钦差大臣》，引用了果戈理的一个著名的观点。果戈理在《剧院门口》一文中说："我很遗憾，竟然没有一个人发现我剧中无往而不在的一个正直的人物。这个正直的高尚的人物就是笑。谁也不挺身而出为这个笑辩护，我是个喜剧家，我衷心地为它效力，我要为笑一辩。是啊，笑这个东西，要比人们想象的深刻得多，重要得多。”笑是《钦差大臣》的正面人物，果戈理用笑来当作打击专制制度的武器；笑是《枫叶红了的时候》等讽刺喜剧的正面人物，当代作家用笑来打击人人唾弃的“四人帮”。这个艺术经验是外国古典作家提供给我们的。《钦差大臣》的演出轰动了整个彼得堡，社会上议论纷纷，青年学生们为之倾倒，整段整段地背诵戏中的对白。沙皇尼古拉也去看了《钦差大臣》的演出，他笑得要死。他的前前后后那些达官贵人也陪着发笑，可是笑过之后，他们觉得，有什么东西刺痛了他们。他们醒悟过来，开始攻击果戈理。

1836 年 4 月 29 日，果戈理写信给演员谢普金，讲到剧本在彼得堡演出的情形时说：演出的效果是巨大而轰动的，人人都反对我，年长可敬的官吏们大声疾呼说，我胆敢这样讲公职人员，简直是目无神圣，警察反对我，商人反对我，文人学士反对我，我现在才知道做一个喜剧作家是什么意思。只要有一点真实的影子，人家就会反对你，并且不止一个人，而是整个阶层。

1984 年，果戈理诞生 175 周年，当时的苏联广泛开展纪念活动。莫斯科现代人剧院上演《钦差大臣》。在处理市长最后面对观众的台词时，也就是那一句“笑什么？笑你们自己”，导演采用了戏中戏的手法，舞台上出现当年的观众在看《钦差大臣》的演出，市长直接面向当年的观众说出这句著名的台词，显出了当时特有的戏剧效果。这种独特的处理手法是对重演古典戏剧的新贡献。《钦差大臣》已经被改编成芭蕾舞剧，这实在是难以想象的。由于导演的创新，演出获得极大的成功。在假钦差大臣到来之前，市长的舞步沉重而威严，表现出一派作威作福的样子。

在钦差大臣面前，市长一变而为一个小丑式的人物，满脸堆起谄媚的微笑，围着赫列斯塔科夫，踮起脚尖，跳着细碎的小步。所有官吏穿着用卢布缝成的裙子，当他们围着钦差大臣快速旋转的时候，裙子飘起，满台卢布飞舞，而在圈子的中心，是假钦差大臣得意忘形的笑脸。这个构想十分巧妙，艺术的探索真是永无止境。

《钦差大臣》发表后，由于受到被讽刺一方的舆论攻击，果戈理感到精神压抑，加上健康状况欠佳，出国到意大利等地去了，在国外一共待了12年（1836—1848年），其间曾有几次回国处理事务，但住的时间不长。在国外时，果戈理完成了《死魂灵》第一部。

这部作品是1835年在彼得堡动笔的，1841年完成，1842年5月出版。《死魂灵》是果戈理创作的顶峰，是批判现实主义文学代表性的作品。果戈理在创作过程中曾经写信给茹可夫斯基说：我动手写《死魂灵》，那是在彼得堡开了头的。我把写成的部分通通重新改写过，再通盘筹划了一下。现在静静地写它，这是多么重大、多么独创的题材，多么有特色的一群人物，整个俄罗斯将在里面出现。这部作品是鲁迅先生最早翻译过来的。鲁迅先生说，果戈理立意要把整个俄罗斯显示出来，用不倦的雕刀加以有力的刻画，把地主、官僚，以及新兴资产阶级的性格分明、突出地呈现在读者眼前，用分明的笑和不分明的泪来历览壮阔的人生。

《死魂灵》讲的是投机的天才乞乞科夫遍访某省地主庄园购买死魂灵的故事。魂灵是什么？魂灵就是灵魂。鲁迅先生按照吴语的习惯，译成魂灵。在沙皇俄国农奴制时代，把农奴叫作灵魂或者魂灵，死魂灵就是死农奴。乞乞科夫为什么要买死农奴？一个农奴主拥有多少农奴，必须到当地政府登记注册，缴人头税。每次登记相隔十年。其间有很多农奴死了，但农奴主照样要为他们缴人头税。乞乞科夫抓住两次登记间隔时间的机会，利用农奴主贪便宜的心理，设法把死农奴按活农奴买卖的方式买下来，即由主人造册到当地政府备案，说明这些农奴已出卖转让给他即可。买农奴的借口是移民，申请开垦荒地，因为当时俄国有两个省鼓励移民开荒，只要有农奴，就可以向政府申请划给荒地。乞乞科夫在这些农奴名册到手后即申请荒地所有权，这样他就成为一个拥有农奴和土地的农奴主了。其实土地是真正有的，而农奴是没有的，不过两者的正式文件都是有的。乞乞科卡以后就拿地产证明和农奴名册到国家银行去抵押，骗取巨款。这种投机事业，这种死人买卖，在世界上真是绝无仅有。它只可能发生在农奴制的俄国。即使是欧洲白人殖民者贩卖黑奴，在投机的巧妙上也相形见绌。题材的新鲜、主题的深刻，加上果戈理以杰出的讽刺才能把人物描绘得如此鲜明生动，使得这部作品成为千古不朽的名篇。难怪鲁迅先生在晚年重病缠身的时候，还要勉力把它认真翻译介绍给中国读者。

在文学创作中，从某种意义上讲，怎样写也许比写什么更重要。这句话是屠格涅夫在《六部长篇小说总序》里说的。《死魂灵》的题材果然新鲜，情节果然吸引人，果戈理却并没有把注意力集中在情节的渲染上，而是把力量放在典型形象的塑造上。他通过乞乞科夫收买死魂灵的活动，塑造了五个农奴主、一个资产阶级投机家和一大群官吏的典型形象，从而广泛概括和揭露了沙皇俄国农奴制度的黑暗和腐朽。乞乞科夫是怎样用不同的方式去对付五个不同的农奴主，同他们做成一笔笔买卖死农奴的交易的？让我们结合情节来看果戈理如何刻画他的人物。[1]

有一天，在某省某城市的一家旅馆门口，停下了一辆马车。下车的是一个中年人，不胖也不瘦，穿得很讲究，是一个体面的绅士。在旅馆

[1] 下文关于《死魂灵》的转述用语大部分参照鲁迅先生的译本，少数参照满涛和许庆道先生的译本。本书作者略作改动。

的登记册上，客人写下了他的名字、官衔：巴维尔·伊凡诺维奇·乞乞科夫，五等文官。乞乞科夫一到这个城市，就立即挨个拜访了市内的官员：知事、检事、审判厅厅长、警察局局长、邮政局局长、白兰地专卖局局长、工厂监督等。乞乞科夫受到所有官员的欢迎，因为他显得很有经验、很通世故。每逢谈天，他也总是谈得很合拍：说到养马，他能讲一点养马的心得；说到养狗，他也贡献几点非常有益的意见；讲起地方审判厅的判决来吧，他让你知道，关于审判方面，也并非全无知识；说到打弹子，他又打得不落空；说到道德，他也很有见识，眼泪汪汪地谈道德；讲到制造白兰地酒呢，他也知道制造白兰地酒的妙法。总之，他跟每个人都合得来，人人都喜欢他，佩服他的教养，请他参加家庭宴会、舞会，还一起打牌。他在各个官吏的招待场合结识了四乡的地主，并且毫无例外地赢得他们的好感，得到他们的邀请。他很快弄清楚了这些地主有多少农奴，他们的土地经营得怎样，然后答应去拜访他们。

乞乞科夫首先拜访的地主是玛尼洛夫。当他的马车驶进玛尼洛夫村的时候，他看到一排灰色的小木屋，这是农奴的住房。乞乞科夫立刻数了一下，共有 200 间以上。主人已经在大门口迎接他。马车愈驶近门口，主人的眼睛就愈加显得快活，脸上的微笑也愈加扩大。玛尼洛夫是个什么样的人呢？果戈理介绍他的人物说，玛尼洛夫是怎样的性格呢？恐怕只有上帝能够说出来了。有这样一种人，恰如俄国俗谚所谓，不是鱼，不是肉，既不是这，也不是那，既非城里的包格丹，也不是乡下的谢里方。玛尼洛夫大概就属于这一类。鲁迅先生是用直译的办法译出来的，这句话的意思是，非驴非马，不三不四，说不出他是个什么东西。他总是随着别人的意思而改变自己。他在应酬的态度上总是顺着对方的意思。他笑起来很媚人，他说话和笑的时候，总给人一种甜得发腻的感觉。和他一交谈，在最初的一会儿，谁都要喊出来，一个多么可爱而出色的人啊！但停一会儿，就什么话也说不出来了，再过一会儿，便心里想，呸，这是什么东西呀？于是立刻走开，如果不离开，就会觉得无聊得要命。乞乞科夫和他谈起市里的官员，两个人都微笑着顺着对方的口气称赞各级官吏，在他们口中，这些官吏和他们的太太个个都是体面、文明、有教养、风度优雅的绅士淑女。在长长的一番应酬客套之后，乞乞科夫终于把话扯到农奴身上。他问玛尼洛夫："最近一次的户口调查册，您已经送去很久了吧？""是的，那已经很久了，我其实也不大记得了。""这以后在您这里死过许多农奴吗？"玛尼洛夫也记不得了。他把管家叫来问清楚以后，回答乞乞科夫说死了许多了。乞乞科夫请他计算一下数目，并且开一张详细的名单。玛尼洛夫立即命令管家去办，可是他不明白乞乞科夫要这些死农奴干什么。乞乞科夫说，他要买死掉了，但在最后一次登记的户口册上却还是活着的农奴。玛尼洛夫完全糊涂了，但是他觉得乞乞科夫是这样一位体面的绅士，他绝对不会做出什么不体面的事情来，追问下去是有失礼貌的。乞乞科夫也含糊其词地支吾过去。最后乞乞科夫要求和玛尼洛夫订立买卖合同，商定死农奴的价钱。死魂灵还要给钱吗？玛尼洛夫完全不明白，他说，他把这些死农奴全部送给乞乞科夫。这可是正中下怀。玛尼洛夫把名册造好以后，自己送到城里，到审判厅厅长那里和乞乞科夫一起办法律手续。玛尼洛夫就是这样一个糊里糊涂、懒惰成性的寄生虫。他连自己有多少农奴都不知道，他一无所能，根本摸不着别人的底细，可是处处装出大方漂亮，认为和他同样身份的人都是出色的绅士，不会干什么坏事。他总是顺着别人的口气态度说话，乞乞科夫看准了这一点，也处处顺着他说话，结果很顺利地达到了自己的目的。

乞乞科夫终于告别了玛尼洛夫，出发去索巴凯维奇家。半路上，他遇到了暴雨，迷了路，深更半夜，闯到一个小村子里。在女地主柯罗博奇卡的家里借宿。柯罗博奇卡是个寡妇，也是个小地主。她老是一面抱怨收成不好，收入少，一面悄悄地、慢慢地把从农奴身上搜刮来的钱一个一个地藏在柜子抽屉里的花麻布钱包里面去。一个钱包装卢布，另一个钱包装 50 戈比一个的硬币，第三个装 25 戈比一个的硬币。抽屉关上后，柜子里面塞满了破衣烂衫、旧布线团，仿佛除此之外，什么也没有。乞乞科夫睡了一夜之后，把这个小地主寡妇的庄园大致扫了一眼，他明白对这样的主人用不着说什么客气话，于是他在吃饭的时候直截了当地问柯罗博奇卡有多少农奴死了。小地主有 80 不到的魂灵，死的有 18 个。提到死去的农奴，柯罗博奇卡说，税务官一到，每个魂灵的税都要缴。他们已经死掉了，还得替他们付钱。于是，乞乞科夫提议把死农奴让给他。女地主怎么也不明白，什么叫让给他。乞乞科夫说，或者叫卖也是可以的，他付给她钱。柯罗博奇卡当然也会像玛尼洛夫一样感到惊讶，这位客人要买死农奴干什么？对于柯罗博奇卡是不能用含糊不清的话来搪塞的，乞乞科夫回答说，为了感谢柯罗博奇卡招待他住宿的好意，他准备承担为死农奴缴税的义务。他说："我就想替您去掉这担子。现在懂了没有？不但去掉，我还要付您五个卢布。您现在明白了吗？""我还是不明白。"老婆子踌躇地说："我向来没有卖过死人。"乞乞科夫最后终于说服了老婆子。老婆子沉思了一段时间，觉得这交易也并不坏，只是太新鲜太古怪了，也恐怕买主会给她上一个大当。他是从哪里来的？只有上帝知道，况且又到得这么半夜三更。她同意卖了，不过要按活农奴的价格。客人又花费了半天口舌向她解释，死农奴是没有任何用处的东西，和活农奴是不同的。柯罗博奇卡总算理解了，不过，又说："我是一个可怜的不懂世故的寡妇，还是再等一下，等到有别的买主到这里来，我也可以比比价钱。"乞乞科夫的耐心丧失了，他跳起来诅咒女地主，说她一定会遇到恶鬼，遇到那些死农奴。说到恶鬼，地主寡妇怕得要命。乞乞科夫愤愤地说，他一番好意，反而被人怀疑。本来他是出来采办东西的，他是给官家办差的。女地主一听是办差的，态度立即变了，因为办差的可以收购她地里出产的全部东西。她要求乞乞科夫收购农产品时特别照顾她。乞乞科夫一口答应了，说下次路过时一定收购她的东西。18 名死魂灵的买卖终于做成。乞乞科夫付了 15 个卢布，还帮她写好名单。地主婆还记得每个死农奴的外号，坚决要求写在名单上。柯罗博奇卡还要乞乞科夫帮她写了一份委托书，请她的一个亲戚代表她到审判庭长那里去办手续。

这是一个愚昧的、没有见过世面的小农奴主，又是个寡妇。她一点一滴地从农奴身上搜刮财富。她提心吊胆，生怕别人知道她手中有钱。她小心谨慎，总是怀疑别人都不怀好心，都盯着她的钱。她的性格的特点是既贪婪又胆小，所谓小胆黑心人。乞乞科夫摆出官差的身份，就把她吓住了。可是。这桩不平常的买卖，总是叫她放心不下，后来她还专门到城里去打听，乞乞科夫的事差点就坏在她的手里。这是后话。

乞乞科夫告别了女地主，乘上马车到索巴凯维奇家去，半路上在一家小饭馆里吃饭的时候，遇见了在城里就认识的地主诺兹德廖夫。诺兹德廖夫是地方恶少式的人物，所有热闹的场合总少不了他。他吹牛，撒谎，赌博，闹事。他撒谎的时候还强迫别人相信，看中别人的东西就强要，要不来就偷。他跟所有的人一见如故，用不了三四分钟就称兄道弟，可是过不了一会儿就翻脸吵架，最后被人揍一顿赶出门去。他遇见乞乞科夫的时候，刚刚从市集上赌输了回来，口袋里一文不名，身上的挂表和表链都输掉了，马车也输掉了，现在是搭乘别人的马车回家。他一看见乞乞科夫就高兴地大叫："乞乞科夫，你真的是一个大滑头，你这个老狐狸，和我亲个嘴吧，我爱你爱得要死了。"他强迫乞乞科夫跟他拥抱接吻，然后要乞乞科夫欣赏一下他刚刚从朋友那里偷来的一只小狗。

据他说，这只狗一定会长成一只猛狗。“瞧啊，乞乞科夫瞧啊，怎样的耳朵，你来呀，碰一碰看。”“何必呢？我看见了。这品种很好。”乞乞科夫说。“不，不，碰一下看看。摸一下耳朵。”乞乞科夫要向诺兹德廖夫表示好意，便摸了一下那狗的耳朵，说：“哎，是的，会成为一条好狗的。”“再摸摸它那冰冷的鼻子吧，拿手来啊。”因为要不使他扫兴，乞乞科夫就又碰一碰那鼻子，说道：“不是平常的鼻子。”《死魂灵》的译者鲁迅先生对这一段描写，发表过如下的议论：他在酒店里遇到乞乞科夫，夸耀自己的好小狗，勒令乞乞科夫摸这狗的耳朵之后还要摸鼻子。这种莽撞而沾沾自喜的主人和深通世故的客人的圆滑的应酬，是我们现在随时可以遇见的，有些人，简直以此为一世的交际术。不是平常的鼻子。是怎样的鼻子呢？说不明白的。但听着只要这样也就足够了。

看过小狗之后，诺兹德廖夫邀请乞乞科夫到他的庄园去，既然叫去，不去也不行。乞乞科夫想：嗯，其实今天不妨也去一趟，归根结底，他也不会比别人坏，同大家一样，是一个人。况且他又输掉了钱，这人什么都大意，我也许能够无须破费就从他那里弄点什么。于是他答应了。“好吧，可以的，不过有一层，你不能留住我，我的时间是宝贵的。”在诺兹德廖夫的庄园里，乞乞科夫参观了他的家业。马房里有几匹马，并不出色，但诺兹德廖夫硬说是纯种马，是他花了 1 万卢布买来的。又参观狗房，狗很多，各式各样的，诺兹德廖夫一来，所有的狗欢欢喜喜地冲到他跟前来，用后脚站起来，搭在他的肩膀上，同他接吻。诺兹德廖夫在它们中间就像狗家族的父亲。有一条狗表示对乞乞科夫亲热，跑到他面前，后脚站起来，爪子搭在他的肩膀上，把狗嘴伸过来，诚心诚意地给了一个吻，乞乞科夫连忙啐了一口吐沫。乞乞科夫还参观了书房，里边没有一本书一张纸，倒是有几把军刀，据说是土耳其的，但上面刻的是俄国匠人的名字。还有一只坏了的瑶琴和许多烟斗，都是诺兹德廖夫收集来的。吃过饭后，乞乞科夫终于等到了机会。他装作自己突然想到了什么似的说："哦，几乎忘记了，我要和你商量一点事儿。""什么事？""但你得预先约定可以答应我。""那是什么事呢？""不，你得先和我约定。""你当真？那么好吧，可以的，一言为定，一言为定。""那么你一定有一大批死掉的农奴，户口册上却还没有注销的吧？""自然。那又怎么样呢？""都让给我，把他们归到我的名下。""你拿这有什么用呢？""我有用。""不，你说，什么用？""就是有用，是我这边的事儿了。一句话，我有用处。""里面一定还有什么缘故吧？你一定是计划做什么事吧。计划什么？说出来吧，什么事？"在诺兹德廖夫的强迫之下，乞乞科夫只好说明原因。他略微盘算了一下，说，他要找死魂灵是为了在交际社会里增加自己的名望。他没有大财产，原来的魂灵也不多。"你胡说。"诺兹德廖夫打断了他的话，"你胡说，兄弟。"其实乞乞科夫自己也觉得他的谎撒得实在不高明。"好吧，我老实告诉你吧。"他正经地说，"我请你只放在自己的心里，不要传出去，可以吧？我准备结婚了。但是可恨的是，我的老丈人是极难说话的人。他要求至少也要有 300 个农奴，才能结婚。但我还缺 150 个。""不，兄弟！你胡说。"诺兹德廖夫又嚷起来。乞乞科夫怎么辩解都不行。诺兹德廖夫说，"我明白你了，你是一个大骗子。""要知道我是看朋友的交情上这才说的，如果我是你的上司，第一招就是在树上绞死你。"但诺兹德廖夫答应送给他死农奴，一个钱也不要。"不过你把我的那匹值 1 万卢布的马买去。"乞乞科夫坚决拒绝了。"那么买几只狗去吧。"乞乞科夫也拒绝了。那么这么办吧。用死农奴换乞乞科夫的马车。乞乞科夫更加坚决地拒绝了。诺兹德廖夫提出玩牌，他押死农奴，乞乞科夫押钱。乞乞科夫拿起牌来看，觉得很可疑，上面好像都有记号。最后诺兹德廖夫强迫乞乞科夫下棋，用下棋来决输赢，一边押死农奴，一边压 100 卢布。乞乞科夫想，下棋是公开的，做不了手脚，就勉强答应了。下了几步以后，诺兹德廖夫动了一个子，这时又用衣服的袖口把另外一个子推向前去了，乞乞科夫正要抗议，忽然发现他的老帅旁边又多了一只诺兹德廖夫的棋子。他火了，把棋子一把搅乱，不下了。诺兹德廖夫也发怒了，满脸通红，他强迫乞乞科夫重下，乞乞科夫坚决不干，诺兹德廖夫准备动手揍乞乞科夫，还叫来了仆人。正在这个时候，地方法院因为一个案子派人来传讯诺兹德廖夫。乞乞科夫趁机溜走。正如鲁迅先生所说的，诺兹德廖夫是一个地方恶少、无赖，是胡作非为、败掉了家产的农奴主，靠欺骗、抢劫和偷窃过日子。因为天天在外面鬼混，自己是个骗子，所以对乞乞科夫这个骗子，一眼就看穿了。他还想在乞乞科夫身上捞一把，所以乞乞科夫在这个无赖身上什么也没有搞到。乞乞科夫坐上马车，心扑通扑通直跳。他命令车夫快跑，尽快离开诺兹德廖夫的庄园。

他终于来到索巴凯维奇的庄园。在村子外面，他首先看见农奴的木屋都很坚固，主人的房子也非常坚固，只是没有一点修饰。索巴凯维奇也是他在城里认识的，当时给他的印象是此人长得非常粗笨，不说废话。这会儿索巴凯维奇见乞乞科夫来了，出来到大门口迎接，只简短地说声请，便引他到屋子里面去了。当乞乞科夫近身一瞥索巴凯维奇的时候，他觉得他好像是一头中等大小的熊，而且仿佛为了完全相像，连他身上的便服也是熊皮色的。袖子和裤子都很长，脚上穿着毡靴，所以，他的脚步很莽撞，常常要踏着别人的脚。他的脸是通红的，像一个五戈比硬币。谁都知道，这样的脸在世界上是很多的，对这特殊的工作，大自然不必多费心思，也用不着精细的工具，如锉子、锯子之类，只要简单地砍几斧就成。一下子，瞧这里吧，鼻子有了。两下，嘴唇已在适当之处了。再用大锥子在眼睛的地方钻两个洞，这家伙就完全成功，也无须再把它刨平磨光，就说道：“他活着哩，送到世界上去吧。”索巴凯维奇正是这样一个结实的、随手做成的形象。他的姿势直比屈多，难得转一下头，谈话时不看对方，却只看炉子或某个角落或房门。当乞乞科夫和他一同到餐室里去的时候，再瞥了他一眼，心里想，一头熊，完全是一头熊。乞乞科夫知道他常会踏别人的脚，便走得很小心，总让他走在自己的前面，但那主人似乎也明白自己的毛病，所以不住地问道："恐怕我对您有了疏忽之处了吧？"索巴凯维奇的太太，脸颊长得像一根黄瓜，头颈笔直，索巴凯维奇向乞乞科夫介绍："这是我的菲杜略·伊万诺夫娜。"菲杜略·伊万诺夫娜抬起手来，让客人接吻，那手几乎像是塞进他的嘴巴里似的。乞乞科夫又在屋子里看了一圈，这里的东西也无不做得笨重坚固，什么都像这家的主人。客厅角落有一张巨大的写字桌，四条特别稳重的腿，真是一头熊。所有的桌子、椅子、靠椅全部带着一种沉重而又不安的性质，每样东西，每把椅子，仿佛都在说，"我也是个索巴凯维奇"，或者说，"我也像索巴凯维奇"。乞乞科夫同他谈起在城里相识的官员。和玛尼洛夫相反，索巴凯维奇说他们不是强盗就是骗子，或者是一头驴。他的不留面子的评价和冷静的、从不迁就客人的说话态度使乞乞科夫几乎下不来台。索巴凯维奇请客人吃饭，全是整只的东西，整只火鸡肚子里塞满了糯米、鸡蛋，以及别的什么东西。整只的烤乳猪，整只的包肚，也就是羊胃，里面塞满了荞麦粥、猪脑、蹄髈肉。索巴凯维奇总是陪客人全部吃光，然后打着饱嗝坐下来。终于可以谈正事了，乞乞科夫先不谈正题，他绕了很大的弯子，最后才说他愿意为主人分担一些死农奴的人头税的负担。他说得很委婉，很长。索巴凯维奇只是坐着听，脸上不露出一点表情。乞乞科夫从他的脸上怎么也琢磨不出他在想什么。等乞乞科夫讲完了，索巴凯维奇平静地说："您要死掉的魂灵吗？"一点没有惊异的表情。"对了，"乞乞科夫又想把话说得含糊一点，便添上一句，"那些已经不在的。""那是有的，有的是，怎么会没有呢？”索巴凯维奇说。“哦，是吧？您既然有，那么您一定是很愿意脱手的吧？”“可以，我是很愿意卖给您的。”畜生，乞乞科夫心里想，这家伙倒要卖给我，我还一句都没有提呢，于是提高声音说：“那么可否问一下，您要卖多少呢？”“虽然这样的货色也很难出什么价钱，那么克制一点，每只100卢布吧。”索巴凯维奇说。乞乞科夫吃惊地叫起来了，他以为自己听错了。“您以为太贵吗？那么，您出什么价钱？”“80戈比。这是最高价。”于是，两个人开始讨价还价。为了证明他的价格合理，索巴凯维奇开始详细地讲述他的农奴会什么手艺，多么能干。他说得这样详细，这样兴奋，说明他对自己农奴的特点是一清二楚的。可是乞乞科夫提醒他，不管他们多么能干，他们都已经是死了的农奴。双方争执了很久，最后以两个半卢布成交，索巴凯维奇自己写名单，连职务、手艺、年龄、家境都写得很周到。索巴凯维奇还问，要不要女性的魂灵，每只只要一卢布，可是乞乞科夫不要女的，但是之后乞乞科夫在旅馆里仔细看名单的时候，发现索巴凯维奇把一个女农奴的名字稍稍改了一下词尾，就塞进名单了。

索巴凯维奇是一个丝毫不加掩饰的贪婪的农奴主。从他对农奴的熟悉的情况来看，他榨干了每一个农奴的最后一滴血。他外表粗笨而内心精细，做买卖丝毫不含糊。果戈理结合他的外貌特征和生活环境来刻画他的性格，把这个像熊一样粗笨，像狗一样贪婪的农奴主写得非常生动。

离开了索巴凯维奇家，乞乞科夫出发到泼留希金庄园去（这里补充说明一下，本书中《死魂灵》中人物的译名，大多采用满涛和许庆道先生的译本，“泼留希金”则是采用了鲁迅先生的译本，因为我觉得这个译名的字面形象比新译的“普柳什金”更符合具体的人物形象。《死魂灵》中几个农奴主的姓都含有贬义，“玛尼洛夫”的意思是“引诱”，“柯罗博奇卡”的意思是“大木桶”，“诺兹德廖夫”的意思是“鼻孔”，

“索巴凯维奇”的意思是“狗”，“泼留希金”的意思是“吐痰”或“吐口水”）。村子里农奴的小屋都现出衰朽的样子，木材被虫蛀过，变成灰色的了，许多屋顶好像一面筛子，有些是除椽子外，看不见屋顶，其间只有几根横档，仿佛骨架上的肋骨一样。窗洞都用破布塞着。屋檐下的小晒台都倾斜了，陈旧了，连油漆都已经剥落得干干净净。地主的宅子也显得很寒碜，墙壁和门上长满青苔。一些窗户用木板钉着，仿佛没有人住，一切都显得落寞凄凉。乞乞科夫下了马车，发现一个人站在门口，同一辆载货大车的车夫吵架。乞乞科夫一时无法判断这个人是男还是女，因为他身上穿一件女人的长衣，背上一个窟窿，沾满面粉，头上戴一顶帽子，腰上挂一串钥匙。乞乞科夫从侧面断定她是个女管家，就问她主人在不在家，女管家听说有买卖上的事，就转身引他进去。乞乞科夫走进昏暗的门，觉得屋子里好像吹过了一股从地窖中来的冷风。房门开了，乞乞科夫大吃一惊，房间里凌乱不堪，布满灰尘的破家具、杂物乱堆在一起，就像一个堆放破烂的仓库。“女管家”进来了，正面一看，满脸胡子，显然是个男管家。他注视着乞乞科夫，等客人开口。乞乞科夫问：“主人在做什么呀？他在家吗？”“主人在这里。”男管家回答道。“那么在哪里呀？”乞乞科夫问道。“您是瞎的吗？”男管家说，“先生，我就是这家的主人。”乞乞科夫不自觉地倒退了一步，向这人凝视。有生以来，他遇见过各式各样的人，但从未见过这样一个人物，从他的脸上看不见一点特色，和普通的瘦削的老头子没有什么两样，不过下巴突出些，并且常常围着手帕，免得被唾沫弄湿。那小小的眼睛，还没有呆滞，在浓眉底下转来转去，恰如两只小老鼠，把它的尖嘴钻出暗洞来，立起耳朵，动着胡须，看是否藏着猫或者顽皮孩子，猜疑地嗅着空气。那衣服更加有意思，要知道他的衣服究竟是什么料子，全是白费力气。袖子和领子都非常龌龊，发着光，颈子上围着一种莫名其妙的东西，是旧袜子，是腰带，还是绷带？不能断定，但绝不是围巾。一句话，如果乞乞科夫在教堂门口遇见这般模样的人，一定会布施给他两个戈比。但站在他面前的这个人不是乞丐，而是地主，并且这地主还蓄着一千以上的魂灵。这地主就是泼留希金。他的家也不小，仓库里堆着农奴缴来的各种各样的东西，面粉堆已经发硬，变成肥料，上面可以种小麦了。呢绒布匹多年不动，也已经发霉风化，一碰就会变成灰了。这些东西堆在这里有什么用呢？什么用也没有，自己用不完，他下两代也是用不完的。可是他还是要每天出去捡破烂。一只旧鞋，一块旧鞋底，一片破衣裳，一枚铁钉，一角碎瓦，他都拾了去。就连他的农奴日常用的，不小心也会给主人顺手拿了去。所有这一切，都丢在乞乞科夫刚才走进的那个屋子里。一切东西都在屋子里发霉变灰，而且连主人自己也在变成人的灰。对了，面对这样的主人，乞乞科夫怎样说明他的来意呢？他想对他这样说，因为他听到泼留希金的道德和特殊的品格，所以前来表示敬意是自己的义务。然而自己觉得这样说，太过离奇。他偷偷瞥了一下屋子里的东西，觉得道德和品格这样的字是可以用借鉴和管理来代换的，于是照着这个意思，他斟酌了一下，想好了他的话，他说，因为听到过治家节俭和非凡的管理，所以他觉得有趋前奉访，将敬仰表示陈在足下的义务。泼留希金动了动嘴唇，不知道说了些什么，但是乞乞科夫猜测大概是这么个意思：你还是带了你的敬仰到魔鬼那里去吧。终于请客人坐下，并且声明说自己早已吃过中饭，烟囱也坏了，不好生火。乞乞科夫问他有多少农奴，死了的有多少。泼留希金说近三年来热病蔓延，农奴整批地死掉了，起码有 120 个吧。乞乞科夫心里高兴得不知说什么才好。他建议由他来负担这些死农奴的人头税，订一个买卖合同，把死农奴卖给他，到官家注册，办手续的钱也由他来付。泼留希金高兴了，竟然叫管家婆泡茶，再到仓库里把一块发霉的点心刮掉霉点，拿来招待客人。泼留希金为了庆祝买卖成功，还从柜子里拿出一个尘封的瓶子，声明这是他的亡妻酿的酒，虽然长了蛆和落进了苍蝇，但他都捞出来了，现在打算敬乞乞科夫一杯，乞乞科夫赶紧谢绝了。泼留希金终于找到一张纸，写下了农奴名单。他年轻时认识审判厅厅长，写了一封委托书，交给乞乞科夫，到城里找审判厅厅长代办。乞乞科夫以每个魂灵 32 戈比的价格从泼留希金那里买了 78 个死农奴，外加逃亡的农奴共 200 个。

泼留希金是一个极端吝啬的守财奴，农奴制经济的腐朽和落后在这个形象上得到生动的体现。在他的身上，除了搜刮财富，没有任何正常人的欲望和需求。他对财富的渴求已经发展到变态的地步、极端丑恶的程度。他既是一个守财奴，又是一个财富的破坏者，一切东西都在他的仓库里发霉、风化，变成灰堆。农奴以自己的劳动和生命创造的一切都毫无意义地被毁灭掉。在他手下，农奴的命运也就可想而知了。

至此，乞乞科夫已经到手 400 来个死魂灵。他用贿赂的办法在城里办好了各种手续，他手里已经有一份正式的农奴名册来证明他有 400 个左右农奴。那么，乞乞科夫究竟是个什么样的人呢？乞乞科夫出身破落贵族。从父亲那里，他不能指望继承到什么遗产。长大上学前，父亲对他讲了一些话：你听啊，要学正经，不要糊涂，也不要胡闹。不过最要紧的是要得到上头和教师的欢心，只要和你的上头弄好关系，那么即使你生来没有才能，学问也不大长进，也都不要紧，你会赛过你所有的同学的。不要多交朋友，他们不会给你多大好处的。如果要交，那就拣一拣，要拣有钱有势的来做朋友，好帮帮你的忙。这才有用处。不要乱花钱，乱请客。倒是要别人来请你吃，替你花。但最最要紧的是省钱，攒钱，世界上的什么东西都可以不要，这却不能不要的，朋友和伙伴会欺骗你。你一倒霉，首先抛弃你的是他们。但是钱是永不会抛弃你的。即使遭了艰难或危险，只要有钱，你想怎样就怎样，什么都办得到，什么都做得成。这些话变成了乞乞科夫的座右铭、人生观。他在学校里非常规矩，对教师毕恭毕敬，下课铃一响，他第一个冲到门口，争先把帽子递给教师，然后在教室到办公室的走廊上，设法遇见教师好几回，向他鞠躬。他得了一个品学兼优的评语离开学校。当他工作以后，先前那位教师贫病交加，别的学生都募捐帮助，他一文不给。他起先在一个政府机关里当一个小公务员，为了得到科长的欢心，他追求科长的一个非常丑陋的女儿。老科长于是推荐他未来的女婿当科长，职务一到手，乞乞科夫就把老上级的女儿扔了，再不提结婚的事。他官小，薪金低，走在大街上，凡是看见有钱人坐着华丽的马车经过，他都羡慕得不得了，立志要奋斗到这样的地位。他小心谨慎地贪污受贿，最后失败，丢了职务。然而，他又找到一个税务官的职位，设法帮一个走私集团走私，结果又败露，弄得一败涂地。可是他并不灰心，后来他在法院弄到一个代书人的职务，通过公文往来，他发现有的贵族在挥霍掉财产以后或要在大城市里造房子等钱用的时候，就把农奴连土地拿到国家机关来抵押，每个农奴 200 卢布，等于卖出去，弄一笔钱。可是他发现，上一次人口调查到现在已经好多年，农奴中有大批死亡的，名单上反映不出来，还是按老名册抵押，而其中不少是死农奴。这个发现使他欣喜若狂，这真是生财之道啊！他决心到外省的偏僻地主庄园，设法把死农奴买来，让乐于脱手的地主把名单给他，然后他到当地政府办好买卖手续。现在乞乞科夫手里有 400 名左右农奴。他本来还想在当地逗留一阵，不料柯罗博奇卡这个胆小的女地主心里一直疑神疑鬼，不知是否受了骗，自己进城住在一位太太家里，把乞乞科夫购买死魂灵的事添油加醋地说了出来。这下流言四起，大家乱猜乞乞科夫究竟是什么人，为什么要买死魂灵。又有人说他是来诱拐知事的女儿。诺兹德廖夫也证明，他参与了诱拐之事，是他帮助乞乞科夫和知事的女儿在某教堂里私订终身。这下更乱了。官吏们开始怀疑乞乞科夫的身份。诺兹德廖夫把这个消息又带给乞乞科夫，并且说，如果他真的要拐知事的女儿，自己可以帮忙。乞乞科夫怕事情弄大，匆匆坐车离开了。

乞乞科夫是从地主贵族过渡到资产者的新的社会典型。他既精通地主官僚社会的人情世故，又擅长投机钻营的发财之道，大批农奴的死亡和逃跑引起他的发财希望，暴露出新兴资产阶级的血腥面貌。这部作品出版以后，引起了什么样的反响呢？与果戈理同时代的一位批评家写道："果戈理终于迫使他们走出地主的家园，于是他们就不戴假面具，毫无掩饰地走过我们面前，他们是醉鬼和饕餮鬼，他们是谄媚权力的奴隶，是毫无人性地虐待奴隶的暴君，他们吃喝人民的生命和鲜血，已经这样自然，这样心安理得，好像婴儿吮吸母亲的乳汁。"《死魂灵》震动了整个俄罗斯。这样的责难对现代俄罗斯是非常必要的。这是用巧妙的笔写成的病历。《死魂灵》在俄国产生的影响，如同《费加罗的婚礼》在法国所造成的影响。看到这个贵族和官僚所组成的野兽园，看到他们徘徊在层层黑暗中，买进和卖出死魂灵，真是会发疯的。《死魂灵》是一部受尽大痛苦之后写出的长诗。《死魂灵》有个副标题"史诗"。《死魂灵》这个标题本身就包含着一种引起恐怖的东西。果戈理不能赋予别的书名。并非名册上所有的才是死魂灵，这一切诺兹德廖夫们、玛尼洛夫们，还有其他人，这些都是死魂灵，我们每走一步都碰见他们。以上这些话是果戈理的同时代人、杰出的俄国革命民主主义先驱赫尔岑写下的。这些话非常正确，非常深刻，点明了《死魂灵》的主题，比我们说得生动，因为带着同时代人的感受，带着当时一位先进人士的沉痛的感情。

现在我们讲一讲果戈理创作的艺术特色。

一、高度的真实，赤裸裸的真实，真实到令人害臊的地步。对于外省地主庄园的风貌、地主的庸俗、猥琐的生活习惯和心理状态的描写，对于外省小城官僚社会的日常生活、官吏的相互关系的描写，以及腐朽的农奴制度在当时现实生活中的一切表现的种种描写，都是极其真实的。买卖死农奴这个见不得人的勾当，在作品所描述的那个现实环境中进行得那么自然，说明果戈理所描写的某城具有高度的典型意义，它反映了整个农奴制的俄罗斯。追求高度的真实，这是别林斯基最推崇的果戈理创作的一个主要特点。文学的典型化必须以对生活的真实反映为基础，没有真实也就没有典型化。

二、果戈理在塑造人物性格时，实现了悲剧因素和喜剧因素的二重组合。这是果戈理的创作的重要审美特点。我们在讲果戈理早期创作特点的时候，就提到了“含泪的笑”。普希金说过，果戈理迫使读者含着忧郁与怜悯的泪发笑。这含泪的笑是一种艺术效果，是读者的感受。那么，果戈理是如何取得这样的艺术效果的呢？这就要用果戈理在塑造人物性格时运用的审美原则来解释。果戈理在塑造人物时自觉地运用了同一个人物性格内部悲剧因素和喜剧因素二重组合的手法，从根本上突破了古典主义所遵循的单一喜剧性格或单一悲剧性格的人物塑造法。在日常生活中，在人的情感活动中，在心理世界中，悲喜交错，是常见的现象。悲剧因素和喜剧因素常常构成同一性格整体的两个侧面，两个侧面互相依存，互相渗透，互相转化。在两个伊万吵架的故事中，我们可以看到，这种生活实际上是一场悲剧。正如果戈理在小说结尾所说，生活在这个世界上真是无聊啊，先生们。但这种悲剧以喜剧形式出现。当我们看到伊万吃过甜瓜，亲手把瓜子包起来，亲笔写上此瓜食于某年某月某日时，觉得非常可笑，又觉得非常可悲，这种喜剧因素和悲剧因素统一在伊万·伊万诺维奇的性格中。另外，在两个伊万吵架的故事里，两个伊万为了一点微不足道的事情打官司，打到头发发白。这多么可笑，又多么可悲，两个伊万都非常认真严肃地对待这一件极其可笑的事情。

这喜剧性的行为造成悲剧性的印象，而这种喜剧因素和悲剧因素本来就矛盾地统一在两个伊万的性格中。阿卡基·阿卡基耶维奇的一切都是滑稽可笑的，但其中又包含深深的悲哀，这一切对于阿卡基·阿卡基耶维基本身来说并不自觉，而对于果戈理来说是自觉的。他清楚而深刻地看到，这个小公务员的性格中，悲喜两种因素同时存在，他表现出了这种性格的二重组合，使形象显得非常生动。果戈理这种塑造人物性格的方法，也同样运用在《钦差大臣》和《死魂灵》中，达到了理想的讽刺效果。所以概括地说，在塑造人物性格时，实现悲剧因素和喜剧因素的二重组合是果戈理的审美特点。

三、讽刺。一般讽刺作家常用夸张的手法，而在果戈理的作品中，夸张手法运用得并不多，他只是把生活和盘托出，贵族农奴主阶级的行为的丑恶，他们本质的腐败和他们的地位形成鲜明的对照，这种对照本身就具有强烈的讽刺效果。《钦差大臣》和《死魂灵》的情节在现代人看来显得离奇、荒诞，但是在农奴制的俄国却显得十分自然、合理和可信。当然，果戈理也采用一些具体的讽刺手法。如：

1. 讽刺性的肖像描写。例如对索巴凯维奇、泼留希金的描写。

2. 细致的环境描写，衬托人物性格，造成讽刺效果。比如对玛尼洛夫书房陈设的描写，对索巴凯维奇家庭布置的描写。

3. 通过幽默场景造成喜剧效果，达到讽刺的目的。比如乞乞科夫和诺兹德廖夫的相遇。

果戈理在晚年写了《死魂灵》第二部。原来他写《死魂灵》的动机，是想割掉沙皇制度肌体上的脓包，挽救这个肌体。这种意图在第二部中明显地表现出来。第二部中出现了正面人物，乞乞科夫也会忏悔，获得道德新生。可是第二部完成后，果戈理极不满意，因为它与现实不符。当思想与现实发生深刻矛盾的时候，果戈理非常痛苦，他亲手烧毁了自己的手稿，然后重新再写，写了又烧，最后剩下几张残稿，从中我们看到了作者的意图。鲁迅先生深刻地理解这一点，他也翻译了第二部的残稿。他在《死魂灵》第二部残稿译后记中说，其实这部书，单是第一部就已经足够了，果戈理的命运所限，就在讽刺他本身所属的一流人物，所以他描写没落的人物依然栩栩如生，遇到创造之所谓好人，就是没有生气。例如第二章将军贝德里锡且夫是个丑角，所以和乞乞科夫相遇，还是活跃纸上，笔力不让第一部。而乌里加是个作者理想的好女子，果戈理使尽了力气要写得生动，却反而并不生动，也不真实，甚至过于矫揉造作，比起先前所写的两个漂亮太太，真是差得太远。

果戈理在生活的后期，常年侨居国外，脱离祖国的现实生活和别林斯基等友人的影响，被一批保守派朋友包围，产生了思想危机。果戈理一直认为，不经过革命变革，用说教的方法，有可能使道德进化，使生活中一切丑恶的事物趋于消灭。他的这种天真的想法，表现在《与友人书简选》中。这本书遭到别林斯基的痛斥。别林斯基写了有名的《给果戈理的一封信》，希望果戈理回到自己原来的立场上来。果戈理沉痛地经受了自己最后一本书的失败。别林斯基的信使他震动，他企图为自己辩护，但又意识到别林斯基的指责是正确的。

1852 年 3 月，果戈理在身心两方面的折磨之中与世长辞。

第五章　屠格涅夫

伊凡·谢尔盖耶维奇·屠格涅夫（1818—1883 年）出身于奥廖尔城一个大地主家庭。这里是他母亲的庄园。屠格涅夫的父亲出身没落贵族，是个炮兵军官。家里的一切由屠格涅夫的母亲做主，而他的母亲是一个性格古怪的任性的女地主，对待农奴很残暴，对家人也非常专横。所以，童年和少年时代的生活，给屠格涅夫留下了阴暗的回忆。后来，屠格涅夫把他母亲老年时的形象写进了《木木》和《初恋》等作品中。《木木》中那个农奴主老婆子的形象实在是很不光彩的。显然，屠格涅夫的母亲对农奴的残暴甚至引起了儿子的反感和憎恶，大大冲淡了儿子对她应有的那份感情。屠格涅夫受到过良好的教育，童年时期在家庭教师的指导下就掌握了法语、德语和英语的口语。他在 1833 年 15 岁那年就进入莫斯科大学语文系，一年后，转入彼得堡大学文史系，1837 年毕业，接着去柏林大学研究历史和语文，特别重视对黑格尔哲学的研究。1842 年，他在彼得堡大学顺利通过硕士考试。他指望得到莫斯科大学的教职，但是事有凑巧，由于大学师生中，特别是莫斯科大学里面，思想活跃，自由思想传播很广，哲学这门课受到政府的怀疑，俄国各大学的哲学讲座被取消，屠格涅夫因此没有当上教授。他在政府部门当了两年小官员以后，就专心从事文学创作。屠格涅夫很早就写诗，年轻时崇拜俄国浪漫主义诗人和作家马尔林斯基、别涅季克多夫等。他后来回忆说，他曾经吻过杂志上马尔林斯基的名字，所以当别林斯基当他的面把这些人批评得一钱不值时，屠格涅夫气得发疯。可是后来他终于认识到别林斯基是对的。1842—1843 年，他同彼得堡的文学家们，主要是别林斯基周围的作家们建立了亲密的友谊。1847 年 1 月，他陪别林斯基到德国萨尔茨伯伦去疗养。在别林斯基的影响下，屠格涅夫写出了他的最初的现实主义作品《猎人笔记》中最好的篇章。此后，屠格涅夫加入了《现代人》杂志的撰稿工作，前后达 13 年之久。早在 1843 年，屠格涅夫就和一位法国女歌唱家维亚尔多·波琳娜结识，从此和维亚尔多的家庭一直维持着密切关系，直到逝世。

1852 年，果戈理在莫斯科去世。屠格涅夫写了一篇纪念文章，彼得堡检察机关禁止刊登。屠格涅夫把文章寄给《莫斯科时报》发表，沙皇政府以此为借口逮捕屠格涅夫，拘留一月后遣返原籍，予以监视。其实屠格涅夫和他的朋友们都明白，引起沙皇政府对屠格涅夫注意的不完全是这篇文章，而是他的成名作《猎人笔记》。

《猎人笔记》是一部包括 25 篇短篇小说的集子，其中绝大部分从 1847 年 1 月起在《现代人》杂志刊登过，1852 年出了单行本。25 个故事并没有统一的情节，它们记叙了猎人在漫游期间，在各个地主庄园、农奴村落同各种人物的偶然会见和各种插曲，但 25 个故事被一个统一的思想连接在一起，即反对农奴制。屠格涅夫既表现农奴主的面貌，又表现农奴的面貌，这种对比的描写衬托了农奴在精神上大大优越于农奴主。农奴主残忍、愚蠢、无能，傲慢得可笑；农奴聪明能干、善良，富于同情心。可是这种对比并不用很尖锐的形式表现出来，屠格涅夫不像果戈理那样带有强烈的讽刺色彩，他写得很委婉，他用的色彩很淡，他喜欢用素描一般的笔法淡淡地勾勒，可是这并不减弱他的表现力和思想的深度。当时的国民教育部长的一份机密文件，就《猎人笔记》的效果写了如下一段话：书中的大部分文章具有贬低地主的明显倾向，一般地说，地主不是显得滑稽可笑，就是（这样的情况更多）显出一副有失体面的模样。让一种对地主如此不利的意见传播开去，无疑会降低不同身份的读者对贵族阶级的敬意。

至于对农奴，屠格涅夫如实地写出了他们的精神面貌的两个方面。一方面，屠格涅夫写了农奴意识中顽固的宗法制观念，他们盲目服从农奴主，对农奴主的最荒谬的命令也照办不误。另一方面，他也描写了他们的天赋、他们的智慧、他们作为劳动者的道德品质和内心的美。在屠格涅夫之前，还没有一个作家这样描写过农奴。果戈理笔下的农奴连左跟右都分不清，而《猎人笔记》的第一篇，即给屠格涅夫带来声誉、博得别林斯基称赞的《霍尔和卡里内奇》就写了一个踏实、能干、冷静，把农务和自己一大家子管理得井井有条的农奴霍尔，以及聪明、手巧、乐观，仿佛和大自然息息相通的卡里内奇。与他们相对照的是地主波罗德金，这是一个十足的窝囊废，他每次求婚都遭到拒绝。对客人，他老是重复同一个笑话，他自以为很有意思，可是别人根本不觉得有什么可笑。他家里采用法国式烹调，这种烹调的秘诀，据他的厨子的理解，在于使每种食物的天然滋味完全改变，肉经过这种烹调带有鱼味，鱼带有蘑菇味，通心粉带有火药味，不过汤里面放的胡萝卜却全部切成菱形或梯形。屠格涅夫也写在文明的外衣掩盖下的农奴主的残忍，如《总管》中地主宾诺维奇的形象。这是一个文明的、有教养的地主。他举止文雅，态度和蔼，有欧洲人的风度。宾诺维奇请客人饮酒，高谈阔论，他问仆人为什么酒没有温。仆人默不作声，脸色苍白。地主按了一下铃，轻声地对进来的仆人说，费多尔的事去处理吧。请看，这就是人道的典型。屠格涅夫笔下的地主比起恶名昭著的残暴女农奴主萨尔特契哈来，算是人道的人。例如，他是那样的人道，竟不愿意亲自到马厩去看看是否很好地处理了鞭打费多尔的事。他是那样的人道，毫不关心鞭打费多尔的棒条是否用盐水浸渍过。他这个地主，自己对仆人不打不骂，他只是远远地处理。他不声不响、不吵不嚷，又不公开出面，真像一个有教养的、温和的、慈祥的人。屠格涅夫笔下的农奴主形象，不是那样张牙舞爪、穷凶极恶的。到了 19 世纪 40 年代，农奴主也用文明的外表来打扮一下自己了。《猎人笔记》里鲜明的反农奴制倾向，曾经深深地刺激了沙皇亚历山大。据说他看过《猎人笔记》后，下了废除农奴制的决心。所以有人说，《猎人笔记》促成了农奴的解放。《猎人笔记》由丰子恺翻译过来，译笔流畅，很好地传达出了屠格涅夫的抒情风格。《猎人笔记》中的风景描写也是很有名的。屠格涅夫不仅能写出大自然在一年四季中的变化，而且能写出同一处景物在一天之中从清晨到薄暮的变化。俄罗斯中部的大自然的美在他的笔下得到了完美的展现。

屠格涅夫创作了不少中篇小说，如《阿霞》《初恋》《春潮》等，其中最优秀的是《木木》。屠格涅夫的主要成就在长篇小说，他一共创作了六部长篇小说：《罗亭》《贵族之家》《前夜》《父与子》《烟》《处女地》。后两部在思想上和艺术上都比前几部弱。《罗亭》发表于 1856 年，塑造了一个已经过去的时代、即 30—40 年代贵族知识分子的典型罗亭。罗亭出身没落贵族，他在大学学习的时候，接受了贵族改革派的思想。他能言善辩，谈起真理、自由、理想来娓娓动听，但他没有付诸行动的能力。他在贵族拉松斯卡亚的庄园做客时，以其动听的言论压倒所有的客人。这家的姑娘娜塔莉娅被他的热情洋溢的理想主义精神迷惑，热烈而勇敢地爱上了他。在决定他们关系的时刻娜塔莉娅告诉他说，她母亲表示宁愿让女儿死掉，也绝不把她嫁给穷苦的罗亭。娜塔莉娅回答说，她宁死也不嫁给别人。现在她就等他一句话，只要罗亭说一句肯定的话，她立刻抛弃一切，跟他走，哪怕到天涯海角。可是罗亭说，既然她妈妈不答应，他们只好屈服，就此分手。这个满口为真理、为自由而奋斗的青年人连爱情的考验都没有经受住。罗亭空有言论而无行动的魄力，是一个聪明的废物，是“多余人”的又一个典型。他那颇具理想色彩的改良派言论，是贵族的历史作用行将消逝前的回光返照。《贵族之家》写了一个善良温厚的俄罗斯贵族拉夫列茨基的生活故事，写了他的不幸的婚姻和迟暮的爱情。他以为已经死去的妻子突然归来，使他与丽莎的爱情成为悲剧。作品最后，拉夫列茨基重返贵族庄园，年轻一代已经把他看作古董，他自己也觉得自己已是过去的一代人。这部小说透露了屠格涅夫真正隐秘的感情，他理智上明白，贵族阶级已经没落，但感情上留恋贵族文化。他对衰亡中的贵族庄园和拉夫列茨基与丽莎的爱情的描写，充满恬静和悲哀的诗意，真正说得上是一曲诗的挽歌。这部作品的高度艺术价值，使它在当时的读者中广为流传，人们读它读得近乎疯狂。它到处流传，风靡一时。不读《贵族之家》简直就成了一件不能容忍的事情。

继《贵族之家》之后，屠格涅夫于 1860 年发表了第三部长篇小说《前夜》。《前夜》的中心形象是贵族姑娘叶琳娜·斯塔霍娃，她性格内向，有独立思考的能力和坚强的意志。她小时候的女伴——一个农家姑娘的悲惨死亡深深地刺激了她，使她对周围贫困的农民产生极大的同情。她的父亲是一个轻浮的贵族老爷，母亲因为丈夫不忠而郁郁寡欢，多愁善感。叶琳娜在这个庸俗无聊的家庭里感到孤独苦闷，她希望冲破这个樊笼，希望有一个可以信赖的理想人物给她指明道路。她的身边有两个贵族青年，一个是她的远房亲戚、青年雕塑家舒宾。这个人有艺术家的气质和才华，聪明机智，但是玩世不恭，轻浮浪荡，在艺术上也不肯下苦功夫。另一个是来乡下度暑假的大学生别尔森涅夫，他为人善良，严肃好学，热烈追求学术上的成就，他的最高理想是当一名历史教授。他钻研古代文化，不关心现实生活。别尔森涅夫带来了他的同学、保加利亚青年英沙洛夫。英沙洛夫在俄国读书，同时直接参加保加利亚的爱国力量组织，准备一有机会就回去参加推翻土耳其人的统治、解放祖国的斗争。英沙洛夫沉默寡言，但是说一不二，具有钢铁般的意志。他有一个明确的、高尚的生活目标，他的一切都为实现这个目标而准备着。叶琳娜要在他们三个当中做出选择，仿佛象征着俄罗斯选择自己最需要的人一样。她选定了英沙洛夫，决心抛弃一切，跟他到保加利亚去参加解放斗争。他们取道意大利，奔赴保加利亚。在威尼斯，英沙洛夫不幸病逝，叶琳娜继承丈夫的遗志，到保加利亚起义部队中去当护士。小说写于 1859 年，俄国正处于社会动荡、农奴制改革的前夜。屠格涅夫以艺术家的敏感觉察到俄罗斯已不能满足于罗亭式的只说不干的人物，俄罗斯需要能够行动、敢于行动的人。他看到，像车尔尼雪夫斯基、杜勃罗留波夫这些平民知识分子正在取代贵族知识分子，他们是敢于行动的活动家。屠格涅夫感到他们才是俄罗斯需要的人物，但是他的政治主张与他们不合。他作为忠于现实的艺术家，塑造了具有平民知识分子性格特点的形象，但是他自己的政治偏见又妨碍他直接写出一个俄罗斯的革命家，因此，他把英沙洛夫写成一个为反对土耳其人的统治而斗争的保加利亚人。作家的世界观的矛盾表现得如此生动。他笔下的英沙洛夫在精神境界上远远高于舒宾和别尔森涅夫，他的理想具有解放祖国的实际内容。屠格涅夫让自己心爱的女主人公把他选为终身伴侣，但是他在感情上又不喜欢平民知识分子，不熟悉他们的精神世界，所以英沙洛夫这个形象在艺术上很粗糙，没有性格成长的历史，他一出场就是个定型的人物。他没有内心活动，他的一切都是通过别人的眼光来看，通过别人的嘴说出来的。他缺少个性特点，血肉不丰满。尽管如此，英沙洛夫这个形象的出现和“前夜”这个富于暗示性的标题，引起了当时读者的巨大反响。杜勃罗留波夫在《真正的白天何时到来》一文中，希望俄国的英沙洛夫早日出现，他面临的任务更艰巨，他不是去推翻国外来的敌人，而是推翻国内的敌人。杜勃罗留波夫说，俄国的英沙洛夫出现的日子不远了，因为紧随前夜而来的白天总是不远的。杜勃罗留波夫做出的是革命的结论，暗示俄国处于革命的前夜，并且必须同专制制度作斗争。这个直截了当的结论是屠格涅夫不能接受的，他从审查官那里看到此文的手稿后，强烈要求《现代人》杂志不予刊登，但是杂志编辑部没有听他的而把文章发表了。屠格涅夫与《现代人》杂志早有意见分歧，现在终于决裂了。

《父与子》在屠格涅夫的创作中有特殊的价值。《父与子》构思于 1860 年，一年后成稿，1862 年 2 月发表。小说塑造了俄罗斯的英沙洛夫、平民知识分子巴扎洛夫的形象。这个形象也反映了屠格涅夫的世界观的矛盾。这部作品构思和创作于农奴制改革之前和之后。当时社会上两种思潮斗争激烈。贵族改良派赞成改革，认为改革能够解决俄国社会问题；革命民主主义派则相反，认为改革不能彻底解决俄国社会矛盾。屠格涅夫在这个关键时刻暴露出他的弱点，他持有贵族改良派的态度，不赞成车尔尼雪夫斯基和杜勃罗留波夫的观点。作为一位忠于生活的现实主义作家，他不能不看到，贵族知识分子在历史上的作用逐渐消失，平民知识分子正在取而代之，一个新的时代和新的人物出现了，而且已经在车尔尼雪夫斯基和杜勃罗留波夫身上体现出来。他违反自己的阶级偏见，写了巴扎洛夫这样一个人物，在巴扎洛夫身上体现了平民知识分子的观点。屠格涅夫的态度非常矛盾，他写出了巴扎洛夫的精神力量，但又不喜欢他，有时故意贬低他，所以这个形象充满矛盾。作品的情节极其简单。大学生阿尔卡迪带他的同学巴扎洛夫到自己的庄园去度暑假。阿尔卡迪的伯父巴维尔·彼得洛维奇是一个情场失意的贵族，40 多岁就在弟弟的庄园里隐居。在这个偏僻的乡村，他一丝不苟地维持着他的英国气派的生活方式，一天按时换几次衣服，满身洒满香水，外表修饰得和在莫斯科或彼得堡生活时一样讲究。什么时候吃什么做什么都按既定的规矩办，丝毫不差。这在一个破旧的偏僻的地主庄园里实在是显得十分滑稽可笑。巴维尔·彼得洛维奇是一个贵族改良派，满口改良派的论调。他对巴扎洛夫当然不感兴趣，常常在吃饭或喝茶的时候挑起争论。巴扎洛夫否定当时现实生活的一切，包括一切权威，在作品中被称为虚无主义者。他说，现在最重要的是把地面打扫干净。他的锋利的见解和机智的挖苦讽刺，常常弄得那位英国式的绅士下不来台。屠格涅夫自己说，他的整部中篇小说都是反对把贵族作为进步阶级的，又说这是民主主义对贵族阶级的胜利。巴扎洛夫研究自然科学，他生活俭朴，很容易与农民接近。他学的是医，最后在农村解剖一个害斑疹伤寒的尸体时，不慎割破了手指，中毒死亡。这个结尾很出人意料，巴扎洛夫死得没有道理，唯一的解释就是屠格涅夫不了解平民知识分子的活动，写不出他们的行动，也无法安排他们的前途，只好让他的主人公死了。在刻画巴扎洛夫的性格时，屠格涅夫既承认他的精神力量，又不喜欢他，处处写他粗鲁，对人生硬冷漠。小说几乎说不上有什么情节。巴扎洛夫没有性格成长的历史，也没有自己的活动。这部小说着重写了几场争论。作家把巴扎洛夫放在与贵族改良派争论的环境中去刻画他的性格。小说题名《父与子》，写父辈与子辈的冲突。其实更确切地说，是革命民主主义者（屠格涅夫自己说，当时把虚无主义者看成革命者）与贵族改良派的冲突。这部作品是屠格涅夫题献给别林斯基的。《父与子》出版后，引起激烈的争论，屠格涅夫两面不讨好，贵族阵营骂他讨好《现代人》杂志，平民知识分子阵营骂他歪曲革命者的形象。时代在前进，后代读者看到历史发展的真实情况，公正地指出，屠格涅夫敏锐地捕捉到新一代青年的一些特点，但巴扎洛夫的形象没有反映出真正的革命者，即当时的革命民主主义者的许多本质特点。巴扎洛夫的虚无主义的某些表现，比如说对艺术、对美的一笔否定又完全不是这种新人物所固有的东西。当时进步的年轻一代不肯承认巴扎洛夫是他们的写照，这是有一定道理的。否定一切的虚无主义者，不符合人们对革命者对正面人物的概念，真正的新人是车尔尼雪夫斯基的小说《怎么办?》塑造的人物。

《父与子》虽然没有正确地写出一个革命者的形象，但仍然反映了作家的努力。屠格涅夫的长篇小说塑造了不同阶级的典型人物，反映时代的更替。贵族阶级及其文化即将消逝，新一代平民知识分子正在登上历史舞台。由于屠格涅夫高超的艺术技巧，即使像《父与子》这样缺乏引人入胜情节的作品，也写得十分生动。

下面我们介绍屠格涅夫的散文诗。1878 年到 1882 年，屠格涅夫写了约 80 首散文诗。他选了 50 篇交给《欧洲导报》发表，其余的因涉及个人生活，屠格涅夫不愿意发表，是他去世后后人在他的遗稿中找到的，于 1930 年在巴黎发表。《散文诗》这个总标题并非作者自己定的，而是《欧洲导报》的编辑斯塔修列维奇加上去的。屠格涅夫最初把这些作品称为《绝笔篇》，后来改为《迟暮吟》。屠格涅夫临终前把自己的日记付之一炬，选出的 50 首散文诗也差点一起烧掉。屠格涅夫的散文诗是他最后的作品，艺术水平极高，但大多色彩暗淡，调子低沉，这与他个人晚年生活有关，也反映了他世界观中悲观的因素。屠格涅夫晚年侨居巴黎，风烛残年，孑然一身，异乡羁旅，病魔缠身，那光景自然十分凄凉，加之最后的几本小说又遭到左、右两个阵营的攻击，他情绪异常低沉。但是散文诗中也有不少健康清新的篇章，表达了作家对祖国的眷恋、对下层人民的同情、对上流社会的揭露和鞭笞。读散文诗可以了解屠格涅夫晚年的思想情绪，而主要的是，这些作品写得十分优美动人，寓意深远，值得仔细品味。屠格涅夫本人说，这些散文切莫一口气读完，最好今天读一首，明天读一首，说不定其中的某一首会在你的心里留下印记。散文诗中的代表作有《门槛》《麻雀》《当我不在人世》《咱们还要斗一斗》等。

下面讲屠格涅夫的创作的艺术特点。

一、屠格涅夫是一个自觉运用现实主义创作方法的作家，他忠于现实，在现实与自己的政治观点互相矛盾的时候，甘愿违背自己的政治偏见，以保持一个现实主义作家在创作中严格的客观态度。屠格涅夫着意观察和描写的对象是俄国的文明阶层，即贵族知识分子和平民知识分子，通过他们的面貌的迅速变化，反映时代的前进和思潮的起落。他所塑造的众多的典型表现了平民知识分子取代贵族知识分子的历史进程。当时的读者根据他创造的新型人物的形象，确切无误地探测到社会潮流的动向。屠格涅夫笔下的人物的高度的典型性说明他对新事物极度敏感，对俄国社会生活的基本矛盾有深刻的理解，因为典型不是主观随意性的产物，而是客观反映生活现象本质的结果。他的客观态度使他有时违背贵族改良派的政治偏见，写出了生活的实在的样子。他说，准确而有力地表现真实和生活实况才是作家的最高幸福，即使这真实同他个人的喜爱并不符合。这句话是他在革命民主阵营和贵族改良派同时攻击他的《父与子》的时候发出的感叹。屠格涅夫按他对生活的理解，在主导倾向上肯定了平民知识分子巴扎洛夫，敏锐地反映了时代的动向，坚持了自己在表现生活上的严格的客观态度。当时的批评界不理解这一点，所以屠格涅夫发出了上述感叹。这段真诚的自白比恩格斯论巴尔扎克的意义所说的相同的名言，即“现实主义的胜利”，早写下 20 年。可贵的是，一个作家能对自己表现现实的原则和创作心理做出如此确切和科学的判断，充分说明他对自己的态度也是十分清醒和客观的。恩格斯关于巴尔扎克的现实主义的胜利的言论，出自 1888 年《致哈克奈斯》的信，而屠格涅夫在《致米柳金娜》的信里讲的那段话发表于 1868 年。

二、屠格涅夫创作过程的特点是从形象出发，先有人物，后有情节。他的重要作品的主要人物大多有现实生活中的原型作为依据。他说："我从来不凭脑子去杜撰。每当我需要描写一个想象的人物时，我必须先找一个活人，以他的活动作为我的描写的线索。"[1] 屠格涅夫所写的评论、回忆录和书信中，有许多关于他本人的创作过程的第一手材料。他反驳论敌的攻击，说明某些作品的成因，为他的作品的真实性辩解。他认为，作品是否真实，首先在于人物性格是否可信，是否有生活依据，因此，他提供了他的主要人物的原型和这些形象的典型化的过程和方法。屠格涅夫曾毫不夸大地说，他写下来的任何一行字都是受了某种事物的感染——或者是他本人的遭遇，或者是他观察到的情况。他不去抄袭实际的场面或者活生生的人物，但是这些场面和人物给他提供了艺术结构的原始材料。如果屠格涅夫在生活中遇到了某一个人，这个人身上的某种与众不同的东西触动了他，使他产生特殊印象，他就开始仔细观察这个人，反复思索，积累印象，后来这个人也许离开了，但他的性格特点深深印在作者的脑海里，保留下来了。屠格涅夫把所有同类精神素质的人的特点吸收过来，巧妙地融合在一起，使原型的形象逐渐丰富，逐渐获得最大的表现力和典型性。大家知道，罗亭的原型是屠格涅夫青年时代的密友巴枯宁，同时这个形象又概括了赫尔岑和屠格涅夫本人的某些特点，从而成为 19 世纪 40 年代贵族知识分子的典型。《前夜》中的英沙洛夫的原型是当时曾一度闻名的保加利亚爱国者卡特拉诺夫。这个保加利亚人一旦出现在屠格涅夫创造的典型环境中，以他拯救祖国的高尚理想和情操成为俄罗斯姑娘叶琳娜选中的对象后，他立刻就化为一个象征，

---

[1] 鲍戈斯洛夫斯基：《屠格涅夫传》（俄文版），苏联青年近卫军出版社，1959 年，第 222 页。

预示着在生活中将要出现俄罗斯的英沙洛夫们，他们将以打倒本国的统治者为己任。当革命民主主义批评家杜勃罗留波夫明确道破这一点时，这个典型所包含的意义，它所显示的真实性的深刻和尖锐的程度，甚至让作者本人吃惊。《父与子》中巴扎洛夫的原型是青年医生德米特里耶夫，此人对生活的看法使屠格涅夫吃惊，作家意识到这位出色的人体现了那种刚刚产生、还在酝酿之中的、后来被称为虚无主义的因素，即对现存的生活基础持否定一切的态度。屠格涅夫认为德米特里耶夫是60年代先进的平民知识分子一类人物，因而，他力图在巴扎洛夫的形象中体现他所熟悉的平民知识分子杰出代表的性格特点。例如，巴扎洛夫有关哲学、美学和其他问题的言论，就是以杜勃罗留波夫在其论文中所发挥的思想为基础的。

屠格涅夫在受到生活的启发而在头脑中逐渐清晰地构想出某个人物的面貌后，常常为人物写某种类似传记的东西，把他们的生平一直写到他所构思的小说的情节开端以前。之后，他又在想象中把人物领到不同生活环境，让他们按自己的性格的逻辑行动，处理他与其他人物的关系，对各种问题表态，从各个方面表现自己的性格，小说的情节也由此而形成。例如，屠格涅夫曾为巴扎洛夫写日记，在日记中记下了巴扎洛夫对当时社会政治生活中各种事件的想法和言论。屠格涅夫在创作中如此努力地缩小和隐蔽自我，像演员一样尽量进入角色，以至于他在落笔的时候产生一种感觉，仿佛人物不顾作家的意志而在独立行动。屠格涅夫在1869年12月13日《致鲍利索夫》的信中做了这样有趣的自白："……原来作者本人并不一定知道他所做的是什么；我对巴扎洛夫的感情——我个人对他的感情——属于模糊不清的性质（我是爱他还是恨他，只有天晓得！）然而，形象出现得如此明确，它立刻开始生活，开始随心所欲地独自行动。归根到底，作者本人对自己的作品的看法又算得了什么？

作品归作品，他归他。”[1] 当然，这里任何神秘性也没有，有的只是一位真正的现实主义作家对生活真实的绝对尊重、认识和反映现实的独特的方法。在屠格涅夫的时代，现实主义这个术语还不十分流行，它的内涵还没有像今天这样清楚地确定下来，当今的现实主义理论实际上就概括了包括屠格涅夫在内的一大批作家的创作经验。对于屠格涅夫来说，现实主义就是客观地真实地反映现实，创作中的客观态度就是现实主义的本质特点。

三、屠格涅夫的作品特有一种情调，充满淡淡的哀愁。屠格涅夫是小说家中的抒情诗人。他的作品的叙述语调十分动人。

四、屠格涅夫的长篇特色之一是写思想冲突、人物论争。这些长篇的结构非常简单，主要由几次产生重大后果的论争构成。在人物刻画上，他借助对照和反衬展开心理描写，着重写心理变化的结果。不是写心理变化过程本身，而是心理变化在行动上的表现。屠格涅夫特别善于描绘女性形象，尤其是年轻姑娘的形象。他能写出她们的隐秘的思想和内心活动，写出女性的天赋，写出女性特有的心理感受和感情表现。他善于以女性为中心，写出爱情的诗意及其中的甜蜜和悲哀。他在作品中描写的爱情往往是对男主人公的考验，通过男主人公在爱情生活中的表现，对他们做出评价。也许因为他本人一辈子没有结婚，他的故事中几乎没有家庭日常生活的琐碎。他总是在女性生活中最美好的阶段，即恋爱的阶段描写她们，所以她们的形象上往往笼罩着一圈诗意的纯洁的光华。当然，屠格涅夫熟悉的是贵族妇女，他写得最好的都是贵族女性，屠格涅夫在她们身上既寄托了他的理想，又寄托了他对贵族阶级及其文化的留恋。《罗亭》中的娜塔莉娅、《贵族之家》中的丽莎、《前夜》中的叶

---

[1] 《屠格涅夫作品与书简全集（第8卷）》（俄文版），苏联科学院出版社，1960年，第152页。

琳娜、《阿霞》中的阿霞等，这些形象被批评家和读者称为屠格涅夫家的姑娘们。

屠格涅夫于 1883 年病逝于巴黎。他的最后一封信是给朋友、诗人波隆斯基的。信中写道：“你去斯巴斯科耶的时候，请代我向我的住宅、花园和我那棵小橡树告别，代我向祖国告别，我大概永远看不到它了。”他的遗嘱充满对祖国的怀念，充满悲哀的诗意。

第六章　车尔尼雪夫斯基

尼古拉·加夫里罗维奇·车尔尼雪夫斯基（1828—1889 年）是俄国杰出的革命民主主义思想家、学者、作家，是以自己的一生实践自己信念的坚定的革命家。他生于 1828 年 7 月 24 日。父亲是一位诚实、正直、有教养的牧师，收藏很多书，因此，车尔尼雪夫斯基从小就有条件获得良好的教育，在青年时代就以博学闻名。他的故乡萨拉托夫省位于伏尔加河流域，这是俄国农民运动最主要的策源地之一。农奴的贫困的生活和屡屡爆发的农奴起义在年轻的车尔尼雪夫斯基的思想和感情上，留下了强烈的印象。从 1846 年起，车尔尼雪夫斯基在彼得堡大学文史系学习，这时他就开始接受别林斯基和赫尔岑的革命民主主义思想，即主张发动农民推翻沙皇专制制度和农奴制度。1850 年，车尔尼雪夫斯基大学毕业回到故乡，在一所中学教俄国文学。1853 年年初，他婚后不久迁往彼得堡，在陆军学校任教，同时准备学位论文《艺术对现实的审美关系》。此时，他已开始写作政论和文学批评论文，这些文章起初发表在《祖国纪事》，后来刊登在《现代人》上。1855 年，车尔尼雪夫斯基在彼得堡大学完成博士学位论文答辩。这次答辩充满了坚定的反唯心主义美学观点的战斗精神，引起了进步知识界的重视。但是，因为论文的观点与传统观点格格不入，答辩委员会甚至没有评论就不了了之。这篇论文以唯物主义观点阐明了艺术对现实的审美关系，捍卫并深化了革命民主主义的美学原则和别林斯基的批评观点。这篇论文成了革命民主主义阵营的文艺思想的纲领性文件。车尔尼雪夫斯基没有被批准走上大学的讲台，但他参加了《现代人》杂志编辑部，和诗人涅克拉索夫共同领导《现代人》，使这本杂志成为革命思想战斗的机关刊物。车尔尼雪夫斯基也就是从这个时候开始展开社会活动的。此时，俄国正处于废除农奴制度的前夕，社会气氛十分紧张。促使农奴制废除的根本原因，当然是农奴主与农奴的矛盾。这个矛盾已激化到不得不解决的程度。另外一个原因是资本主义的发展。当时发生的几起重大事件，加快了事变的进程。

1848 年，俄国遭到了严重的饥荒，数百万人挨饿。俄国的欧洲部分和西伯利亚一部分地区被霍乱侵袭，死于这种可怕的传染病的有 70 万人之多。在炎热干燥的夏季，许多城镇和乡村发生火灾。71000 多个村庄被焚毁。这一年，欧洲爆发了革命。法国、奥地利和匈牙利的事变影响到俄国各个阶层，贵族知识分子和平民知识分子的感受更加敏锐。国外的革命浪潮使国内的气氛也紧张起来。

1853—1856 年，克里米亚战争爆发，俄国失利。这场战争对于国内生活，特别是对于农民运动的发展有着特殊的意义。这场战争暴露了国家农奴制的腐朽，以及经济和军事技术的落后。战争使国内所有的矛盾尖锐化起来，数十万人脱离农业劳动，农奴生活急剧恶化，这激起了反对农奴主的农民运动的高涨。由于国内阶级矛盾紧张到一触即发的地步，沙皇政府害怕农民运动的浪潮一下冲垮自己的统治，因而在 1861 年宣布废除农奴制。众所周知，这次改革实际上首先尽量保护贵族地主的利益，而使农民处于更加贫困的境地。对沙皇这次改革的回应是 45 次暴动，暴动席卷 1176 个地主的田庄。

1861 年改革以后，农奴获得人身自由，大批农奴涌入城市成为廉价劳动力，这给资本主义发展创造了条件，俄国社会因而又多了一重矛盾，即劳动人民与资产阶级的矛盾。当时俄国国内的总形势就是这样。

在这期间，俄国知识分子的面貌发生了巨大的变化，农民运动和革命思想的发展，把一代新的知识分子——平民知识分子推上社会思想战线的领导地位，逐步代替了贵族中的改革派知识分子。平民知识分子是下级神职人员、小职员、小官吏、小市民、农民及小商人的子弟，是靠近社会底层的知识分子，自然能更确切地反映人民群众的愿望。车尔尼雪夫斯基、杜勃罗留波夫和涅克拉索夫等就是平民知识分子的代表。在1861 年国内形势紧张的时候，彼得堡的秘密革命组织“土地与自由社”成立了，车尔尼雪夫斯基是这个组织的领导者之一。著名的革命宣言《农民的同情者向贵族统治下的农民致敬书》就出自车尔尼雪夫斯基之手，这篇宣言直接号召农民进行有组织的、有统一革命中心领导的武装起义。但是，由于历史条件的限制，无数分散的农民起义没有形成武装革命的总爆发。即使这样，车尔尼雪夫斯基并没有放弃斗争，在他的领导下，《现代人》杂志成了革命民主主义者手中强大的斗争武器。通过车尔尼雪夫斯基的精心培育，由别林斯基和赫尔岑撒下的革命思想种子萌芽成长。《现代人》刊载的文章以鲜明的政论形式提出了社会生活和文学中最重要的问题，如车尔尼雪夫斯基的文章《哲学中的人本主义原则》《俄罗斯文学中的果戈理时期概观》《对村社所有制的哲学偏见之批判》，以及杜勃罗留波夫的《什么是奥勃洛莫夫性格》《黑暗王国》《黑暗王国中的一线光明》《真正的白天何时到来》等。此外，还有车尔尼雪夫斯基评论农村改革、揭露农奴制度拥护者的反动和资产阶级改良派的虚伪、坚决捍卫农民利益的文章，以及他的附有译者批注的穆勒的《政治经济学》译本。穆勒是英国资产阶级政治家、经济学家和哲学家。车尔尼雪夫斯基在批注中深刻地指出资产阶级政治经济学的弱点，马克思曾给这些批注以很高的评价。列宁说，车尔尼雪夫斯基是一位伟大的革命家，他善于通过审查的重重障碍，宣传农民革命思想，宣传群众为推翻一切旧政权而斗争的思想。然而，这位革命者对统治阶级而言是危险的。1862 年 6 月，政府勒令《现代人》暂时停刊八个月，同时进行一系列的搜查和逮捕，黑名单上第一名就是车尔尼雪夫斯基。1862 年 7 月 7 日，车尔尼雪夫斯基被捕，囚禁在彼得巴甫洛夫斯基要塞阿列克塞碉楼的第一号牢房里。在搜查过程中，政府没有获得任何证据，但卑鄙的特务机关无耻地伪造证据，法庭竟据此于 1864 年 2 月 5 日对车尔尼雪夫斯基做出判决。这位杰出的思想家和革命家被判处剥夺一切财产权，流放矿山服苦役 14 年，并终身流放西伯利亚。4 月 7 日，沙皇亚历山大二世批准这个判决并假惺惺地把苦役期限缩减一半。1864 年 5 月 4 日向车尔尼雪夫斯基宣读这一判决。几天以后，举行了一次侮辱性的褫夺公权的仪式，也就是对政治犯的一种侮辱性的假死刑。当天凌晨，车尔尼雪夫斯基被押到广场上。他站在“耻辱柱”前面，胸前挂着有国事犯字样的牌子，刽子手在他的头上把一柄剑折断，沙皇政府企图侮辱和贬低这位坚定的革命家。但是，闻讯赶来的聚集在广场上的青年（主要是大学生）公开表露了对这位革命家的敬意和对刽子手的愤慨。青年们以欢呼迎接车尔尼雪夫斯基。当他从广场上被带走的时候，有人把鲜花投到囚车里。包围广场的宪兵和警察无力制止人群表达他们的感情。

1862—1889 年，车尔尼雪夫斯基在监禁、苦役和流放中度过了 27 年。然而，无比艰苦的囚徒和苦役犯的生活并没有摧毁这位俄国文学的普罗米修斯（普列汉诺夫语）的钢铁意志，他利用一切微小的机会继续从事文学创作和科学工作。他在彼得巴甫洛夫斯基要塞的牢房中写了优秀的长篇小说《怎么办?》，翻译了韦伯的 17 卷《世界史》。在西伯利亚流放时写了长篇小说《序幕》及其他许多中短篇小说，其中《序幕》及一小部分中短篇小说秘密传递了出来，《序幕》在国外出版。大部分作品被作者亲自烧毁了，因为他不想让手稿落到宪兵或者警察的手中。他在给亲友的信中仍然发表他对历史、哲学、自然科学、数学等问题的观点。车尔尼雪夫斯基的著作和书信证明，这位革命家始终如一地忠实于自己的信念。俄国的各种革命小组和个别的革命者曾几次设法营救车尔尼雪夫斯基。有一位著名的民粹派革命家盖尔曼·亚历山大洛维奇·洛巴金曾单枪匹马潜入西伯利亚流放地营救车尔尼雪夫斯基。在这次历险中，他三次被捕，三次越狱逃跑。以后，他在回忆录中讲述了这一次惊心动魄的历险过程。洛巴金曾经是一位民粹派革命者，他在监狱中曾帮助一位战友越狱逃往巴黎，随后他自己也跑出来，来到伦敦。这是一位年轻、勇敢、精力充沛、具有钢铁般意志的革命家。当时他才 25 岁。他在伦敦与马克思相识以后，信仰马克思主义，并被选入国际总委员会。他曾经翻译《资本论》第一卷，但这个工作没有完成，因为他多次听到马克思在谈话中高度赞扬车尔尼雪夫斯基，并为这位现在困于荒僻的西伯利亚流放地的伟大学者的命运担忧。洛巴金坐不住了，他瞒过一切人，包括马克思在内，独自一人潜回俄罗斯，在彼得堡搞到假证件，收集了西伯利亚地图，前往西伯利亚。但是沙皇政府在国外的密探不知道怎么知道了洛巴金潜回俄国的行动，警察追踪他，终于在伊尔库茨克将他逮捕。马克思在国外知道这个消息后，十分担忧。他是非常喜欢洛巴金的。他曾写信给俄国革命者达尼耶尔松，用密语通知他洛巴金的危险处境。洛巴金被捕后，越狱一次，被抓回来。不久，他又再次逃跑。为了消灭踪迹，他乘坐一条独木舟冒险下到汹涌的安加拉河，顺流而下，经长途航行 2000 多公里，上岸后，历尽千辛万苦，找到车尔尼雪夫斯基的流放处。他带着标明医生身份的假证件，但他的照片已经传到当地。警察识破了他，第三次将他逮捕。1873 年 6 月 10 日，洛巴金被带到伊尔库茨克地方法庭受审。他在法庭院子里瞥见一个公务员在木桩上系一匹马，洛巴金的头脑里顿时产生一个大胆的念头，他趁审判中间休息，带他出来放风的时候，突然从台阶上跳下，扑向那匹马，扯断了系着的缰绳，跃上马背，飞驰而去，不一会就消失在伊尔库茨克的大森林之中。一个月之后，洛巴金换上农民的服装，驾着马车来到托姆斯克，然后改乘轮船到铁路线附近，换乘火车直达彼得堡，不久越境到了巴黎。据艾琳娜·马克思回忆，当马克思得知洛巴金脱险的时候，高兴得放下手头的工作，跑到他女儿跟前，拉着她的手在房间里跳起舞来。

另一个革命者伊巴利特·牟希金曾经乔装为沙皇宪兵军官，带了三份伪造的公文来到车尔尼夫斯基的流放处。根据公文要求，车尔尼雪夫斯基应该由他押送到另一个地方去。假公文有几处漏洞，被当局识破。他们拒绝交出车尔尼雪夫斯基，但一时无法确定牟希金的身份，便借口护送，派了两名哥萨克监视他。牟希金找到一个机会，开枪打伤了一名哥萨克后，潜入森林，但不久被捕入狱。这些历史事实生动地证明，当时俄国的革命组织和革命者是多么敬仰和爱戴车尔尼雪夫斯基，他们宁愿牺牲自己，也要设法营救车尔尼雪夫斯基。

1874 年夏天，沙皇政府曾派人诱劝车尔尼雪夫斯基向政府请求赦免。东西伯利亚总督把自己的副官温尼科夫中校派往维留斯克。但是，车尔尼雪夫斯基大义凛然，断然拒绝在赦免申请书上签字。他讽刺地说："谢谢。但是您看我凭什么请求赦免呢？这可是个问题。我以为我之所以被流放，仅仅是因为我的脑袋和宪兵长官舒瓦洛夫的脑袋长得不一样而已。而这一点，难道是可以请求宽恕的吗？谢谢您为我操心。至于请求赦免，我断然拒绝。"温尼科夫后来在回忆录中写道："当我离开维留斯克的时候，我感到惭愧。"直到 1889 年 6 月，车尔尼雪夫斯基才被准许回到故乡萨拉托夫。多年的流放生活使车尔尼雪夫斯基身患重病，但就在生命的最后几个月，他仍然紧张地劳动，用笔名发表了反对唯心主义的著名文章《人类知识的性质》、批判马尔萨斯的文章《生存竞争的有益理论的产生》等。1889 年 10 月 29 日，车尔尼雪夫斯基逝世，终年 61 岁。

车尔尼雪夫斯基是一位杰出的哲学家、美学家、文艺批评家和作家。列宁说："车尔尼雪夫斯基是真正伟大的俄国作家，唯有他从 50 年代起一直到 1888 年始终完全站在完整的哲学唯物主义的水平上。"[1] 俄国的哲学唯物主义传统是由罗蒙诺索夫、拉吉舍夫、别林斯基和赫尔岑等人建立起来的，而别林斯基和赫尔岑给予车尔尼雪夫斯基以直接的影响。车尔尼雪夫斯基深刻地、批判地接受了黑格尔的辩证法和费尔巴哈的唯物主义，上升到马克思主义以前的世界哲学的最高水平。但是由于俄国经济生活的落后，他无法从当代生产的发展中看出社会发展的根本依据和规律，没有达到历史唯物主义的高度。但重要的是，作为一个哲学家，他没有站在生活之外，他已经接近于理解阶级斗争在全部社会发展中的历史作用。借助于辩证法的思想，车尔尼雪夫斯基认识到自然与社会的发展是新旧事物的更替，而新事物战胜旧事物，这是必然的规律。因而一个真正的革命者必须依靠那些战无不胜的新事物。就车尔尼雪夫斯基的革命理想而言，他是一位空想的社会主义者。他没有看到，而且在 19 世纪 60 年代也不可能看到，只有资本主义和无产阶级的发展才能为社会主义的现实创造出物质条件和社会力量来。他在经济落后的俄国，不可能看到工人阶级的作用，他不理解农民起义只有和工人阶级的革命运动相结合，并由工人阶级领导的情况下，才能够获得胜利。他把一切希望都寄托在农民革命上。他认为，没收地主的土地和土地公有就是未来的社会主义的基础。他的社会改造计划带有空想的性质。他认为，俄国可能绕过资本主义的发展，而从封建农奴制通过村社过渡到社会主义，这

[1] 列宁：《列宁全集（第 17 卷）》，人民出版社，1959 年，第 97 页。

种理论是非科学的。但是，车尔尼雪夫斯基不仅是一个空想社会主义者，而且是一个革命民主主义者。他与西方绝大多数空想社会主义者不同，他懂得用革命手段改造社会的必要性。他以巨大的思想力量和政治热情鼓动人民举行起义，并且决心起义一旦爆发，他就领导群众的行动。他完全懂得，在革命变革中，暴力和流血是不可避免的，但并不因此而有丝毫的动摇。列宁非常喜欢车尔尼雪夫斯基的名言：历史的道路不是涅瓦大街上的人行道，它是在田野中穿行的，它时而穿过尘土，时而穿过泥泞，时而横渡沼泽，时而又穿过丛林，谁要是害怕尘土弄脏了靴子，那他就不必从事什么社会活动。伟大的革命者车尔尼雪夫斯基没有机会在人民起义的革命壮举中受到考验，但他 27 年的苦役和流放生活，证明了自己对革命信念的忠诚和一个革命者的人格的崇高。

车尔尼雪夫斯基是俄国唯物主义美学的奠基人之一，他对美学理论的根本问题，即艺术对现实的审美关系，做了唯物主义的回答。他认为生活是第一性的，艺术是第二性的，并给美下了一个经典性的定义：美即生活。他说："任何事物，我们在那里面看得见依照我们的理解应当如此的生活，那就是美的；任何东西，凡是显示出生活或使我们想起生活的，那就是美的。"[1] 车尔尼雪夫斯基认为，并不是任何生活都是美的，因此他又强调说，美即生活，但是生活必须是我们所理想的那种生活。这种提法具有深刻的革命精神，他通过对美的理解，号召人们为争取美好的生活而斗争。车尔尼雪夫斯基在对美的本质的理解上，同当时占统治地位的黑格尔唯心主义美学观点展开了论战。黑格尔认为，艺术中的美高于现实中的美，而美是观念在个别事物上的完全表现。黑格尔所说的美，其实只是想象加于现实的一种幻影。

---

[1] 车尔尼雪夫斯基：《生活与美学》，周扬译．人民文学出版社，1957 年，第 6–7 页。

车尔尼雪夫斯基认为，美的概念对于不同的阶级是有区别的，是以生活条件和这些阶级对劳动的态度为转移的。大家都知道车尔尼雪夫斯基对于女性美的标准有名的分析。劳动人民和过寄生生活的剥削阶级对女性美的看法是不同的。劳动人民认为，女性美，首先是健美，即身体健康，脸色红润，四肢均衡发展，因为这是经常劳动的结果，而且也只有这样才能经常劳动。寄生者对女性美的看法就不同了。他们认为苍白的小脸、纤纤十指和慵倦的病态才是美，而这些正是从不进行劳动的寄生生活的特征。车尔尼雪夫斯基公开表示了对这种美的鄙视。留恋苍白的病态的美，这是人为的破坏鉴赏力的一种标记。

对于艺术的功能，车尔尼雪夫斯基的看法是，艺术是能教育人、影响人的精神世界的强大工具。艺术不仅应再现生活，而且要解释生活，对生活现象下判决，要有助于对现实的革命改造。他认为，艺术只有跟它当时的先进思想发生血缘关系，才能有生命力，才能赢得人民的喜爱。他强调，艺术应起革命改造的作用，应该成为生活的教科书。唯心主义美学家和纯艺术论者认为，车尔尼雪夫斯基把艺术从虚幻的想象世界里的象牙塔中拉到地面上来，是贬低艺术。但我们认为，那些把艺术从社会现实中隔离开来，使之成为游手好闲之辈玩物的人才贬低了艺术，而车尔尼雪夫斯基指出艺术与现实的血缘关系和艺术的社会功能，这才提高了艺术的现实意义，因为这种解释使得艺术在造福人类的活动中占据了一席无可争辩的荣誉地位。车尔尼雪夫斯基肯定了美的客观性，肯定了现实对艺术的优先地位，这是正确的。他说，艺术作品不是艺术家那种脱离现实的自由幻想的产物，而是现实的再现、现实的反映，是研究现实的结果，这些都是正确的。但是车尔尼雪夫斯基的美学观有机械论的弱点。他断言，艺术是现实的替身，这显然是错误的。文学艺术在反映现实时，经过概括和典型化的过程。因此，现实虽然是艺术美的源泉，但艺术美较之现实美是一种特殊的具有质的差别的美。人类的社会生活虽是文学艺术的唯一源泉，虽是较之后者有着不可比拟的生动丰富的内容，但我们还是不满足于前者而要求后者，这是为什么呢？因为虽然两者都是美，但是文艺作品反映出来的生活，可以而且应该比普通的实际生活更高、更强烈、更有集中性、更典型、更理想，因此，就更带普遍性。这才是艺术与现实的辩证的审美关系。让我们把车尔尼雪夫斯基的美学观点作为世界美学史发展中的一个阶段来看待，客观地给予他应有的地位。

车尔尼雪夫斯基还是一位杰出的文学批评家，他从现实主义和革命民主主义的观点来评价俄罗斯文学。他提出文学批评应该遵循两项重要原则。

一、研究作家作品对现实的态度，对引起社会注意的当代重大问题的态度。

二、研究文学的时代特点，弄清哪些历史条件对它起着决定性的作用。

他认为文学的基础应该是爱国主义，文学应该促进祖国和人民的福利。他在1856年写成的文学批评著作《俄国文学中果戈理时期概观》中，全面分析了19世纪30—40年代俄国社会思想和文学的发展历史。著作的中心是分析别林斯基和果戈理的活动。车尔尼雪夫斯基追随别林斯基，为维护批判现实主义的传统而斗争。他要求文学有高度的思想性、人民性，在社会生活中能起积极作用，要求艺术的真实性，强调艺术家要忠于生活。在评论当代文学的时候，他认为时代已经向文学提出塑造新的英雄典型的任务，认为到50—60年代，仅仅创造“多余人”的形象已经不够了。他说，时代期待着前代优秀人物的继承者出现。他说，我们仍在期待这个继承者，他是从小就习惯于真理的人，怀着欢乐的爱来看待真理。我们期待着这个人的最勇敢，同时又是最冷静、最坚决的话语。在他的话语中，我们所听到的不是在生活面前胆怯的言论，而是证明理智能够支配生活的声音。这个人能够使自己的信仰和自己的行动一致起来。车尔尼雪夫斯基不仅期待俄罗斯文学中出现这样的正面人物，而且以自己的卓越的艺术创作回答了时代的要求。长篇小说《怎么办?》就是车尔尼雪夫斯基关于新人的思想的艺术体现。

《怎么办?》是车尔尼雪夫斯基在彼得巴甫洛夫斯基要塞的牢房中写成的。从 1862 年 12 月 14 日动笔到 1863 年 4 月 4 日完成，共费时 110 天。他用一个三角恋爱的故事的形式骗过了检察官，获得准许后，由审讯委员会把书稿转给《现代人》编辑部。涅克拉索夫决定立即在《现代人》上登出来。他坐车把稿件送到印刷厂去，不慎半路上弄丢了。涅克拉索夫懊丧到极点。他从来没有丢过稿件，这一次，却把监狱中的战友的稿件丢失了。编辑部在一家报纸上登了三天寻物广告，第三天，一个上了年纪的小官吏把稿件送来了，领到了 50 个银卢布的报酬。涅克拉索夫如释重负，立即在《现代人》杂志上发表这部小说。作品在进步读者中迅速流传，青年们立即在三角恋爱的故事中领会了车尔尼雪夫斯基的意思。沙皇政府发现小说产生了重大影响，重新审阅《怎么办?》，愚蠢的检察官先生终于看出了问题，立即下令收回《现代人》杂志，但是已经来不及了，杂志早已销售一空。

《怎么办?》是这样开头的。

彼得堡一家旅馆里隔夜来了一个客人。他说自己很疲倦，不要打扰，但是第二天早晨八点必须叫醒他。整八点，茶房去敲门，里边没有动静，也许客人太疲倦了吧，过了一会再敲门，还是没有动静。十点，茶房惊慌了，叫来了警察，打开门一看，房间里根本没有人。桌子上有一张纸条，上面写着，我晚上十一点离开这儿，不再回来了。夜里两点到三点之间，有人会在立江桥上听见我发出的声音，不用怀疑。对了，警察说。夜里两三点钟，有人看见立江桥中央有一个人，火光一闪，一声枪响。看桥梁的人赶到，没有见人。大概有人自杀，掉到河里去了。人们在河里捞到一顶被打穿的帽子。现在清楚了，自杀的就是这个房客。彼得堡石岛的一位年轻太太也在这天上午接到一封信，读完信，年轻的太太放声大哭。一个年轻的男子走进来，他看到了桌上摊开的信。信上说，我扰乱了你们的安宁，我要退出舞台。不必怜惜我。我深深地爱你们两个，因此对于自己还能下这样的决心感到非常欣幸。别了。

到底是怎么回事呢？这是小说中间的一小段，抽出来放到开头。这是哄哄检察官先生的，完全是故弄玄虚。这种开篇的办法早已被用滥了，许多写三角恋爱的作者都用这一套。所以，聪明的女读者立刻说：这部小说的内容是恋爱，主角是一个女人。这很好，即使小说本身写得不怎么样也不要紧。敏感的男读者说：我知道这个自杀的先生其实并没有自杀。一读开头就知道，这是一部典型的、普通的写三角恋爱的小说。检察官和敏感的男读者都得到同样的结论，于是小说就顺利通过检查。车尔尼雪夫斯基这一招真是绝妙。小说正式开头是第一章《薇拉·巴甫洛芙娜在娘家的生活》。薇拉·巴甫洛芙娜是彼得堡一个房屋管理人的女儿，她的母亲玛丽娅·阿历克谢耶芙娜是个贪婪庸俗的小市民。她用放债的办法，攒了一些钱，她想把女儿嫁给房东的儿子，从中捞点好处。薇拉是个个性坚强、有自尊心的姑娘。她不同意，可是也没有办法，只好用各种借口拖延时间。薇拉有个弟弟要上中学，家里请了个家庭教师、医学院学生罗普霍夫。罗普霍夫从来不注意这一家的姑娘。可是有一天薇拉生日，罗普霍夫破例参加了小型的家庭庆祝会。在与薇垃跳舞聊天的时候，罗普霍夫说出了他对妇女的看法。他认为，妇女不是男子的玩物，应该拥有男子一样的尊严和社会地位。薇拉在她所处的小市民生活环境中，从来没有听过有人以尊敬的口吻来谈论妇女。她完全信赖罗普霍夫的人格，罗普霍夫也同意帮她摆脱困境。罗普霍夫想尽办法帮薇拉找职业，但是都失败了。在这个过程中，他们产生了感情，终于秘密结婚，逃离家庭。罗普霍夫是医学院的学生，眼看就要毕业，他希望毕业后，通过医学科学研究，取得学位，在医学院获得教授的职务，然后继续从事科学研究。但是现在，为了帮助薇拉，维持小家庭的生活，他只得离开学校，设法找到工作。他们的生活方式很特别，互相十分尊重，谁也无权干涉对方的事情，但共同生活很幸福。罗普霍夫有一个极好的朋友吉尔沙诺夫，他们原先生活在一起，专业一致，信念一致。吉尔沙诺夫和其他朋友如拉赫美托夫经常去罗普霍夫家聚会。他们大多是平民知识分子，以自己的知识、能力和坚强的意志力取得独立的社会地位，他们对贵族地主统治的沙皇专制制度极度不满，向往未来美好的社会生活。在那个未来社会里，人人劳动，人人平等。他们在个人关系中坦率、诚实、正派，从不隐瞒自己的看法，也从不强迫别人接受自己的看法。他们非常讨厌说什么为了别人的利益做自我牺牲之类的漂亮话。他们声称，自己的任何言行，其动机都是为了自己快乐。他们觉得，最幸福最快乐莫过于帮助别人得到幸福，而这种行为并非为了别人，而是为了自己精神的满足。在这群平民知识分子的影响下，薇拉的精神世界新生了。她不但说，而且第一个去实现他们的理想。她凑钱办了一家缝纫工厂，由小变大，发展到 50 个左右工人的范围。这个工厂由工人选出代表管理，年终平均摊派红利，红利中抽出一部分出来搞集体福利。薇拉自己以普通一员的身份参加劳动，领取应得的一份工资和红利。在这个工厂中，人人互相尊重，一人困难，人人帮助。薇拉的实践赢得了她丈夫和朋友们的支持和赞扬。事情正顺利地发展着，她的私人生活却发生了波折。薇拉自从跳出家庭困境，和罗普霍夫结婚以后，家庭生活一直很和睦。罗普霍夫对她十分体贴，她也完全相信自己爱他。但她内心深处总隐隐有一种不满足的感觉，总有一种声音在告诉她，她并不是真正爱罗普霍夫。她被自己的这种感觉吓坏了，她不能想象自己不爱罗普霍夫。有一次，她做了一个梦。有人打开她的日记，请她念自己心灵的记录，写在纸上的都说她如何爱罗普霍夫，而没有写在纸上，却被一只看不见的手幻化在纸上的那些字说出了她内心的秘密。其实她爱罗普霍夫是出于对他的感激，因为他牺牲了学业前途，帮助她跳出了火坑。这是一种感恩式的感情，并不是两颗心真正的融合，两颗心并没有合着一个节拍跳动。在几年的生活中，有一个人经常出现在他们的家庭圈子中，他以自己水晶般的、纯洁的品格赢得了薇拉的好感，这个人就是他们的挚友、年轻的学者和医生吉尔沙诺夫。吉尔沙诺夫也发现自己倾心于薇拉，当他发现自己的感情有这种苗头时，立即采取措施，主动回避，不去罗普霍夫家。几年之后，罗普霍夫生病，吉尔沙诺夫去医治，他的感情又复活了，但他还是主动克制。可是罗普霍夫看出来了。他分析了自己和薇拉的感情生活，认为让对方为了感恩而爱自己并且永远与自己生活在一起，是他的错误。他的道德观不允许自己这样做下去，因为这使他精神痛苦，而只有使别人幸福，他才能感到精神上的真正的快乐。他经过周密的考虑和准备，成功地退出，销声匿迹。这就是小说开头的那个场面。当然，他并没有自杀。他留了两张条子给薇拉，拉赫美托夫负责把这些条子送交薇拉，但必须在薇拉本人和一切局外人真的相信罗普霍夫的确已经死亡之后。罗普霍夫留下条子是为了让薇拉知道他出走的真相，不至于使薇拉因为自责而精神崩溃。拉赫美托夫在给薇拉看完条子以后，等她完全冷静下来，开始分析罗普霍夫的行为。他根据他们一向奉行的道德准则，认为罗普霍夫预先没有看出自己占有的地位是不应该的，这是犯了错误，但他现在总算弥补了自己的过失。吉尔沙诺夫和薇拉生活得很幸福。她的工厂扩大了，分成几个，但后来遭到沙皇政府的干涉。薇拉后来决心学医，做俄罗斯的第一名女医生，为争取妇女彻底独立的社会地位而奋斗。

《怎么办?》有一个副标题“新人的故事”。车尔尼雪夫斯基通过一个普通的恋爱故事，塑造了一系列平民知识分子的形象，表现了社会主义自由劳动、妇女解放和社会革命三个重大的主题。作者怀着异常激动的心情，在这部作品中回答了时代的迫切问题。要反对专制农奴制度应当怎么办？渴望造福于祖国和人民的人应当做什么？小说在描写新人之前展现了一幅旧世界的画卷。这个世界的代表是小市民玛丽娅，她狡猾、自私、无耻，不择手段地掠取财富，把女儿当作商品，待价而沽。她的人生哲学是我不抢人，人必抢我，宁做抢人的骗子，不做被人抢的傻瓜。作者指出，她的种种恶行是罪恶的社会环境促成的，如果生活在合理的社会中，这类人是可以被改造的。玛丽娅是俄国文学中刻画得最生动的反面人物之一。车尔尼雪夫斯基处于被监禁的地位，他只能选择玛丽娅这类人作为反面形象，在道德上谴责她，同时又指出，道德是由社会环境决定的，曲折地表达了他对当时现实的批判。小说的中心内容是新人的生活和精神面貌。作者描写了普通的和杰出的两类新人。罗普霍夫和吉尔沙诺夫体现了普通的新人的特征。他们出身平民之家，从小习惯以自己的劳动和才智为自己开拓道路。他们正直不阿，勤奋地学习科学，为社会进步踏踏实实地工作着。他们与那些精神苦闷、怀疑生活、无所事事的“多余人”根本不同。他们具有明确的革命民主主义的世界观，热爱生活，敢于行动。他们也具有启蒙主义者的特点，相信科学，崇尚理性。他们把自己的道德原则称为合理的利己主义。他们认为自己的一切行动都是为了自己精神上、道德上的满足，是从自己出发的。但他们把社会利益作为行动的对象，在为别人、为社会谋福利中获得精神上的满足和快乐。因此，他们把利己和利他结合起来，把自己和社会结合起来，利己实际上就是利他，所以他们把这个叫合理的利己主义。在私生活上，他们提倡男女平等，相互尊重，反对爱情中的自我牺牲，因为他们认为牺牲会使对方痛苦，从而给自己带来痛苦。合理的利己主义在当时实际上是一种利他主义，既反对了提倡顺从、忍受、牺牲、节欲的封建道德，也反对了损人利己、唯利是图的资产阶级的道德。

拉赫美托夫是作者塑造的革命者的形象，是杰出的新人。他起先在吉尔沙诺夫等人的影响下，背叛了贵族家庭，走上革命道路。他同普通的新人一样具有平民知识分子的精神面貌，但他更有一种革命者的责任感。为了迎接未来革命的艰巨任务，他坚持严格的生活方式，刻苦锻炼体力，不穿暖和的、舒适的衣服，吃普通人的食物，滴酒不沾，克制自己的感情，不谈恋爱，甚至为了考验自己将来能否经受各种折磨，整晚躺在钉着无数小钉子的毛毯上。他自觉投身于劳动群众之中，从事过各种体力劳动，力求消除与底层群众之间的隔阂。他虽然获得严格主义者的外号，但绝不是冷酷的人，内心蕴藏着丰富的情感。车尔尼雪夫斯基说，这类人在当时生活中虽然少，但他们好比茶中的茶素、醇酒中的馨香、原动力的原动力、盐中之盐。拉赫美托夫体现了俄国人民坚定、顽强、热情、深沉的性格特点，是俄国文学中第一个职业革命家的形象。这部作品写于监狱之中，作者无法正面描写拉赫美托夫的活动，他只能用插叙和暗示来表现这个形象。

连接作品情节的中心人物是薇拉。她在罗普霍夫的帮助下，获得了新的人生观，战胜了家庭和社会的迫害，开始了新的生活。在有益于社会的事业中，她找到了妇女解放的道路，并且建立了幸福的家庭。作者通过薇拉创办的缝纫工厂，表达了他的社会主义自由劳动的理想，并指出妇女的解放是与社会革命分不开的。薇拉的四个梦不仅是她的性格发展阶段的标志，而且更深入地描写了自由劳动的意义，说明了社会革命的必要。特别是在第四个梦中，作者按照自己的理解，通过妇女的命运的历史演变，描绘了人类社会发展的历史，展现了未来的社会主义社会的美妙图景。作者号召人们为它突进，为它工作，促使它早日到来，尽可能使它成为现实。车尔尼雪夫斯基展示的未来社会的图景带着空想的性质，但他对于理想的热爱，深深地打动着读者的心。《怎么办?》在俄国文学史，也许在世界文学史上，都是一部非常独特的文学作品。作者身陷图圄，而思想驰向未来。他本人因为革命活动而受到迫害，却满腔热情地歌颂新人的品格和他们的道德观，这一切难道不是作者本人的崇高品质的体现吗?这是一部社会哲理小说。它的特点，用高尔基的话来说，是思想压倒形象。这部作品以强大的思想力量打动读者，影响读者。对故事情节的一般的介绍，其实是有损于作品的思想力量的，因为车尔尼雪夫斯基对罗普霍夫等人的行动的解释远非像这里说的那样简单。作者本来的观点要丰富得多。他以一位革命家的热情、思想家的深刻和哲学家的雄辩，从各个角度、各个侧面来论证自己主人公的行动的原则。要理解作者丰富的思想，必须认真地读作品。当你读原著的时候，你会被车尔尼雪夫斯基的热烈的信念打动，被他的强大的思想力量感染。你会感觉到这位受迫害的革命家对自己的理想寄托了多么深厚的感情。读这部作品的时候，要慢慢地读、细细地读，不要小市民似的只顾看表面的情节。读者要戒掉小市民阅读法的坏习惯，读优秀的文学作品，要深入领略作者的思想和感情。读《怎么办?》的时候，你会不由自主地把罗普霍夫、吉尔沙诺夫和拉赫美托夫的道德标准和自己做对比，我们之中也许有不少人或者我们自己有不少行为可能还没有达到罗普霍夫的水平吧。最后，向大家介绍列宁对这部作品的评价和他读过作品后的印象。有一位与列宁同时代的革命者瓦连基诺夫在他的《与列宁交往纪实》中回忆说，1904 年，在日内瓦，他当着列宁的面，用轻蔑的口吻谈到《怎么办?》，说那是一部平庸粗糙的作品，其中大部分篇幅都是用不堪一读的语言写成的。“列宁听完以后，上身猛然往前一冲，他坐的椅子都‘嘎嘎’地响起来了。他面色骤变，两颊涨红，他发怒的时候总是这个样子，他说：‘您明不明白您说的是什么？您脑子里怎么能产生这样的荒唐的念头？居然说车尔尼雪夫斯基的作品粗糙平庸。他是马克思以前最伟大的和最有才能的社会主义的代表，马克思本人称他为伟大的俄国作家。’我说：‘马克思又不是因为《怎么办?》才这样称呼他的。马克思大概没有读过这部东西。’列宁说：‘您怎么知道马克思没有读过？我要声明，说《怎么办?》粗糙平庸是不可容忍的。在它的影响下，成百成千的人变成了革命家。如果车尔尼雪夫斯基写得平庸粗糙，能有这种情形吗？举例来说，它吸引过我的哥哥[1]，也吸引过我，它使我整个人来了一次深刻的转变。您是什么时候读《怎么办?》的？一个毛孩子读它不会得到益处。车尔尼雪夫斯基的这部小说太复杂，思想太丰富，年纪太轻的人不可能了解它，认清它的真价值。我大概在 14 岁的时候试读过一下，那一次读得很毛糙，一点收获也没有。我哥哥牺牲后，我才知道车尔尼雪夫斯基这部小说是他最喜欢的作品之一，于是我就认真地阅

[1] 列宁的哥哥亚历山大·乌里扬诺夫，俄国民意党人，曾参与刺杀沙皇亚历山大三世的行动，失败后被判处绞刑。

读起来，我不是读几天，而是读了几个星期。到那时候，我才理解它的深度。这部作品能使人一辈子精神饱满，平庸的作品不会产生这样的影响。’ ”[1]

希望大家能像列宁那样去阅读车尔尼雪夫斯基的这部名著吧。

[1] 瓦连基诺夫：《与列宁交往纪实》（俄文版），契诃夫出版社，1953 年，第 96–97 页。

第七章　陀思妥耶夫斯基

费奥多尔·米哈伊洛维奇·陀思妥耶夫斯基（1821—1881 年）的创作是俄罗斯文学中的一个非常独特的现象。他曾经汇合在俄罗斯批判现实主义文学的巨流当中一起前进，之后另辟了一条道路，虽然方向相同，却是一条曲折的、铺满险滩和暗礁的道路。陀思妥耶夫斯基的世界观极其矛盾复杂，作品的色调十分阴暗，明显错误的、消极的观点比比皆是。苏联时期的俄罗斯学术界在十月革命后初期还发表过不少相关研究著作，之后几乎完全否定了他的作品，连大学课堂上都不讲。1956 年，联合国纪念世界文化名人，把陀思妥耶夫斯基列入名单，俄罗斯学术界才恢复对这位作家的研究。联合国把陀思妥耶夫斯基列为世界文化名人，是因为他对欧美作家影响极大。他对于资本主义世界小人物的病态心理的细腻刻画和描写，深刻地影响了欧美现代派作家。西方古典作家承认屠格涅夫和托尔斯泰对他们的影响，西方现代作家则更多地承认陀思妥耶夫斯基的影响，如奥地利的茨威格、德国的海尔曼·海塞等。海塞甚至写过研究陀思妥耶夫斯基的专著。著名的心理分析医生和心理学家弗洛伊德也写过研究陀思妥耶夫斯基的论文。陀思妥耶夫斯基的作品很早就被介绍到中国来。1949 年后，他的作品也在中国被翻译出版，但研究几乎谈不上，课堂上也很少讲。20 世纪 80 年代后，我国大量介绍西方现代派的作品，人们重新对现代派的祖师爷陀思妥耶夫斯基产生兴趣，有关他的研究和评论也有了起色。法国名作家罗曼·罗兰曾经说，俄国有两位天才，一位是托尔斯泰，一位是陀思妥耶夫斯基。前者是健康的天才，后者是病态的天才。罗曼·罗兰还说，他更爱健康的天才。我有同感。但是，个人爱好不能代替对作家在文学史上地位的客观评价。我在这里概括介绍陀思妥耶夫斯的生平和创作道路，重点讲《穷人》《被欺凌与被侮辱的》《罪与罚》《群魔》《卡拉玛佐夫兄弟》五部作品。

陀思妥耶夫斯基出身莫斯科马林斯基平民医院的一个医生家庭。父亲于 1828 年获得贵族称号后在图拉省购置了一所不大的庄园。这个当了几天贵族的人对待农奴极为残暴，于 1839 年被自己的农奴打死。母亲出身商人家庭，笃信宗教，于 1837 年去世。陀思妥耶夫斯基从 1834 年起在一所私立寄宿学校学习，三年后进彼得堡军事工程学校学习，但是他对军事工程丝毫没有兴趣，他把精力集中在阅读西方和俄罗斯的文学名著上。1843 年毕业后，他曾在工程局担任过绘图员的工作，不到一年就辞职了，专心从事文学创作。

1845 年，青年陀思妥耶夫斯基创作了第一部中篇小说《穷人》。这是一部书信体小说，全部篇幅由两位主人公的来往书信组成。一位是上了年纪的小官吏马卡尔·杰符什金，另一位是孤女瓦尔瓦拉·杜勃拉舍洛娃，或者像杰符什金称呼她那样——瓦莲卡。瓦莲卡的父亲曾经是地主庄园的管家，老地主死后，继承人把他辞退了。他带着一家人来到彼得堡，在这个大城市里，没有可靠的职业，生活一天不如一天。后来，瓦莲卡的父亲生病死了，一大群债主把家产几乎全部瓜分完了。一个自称她家亲戚的名叫安娜的女地主怀着某种目的收留了瓦莲卡和她的母亲。不久母亲也死了。安娜就想把瓦莲卡嫁给一个名叫贝科夫的老地主。瓦莲卡设法摆脱了安娜的控制，和一个老年妇女住在一起，靠做点针线零活维持生活。杰符什金是彼得堡一个政府机关抄写公文的小公务员。他薪水少，生活很艰苦。他是瓦莲卡的远亲，偶然遇见了瓦莲卡，从此主动负起了照顾瓦莲卡的义务。可是说老实话，他在物质上能拿出多少来帮助这个可怜的孤女呢？实在是微乎其微，有时瓦莲卡还要给他几个戈比，帮他渡过难关。可是，他们的相互关系中充满着温暖的同情和关怀。他们住在一个大杂院里。杰符什金的窗口对着瓦莲卡的窗口，可是，为了避免外人说闲话，他们几乎不来往，只是用书信来联系，通过和瓦莲卡同住的老年妇女费朵拉传递。他们在信中互相叙述各自的艰难的生活、日常生活中细微的琐事、他们难得有的一点点小小的欢乐，而主要的是他们的痛苦和不幸。杰符什金对瓦莲卡怀着父亲般的爱，他怜惜这个孤儿，为她的屈辱和穷困的生活感到不平，可是他束手无策，无可奈何。事实上他的境遇一点也不比瓦莲卡好多少，他在那个冷酷的社会中也是被命运抛弃的孤儿。他在给瓦莲卡的信中讲述他的生活、他对周围的人和事的看法与感受。通过他的信，陀思妥耶夫斯基塑造了俄罗斯文学中又一个被欺凌和被侮辱的小人物的形象。他住在房东厨房里隔开的一个角落里，衣着破烂，每一个戈比都计算着用，他在机关里也是受人嘲笑。他走进办公楼的时候，门房甚至不肯借刷子让他刷刷身上的灰尘。他写信给瓦莲卡说："他们看我连一个刷子都不如，比他们擦脚的破布还不如。"杰符什金是什么样的人？这个形象使我们想起什么人？大家还记得果戈理的小说《外套》里的主人公阿卡基·阿卡基耶维奇吗？杰符什金是阿卡基·阿卡基耶维奇的"亲兄弟"。可是他们又有点不同，阿卡基·阿卡基耶维奇的生活是果戈理叙述出来的，果戈理没有着重描写他的心理活动，我们看不到他自己的精神世界。不过，一个人如果把做一件新外套作为生活的理想，那么他还谈得上什么精神活动呢？这是一个十分可怜的、几乎没有自尊心的形象。可是杰符什金不同，这个形象是人物用书信，用自己的语言，用自叙的形式塑造出来的。他的精神活动公开在读者的面前。他自己虽然穷困不堪，但对别人的不幸充满同情。

譬如，他告诉瓦莲卡说。他有个邻居叫高尔希科夫，是一个低级文官，七年前，不知为什么被裁了下来了。

他是一个头发灰白、个子矮小的人，他穿着别人看见都会难过的那么油腻那么破烂的衣服，比我的衣服还要坏得多。他是一个那么可怜那么虚弱的人，他的膝盖发抖，他的手发抖，他的头也发抖。大概是因为有病。究竟是什么病？只有上帝才知道。他怕难为情，见谁都怕，老躲着别人走路。我有时候也怕难为情，可是他比我还要怕得厉害。他家里有妻子和三个孩子。讲到穷，他们是真穷啊！嗯，我的天，他们屋里老是安安静静的，就跟没有人住在里头一样，就连小孩子的声音也听不见，小孩子也没有欢蹦乱跳、玩玩乐乐的时候。这可是一种不好的预兆。有一天晚上。我碰巧走过他们的门口，那时候屋里安静得反常。我听见一阵呜咽声，接着是悄悄的说话声，然后又是一阵呜咽声，好像他们在哭，可是那么悄悄的，那么凄惨。我的心都碎了。

杰符什金同情别人，他有自尊心，自从他遇见瓦莲卡，并且尽自己的力量去帮助瓦莲卡后，这种关系激发他作为一个人的自尊。是的，他贫穷，可是他尽量掩饰他的贫穷。他不愿别人怜悯他。小说中有一段非常有趣的情节，那就是杰符什金读了果戈理的《外套》之后的反应。他写信给瓦莲卡，说他不喜欢这篇小说。他说它不真实，他说这种小说发表出来，从今以后，他再也不能在他那小窝里太太平平地过活。他说：

果戈理，你干吗要钻进我的小窝，偷看我自己在家里怎样过活？比方说，有没有一件好背心，有没有该有的内衣，有没有靴子，靴子里衬的是什么东西。我吃什么喝什么，抄写什么。就算在马路不平的地方，有时我用脚尖走路，为了节省靴子，那又有什么关系呢？为什么要写别人有时候缺什么东西，有时不喝茶呢？就好像人人都一定得喝茶似的。为什么要写这种事情？有什么必要呢？有的时候我躲起来，藏起来，想掩盖自己的尴尬。有时候我不论在哪里都不敢露面，因为我怕闲话，因为他们会把一切、世界上根本不会有的一切都编成故事，于是我的公、私生活都给扯进文学里去，都印出来。大伙儿都笑啊，议论起来，使我不敢站在街上露面，因为一切都写得那么明白，单从走路的样子就可以认出我来。那些无礼的讽刺家，他们走来走去，专看别人是用整只脚踩在石头路上呢，还是只用脚尖走。他们注意到某部里的抄写员、一个九品文官，他的光脚指头从靴子里露出来，他的胳膊肘上磨出了窟窿，然后他们就在自己家里把这一切都描写下来，他们的胡说八道就印出来了。我的胳膊肘上磨出了窟窿来，碍他们什么事？是的，瓦莲卡，假如你不嫌我说话粗鲁，那么我就要告诉你，穷人对于这种事最怕难为情的了。比方说，就跟你们处女一样，你一定不愿意，请原谅我说话粗鲁，当大伙的面脱光衣服吧，因此，同样的，穷人也不喜欢别人偷看他的小窝。

杰符什金说，这写得不真实，他要抗议，他要正式提出抗议。可是他又说：

今天我坐在办公室里，像一只拔了毛的麻雀似的，我为自己难为情得脸上发烧，瓦莲卡，我真难为情。是啊，一个人，要是他的光胳膊肘从衣服里露出来，他的扣子只有一根线连在衣服上，那自然要难为情。

这一切，读起来多么沉痛。他说果戈理写得不真实，可是他处处把阿卡基·阿卡基耶维奇当作自己。他说的是我怎么样怎么样，而不是说阿卡基·阿卡基耶维奇怎么样怎么样。他和阿卡基·阿卡基耶维奇有点不同的就是他有自尊心，他不愿意暴露他的窘相，不愿意人家怜悯他。可是有一天，他完全像一只拔光了毛的麻雀一样，在大庭广众之下暴露了他的全部窘态。这也是他在信中亲口告诉瓦莲卡的。他从来不抄错公文，可是有一次，他把一件公文抄错了。他的科长来叫他："杰符什金，赶快到大人那儿去，您在一件公文里出错了。"

他只说了这句话，可是已经够了，我死了，凉得像冰一样，我神志恍惚，我去了——简直是半死不活地在往前走。他们领我穿过一间屋子，穿过第二间屋子，穿过第三间屋子，到了大人的办公室。那时候我在想些什么？我没法确切地告诉您。我看见大人站在那儿，他们全围着他站着，我好像没有向他行礼。我忘了。我吓坏了，我的嘴唇发抖，我的两条腿也发抖。我向右边的镜子里看了一眼，我看见我自己的样子，简直吓傻了。大人生气地开口道："您这是怎么搞的，先生？您瞧什么去了？这是一件等着要的公文，得赶快，可是您把它抄坏了。您这是怎么搞的？"这时大人转向我的科长，我只听见一个个飞到我耳朵里来的字：玩忽职守！粗心大意！您惹了麻烦啦！我张开嘴，想说什么，想请求饶恕，可是说不出来，跑吧，我又没那份勇气。这时候，这时候，瓦莲卡，发生了那么一件事，就连现在我都羞得拿不住笔：我的一颗扣子，真见鬼，我那颗扣子只有一根线连着，忽然掉下来了，跳啊蹦的，咕噜噜一直滚啊滚的，该死的，就一直滚到大人的脚跟前去。这件事偏偏发生在大家都沉默的时候，这变成了我唯一的辩白，唯一的求恕。这就是我准备对大人说的唯一的回答了。那结局真可怕，大人的注意力马上转到我的外表和服装上来，我记起我在镜子里看见自己的那种样子，就扑过去抓扣子，一种傻念头支持着我。我弯下腰，想捡起扣子，可是它滑脱了，滚啊滚的，我抓不住它。总而言之，我笨得出了丑。这时候我觉得我最后的力量都用尽了，我觉得一切一切都完了，我所有的好名誉都丧失了，我这个人整个完了。最后我总算捡起扣子，站起来，挺直腰杆，即使我是一个傻瓜，也该耷拉着手，安安静静地站在那儿，可是一点也不是，我开始把扣子穿到我那根断线上去，好像这样就能把它安上去似的。可是我穿上又掉下来，穿上又掉下来。我还微笑着，微笑着。

陀思妥耶夫斯基那支笔真是残酷，他一点也不饶过可怜的杰符什金。在众目睽睽之下，这个穿着一身破烂的小官吏已经够窘的了，可是偏偏在这个时候扣子掉了，在周围一片沉默之中，一颗纽扣掉在地上的轻微的声音听起来就像雷声一样响，可是还不够，杰符什金扑过去捡扣子，这还不够，他开始把扣子穿到那根断线上去，好像这样就能把它安上去似的，可是他穿上又掉下来，穿上又掉下来，他还微笑着，微笑着。这个穷苦的小人物的自尊心就像系在一根断线上的扣子一样，终于掉在地上。他还想挽回一下，可是最后在窘不可言的难堪的微笑中摧毁了。小说的最后，瓦莲卡为生活所迫，不得不答应嫁给老地主贝可夫。她要离开彼得堡，到遥远的草原上贝可夫的庄园去。瓦莲卡是杰符什金生活中的一线光明，是唯一带给他一点温暖同情的人，他也把自己作为一个人的全部感情献给了她。可是现在瓦莲卡要离开他了。杰符什金的最后一封信充满了无法忍受的痛苦和绝望。

> 我会死的，瓦莲卡，我一定会死的。我的心忍受不了这种灾难。

在《穷人》之前，陀思妥耶夫斯基没有写过任何东西。他的朋友格里戈罗维奇把这部稿子带给当时主编《祖国纪事》杂志的涅克拉索夫。第二天凌晨四点钟，涅克拉索夫和格里戈罗维奇冲到陀思妥耶夫斯基的家里，热烈拥抱这个年仅 25 岁的作者。当天，涅克拉索夫把稿子送给别林斯基，他一进门就叫道："新的果戈理出现了。"莫名其妙的别林斯基严厉地说："您以为果戈理长得像蘑菇一样快吗？"不过他收下了稿子。当涅克拉索夫晚上再去找他的时候，别林斯基简直激动得不得了，对他说："请他来，快点请他来。"俄罗斯文学史上这段佳话，常常被人提及。青年陀思妥耶夫斯基就是在别林斯基和果戈理的影响下写出《穷人》的，他崇拜别林斯基，读他的每一篇文章，倾向革命民主主义阵营。自从《穷人》发表之后，别林斯基一直关心着他的创作，严厉批评他的《两重人格》（或译《同貌人》）和《女房东》等不健康的作品，努力帮助他沿着革命民主主义的道路走下去。《两重人格》也写了一个小人物，陀思妥耶夫斯基用怪诞的手法写一个人分身为二，一个有反抗社会的倾向，另一个奴颜婢膝，逢迎拍马。作家用这种形象表现一个人性格中的两重性，但他没有把这种性格中的矛盾看作具体的社会条件的产物，而是把它看作人性中固有的因素。他认为，人性中永远存在善与恶两种因素。这篇作品遭到别林斯基的严肃的批评。

假如陀思妥耶夫斯基的生活中没有出现重大变故的话，他在别林斯基等人的影响下，也许会走上健康的现实主义和革命民主主义的道路，可是一场严酷的考验临头了。1847 年，他参加了彼得拉舍夫斯基小组。这个组织的成员不满现实，批判政府，宣传空想社会主义思想。陀思妥耶夫斯基参加了这个组织的一些秘密活动。1849 年 4 月，陀思妥耶夫斯基和小组内共 39 名成员一起被捕。他的罪名是在小组内宣读别林斯基给果戈理的信。被捕者在彼得巴甫洛夫斯基要塞的最残酷的拷问密室里惨遭折磨。拉吉舍夫被流放之前，就在这里饱受摧残。被判处死刑的十二月党人也在此度过了他们一生中最后的时刻。现在，在这里关了 8 个月之后，12 月 22 日，包括陀思妥耶夫斯基在内的 21 个小组成员被沙皇政府判处死刑。他们被披上白长褂，带到谢苗诺夫校场，绑到柱子上，等待处决。鼓声响了，陀思妥耶夫斯基一边数着生命的最后几分钟，一边向朋友们告别。就在最后一刻，沙皇的侍从武官突然快马赶到，宣布赦免，改死刑为苦役和流放。陀思妥耶夫斯基被改判为十年苦役，然后是服兵役和流放。可是，青年时代的梦想还是被判处了死刑，那不是一刹那间的死刑，而是在苦役和流放的黑暗年月中执行的慢性死刑。在用雪橇转送的囚车里，有一次意义重大的会见：十二月党人的妻子拿着盐和面包，送给彼得拉舍夫斯基小组的成员，并祝福他们走上新的道路。1850 年冬天，陀思妥耶夫斯基被剃光头，穿着一件背上打着黄色标记的两色短大衣，迈过了鄂木斯克苦役监牢的门槛。陀思妥耶夫斯基看到监狱里阴森恐怖的情景，神经受到严重刺激，得了羊癫风，即癫痫，口吐白沫，四肢抽搐，牙关紧闭，不省人事。这种病后来折磨了他一生，最后导致他过早逝世。青年陀思妥耶夫斯基刚刚在文学界获得声誉，他被捕和判刑的罪名不过是在小组里读了别林斯基给果戈理的一封信，可是遭到了如此残酷的打击，这对陀思妥耶夫斯基的震动实在是太大了。专制制度的力量似乎是不可征服的。这个本来就不太坚强的青年作家，感受到了专制制度的巨大的、沉重的压力。有一位革命者亚诺夫斯基后来在回忆录里这样写道，苦役和流放在肉体上和精神上摧残了陀思妥耶夫斯基，他的羊癫风也因此加剧了；但是，精神上的消沉是他在苦役和流放期间最沉重的后果。受难受穷、被欺凌与被侮辱的非人生活和从这种痛苦生活中寻找出路，就成为他的文学作品的主题。但是他不可能找到出路，因为他迷失了导向这个出路的方向，他不再相信革命，这就是他一生中最大的不幸。陀思妥耶夫斯基在服苦役后自己说，思想变了，但心还是那颗。

度过了十年的苦役与流放生活之后，陀思妥耶夫斯基于 1859 年获准迁居到特维尔，后来回到彼得堡。在这期间，他发表了小说《舅舅的梦》（1859 年）、《斯捷潘契科沃村》（1859 年）和长篇小说《被欺凌与被侮辱的》（1861 年）。

《被欺凌与被侮辱的》有两条情节线索，一条是伊赫缅涅夫老夫妇与他们的女儿娜塔莎同瓦尔科夫斯基公爵和他的儿子阿廖沙之间发生的矛盾纠葛，中心是娜塔莎和阿廖沙的爱情悲剧；另一条是孤儿涅莉的悲剧。两条线索的交叉点是两个悲剧的制造者瓦尔科夫斯基公爵，两条线索的联系者是故事叙述人“我”，即万尼亚。伊赫缅涅夫是一个破落贵族，有一座小小的庄园。老两口守着一个闺女娜塔莎，他们还收养了一个孤儿万尼亚。万尼亚 17 岁时去彼得堡上大学。有一天，伊赫缅涅夫庄园附近另一座庄园的主人瓦尔科夫斯基公爵突然回来了。他原来的管家偷窃财物，被瓦尔科夫斯基赶走。他听说伊赫缅涅夫为人忠厚可靠，又有管理庄园的能力，就主动与伊赫缅涅夫接近，赢得了老人的好感，伊赫缅涅夫答应替他管理庄园。庄园管理得非常好，瓦尔科夫斯基公爵十分满意，他和新管家的关系十分融洽。几年之后，公爵甚至把自己的儿子阿廖沙送到乡下来，托伊赫缅涅夫管教，免得他在彼得堡的花花世界里学坏。老两口很喜欢这个小青年，对他爱护备至。过了一年，瓦尔科夫斯基公爵突然回来，他听到了一些谣言，说伊赫缅涅夫在出卖一片小树林的时候贪污了 12000 卢布，还说，伊赫缅涅夫有意让女儿去勾引阿廖沙，想高攀公爵的门庭。公爵态度粗鲁，出口伤人，两人争吵起来，最后事情闹僵，告到法院。伊赫缅涅夫一无后台，二无经验，官司打输了，庄园被封。老人一气之下，抛掉一切，迁居彼得堡上诉。这时万尼亚已经大学毕业，他不愿担任公职，专心从事文学创作，出版了一本书。他几乎每天晚上到伊赫缅涅夫家里去，给他们读自己的作品，他描写的穷人的故事感动了这一家人。他与娜塔莎的感情也越来越深。可是，伊赫缅涅夫觉得，作家不是靠得住的职业，不愿意把女儿嫁给他。娜塔莎虽然喜欢万尼亚，但她的心另有所属。原来，自从这一家人迁居彼得堡以来，阿廖沙不顾父亲的禁令，偷偷来看娜塔莎。他们狂热地相恋。伊赫缅涅夫当然绝不同意女儿嫁给他，因为一方面阿廖沙是仇人的儿子，两家还在打官司，这场官司的趋势对伊赫缅涅夫越来越不利。这个无故受冤受辱的老好人无论如何不能想象他会把女儿嫁给瓦尔科夫斯基的儿子。另一方面，如果娜塔莎和阿廖沙相好，这不正证明当初的谣言是有事实根据的吗？可是事情发生了突变，娜塔莎在心情十分矛盾和痛苦的情况下，抛弃了家庭，跟阿廖沙私奔了。与此同时，法庭判决伊赫缅涅夫赔偿 12000 卢布，以他那个小庄园抵债，实际上就是夺走了老两口“最后的一块面包”。伊赫缅涅夫受到如此沉重的打击，精神几乎完全垮了。他诅咒女儿，发誓永不饶恕她。而瓦尔科夫斯基本来打算让儿子同一个富有的伯爵夫人的继女卡佳结婚以获得大笔嫁妆。他玩弄诡计，一方面假装同意儿子与娜塔莎结婚；另一方面，千方百计让阿廖沙同卡佳接近，让阿廖沙自己对娜塔莎日渐冷淡而终于抛弃了她。娜塔莎最后在绝望之中回到父母身边。

作品的另一条线索是孤独的老人史密斯和他的外孙女涅莉的故事。万尼亚从一个濒死的老人口中听到一个地址，他循着这个线索，发现了老人的外孙女涅莉。涅莉的母亲死去不久，涅莉差一点被迫当妓女，幸亏万尼亚及时把她救了出来。涅莉的母亲年轻时受人欺骗，瞒了父亲，带了大笔财产与情人私奔，后来被丈夫抛弃，财产被夺走。涅莉的母亲手中掌握着婚约，可是她由于高傲而不去告发，宁肯忍受赤贫的痛苦。她回彼得堡后，找到了一贫如洗的父亲，但史密斯拒绝与女儿和解。涅莉的母亲临死前写了一封信给抛弃她的那个男人，她几次想寄，而终于不愿寄出，临终前放在女儿的护身符的小口袋里，要涅莉在她死后去找他。可是涅莉怀着同样的高傲和蔑视的态度，坚决不去找生身父亲。这个 15 岁的小姑娘从小经历了如此多的人生苦难，患有严重的心脏病和癫痫病。她在万尼亚的劝说下同意住到伊赫缅涅夫家。老两口对她倾注了无限的同情和关爱，但最终还是挽救不了她的生命。涅莉在临死前向万尼亚公开了她的秘密，原来她的生父就是瓦尔科夫斯基公爵。陀思妥耶夫斯基在叙述涅莉的故事时写道：

> 这是一个阴森可怖的故事，在彼得堡阴沉的天空下，在这座大城市的那些黑暗隐蔽的陋巷里，在那令人眼花缭乱、熙熙攘攘的人世间，那愚钝的利己主义，种种利害冲突、令人五内俱伤的荒淫无耻和种种隐秘的罪行中间，在毫无意义的反常生活构成的整个地狱般的环境里，像这种阴森可怖、使人肝肠寸断的故事，是那么经常地，难以觉察地，甚至可以说是神秘地在进行着。

这些话当然也适用于娜塔莎的命运。因为瓦尔科夫斯基公爵正在策划他儿子阿廖沙重复他当年的无耻行为，而娜塔莎正在经历着涅莉的母亲当年的悲惨遭遇。

大家可以看到这部作品的情节包含着强烈的暴露和批判的成分，这个题材本可以写成一部社会悲剧，深刻揭露金钱利益已在逐步侵入俄国社会中人与人之间的关系，挖掘造成小人物的悲剧的社会原因。可惜的是，陀思妥耶夫斯基没有这样做，他把一个社会悲剧写成了心理悲剧。他只粗略地勾勒了这些悲剧情节的轮廓，然后完全从心理的角度解释人物行为的动机，而这些人物的心理都带有变态的特点。这种写法大大削弱了作品的社会意义和批判力量。处于作品情节中心的是娜塔莎和阿廖沙的恋爱故事。娜塔莎抛弃如此珍爱她的年老的双亲和情人私奔，假如这个情人是个值得爱的人，那还情有可原，可悲的是，或者说不可理解的是，她疯狂爱着的阿廖沙是个轻浮的毫无主见的纨绔子弟。而这一点，娜塔莎是完全清楚的。阿廖沙被写成这样一个人，他已经读过高等政法学校，可是头脑极其简单，对人生一无所知，幼稚得像小孩。他轻信，轻信得过分，极容易受任何一种外来影响的支配。他一会儿听这个人的话去做一件事，一会儿相信另一个人的话去做一件完全相反的事。他诚实到天真的地步，心里有什么话，做过什么事，一点都憋不住，什么都要讲出来。他甚至可以在娜塔莎面前大讲他在卡佳那里过得多么快乐，大讲卡佳的好处，而在卡佳那里又讲娜塔莎如何爱他。他要卡佳同情他，他不能向卡佳求婚，然后又到娜塔莎那里，说他没有卡佳简直活不下去。他并非两面三刀，他真的是那么想。他相信他的父亲瓦尔科夫斯基的每一句话，相信这个恶魔是圣人。瓦尔科夫斯基把他作为获得百万财产的工具，在掌心之中玩弄他，随便摆布他。阿廖沙自以为他的行为是独立自主的，实际上他的每一个行动都在实现瓦尔科夫斯基卑鄙的预谋。陀思妥耶夫斯基把阿廖沙写成这样一个人，他所有的毛病弱点和卑鄙行为都是可爱的，同他接触的人都不得不原谅他，甚至喜欢他，爱护他。如果瓦尔科夫斯基公爵是有意识地欺骗并抢劫了涅莉的母亲，那么，阿廖沙似乎是无意识地在欺骗娜塔莎，他仿佛是无罪的。娜塔莎爱他爱到神经质的地步，一见他就双眼放光。她在被抛弃后，一点不恨，不但不恨，甚至在阿廖沙面前掩盖自己的痛苦。不但掩盖，甚至以一个人体验这种痛苦为乐事。这样，娜塔莎的悲剧就变得没有多大意义了。小人物被欺凌被侮辱这样一个社会性的问题就被一种不正常的渺小的感情掩盖住了。也许娜塔莎的悲剧该由瓦尔科夫斯基公爵负责。当然，瓦尔科夫斯基插了一手，想拆散阿廖沙和娜塔莎，迫使阿廖沙和卡佳结合。娜塔莎的悲剧在一定程度上揭露了瓦尔科夫斯基的极端卑劣、自私的性格。但是我们记得瓦尔科夫斯基从一开始就不同意阿廖沙和娜塔莎恋爱，他并未唆使儿子去诱骗这个贫家少女。阿廖沙完全知道父亲要他娶卡佳的意图，然而他由于性格软弱而一步步在实现父亲的意图。

对于娜塔莎的悲剧的中心人物阿廖沙的行为，陀思妥耶夫斯基完全从心理学的角度来解释。请看娜塔莎是怎样为阿廖沙辩护的：

> 别责怪他，万尼亚，别笑他。不能像对别人那样去判断他，要公正。他可不像你我一样，他是个孩子。是对他的教养不对。难道他懂得干了些什么吗？随便一种外来的影响，都能引他离开一分钟前他还永矢忠诚的一切东西。他没有性格，他现在刚对你发誓，可是在同一天，同样真诚老实地又会献身于另外一个人，并且自己还第一个跑来告诉你这件事情，他也许会有不好的行为，可是因此而去责备他恐怕是不行的。倒是只能可怜他。他也会把我忘掉，如果我不老待在他身边的话。他就是这样的人。

这一句“他就是这样的人”，娜塔莎几乎是带着骄傲说出来的。可是，批评家杜勃罗留波夫在评论这部作品时轻蔑地说，阿廖沙只是一只臭瓢虫。娜塔莎把他当作一个变化无常的孩子来看待，以一种不正常的病态的爱来对待阿廖沙。当她知道阿廖沙去嫖妓女的时候，她亲自去跟踪，发现果然是那么回事，她甚至高兴起来，说，她的阿廖沙长大成人了，他做了成年男子才会干的事。这种心理状态是多么不正常。以这样一种笔调来写贵族阶级加诸下层人物的侮辱，来写下层人物的悲剧，那是没有多少典型意义的。所以，阿廖沙和娜塔莎这样的人物可以说是艺术上的败笔。涅莉和他的母亲的悲剧比较有典型意义，比较深刻地揭露了瓦尔科夫斯基的豺狼般的个人主义。他一贯以骗人的爱情来掠夺金钱。涅莉的母亲的形象是虚写的，涅莉的性格比较鲜明。这个孤儿对任何人都不信任，她的心已经僵冷了，不相信世界上有好人，所以她看起来性格古怪，神经质。这些描写都有现实的和心理的根据。她们母女的身世，是对那个社会的一份控诉状。我们现在的读者是这样理解这个悲剧的意义的，并且认为要这类悲剧不再发生，就必须消灭瓦尔科夫斯基这类极端个人主义的恶棍，必须以革命手段来改造产生这类人物的社会。可是，在如何与瓦尔科夫斯基这类人做斗争的问题上，陀思妥耶夫斯基想的和我们完全不同。涅莉的母亲手里握有她与瓦尔科夫斯基的婚约，她完全可以去告发他。当然。她的告发很有可能以失败告终，但这只会更加增强作品的揭露力量。但是陀思妥耶夫斯基不这样想，涅莉的母亲憎恨瓦尔科夫斯基，但她以高傲的态度来忍受瓦尔科夫斯基加予她的损害，忍受那不堪忍受的贫病交加的痛苦，以沉默来表示对瓦尔科夫斯基的蔑视。她的这种精神传给了女儿。这个 15 岁的孤女明明知道瓦尔科夫斯基是她的生身父亲，却把她母亲的信藏起来，直到临死，才向万尼亚公开真相。果然用不着向瓦尔科夫斯基卑躬屈膝，求他怜悯，但为什么沉默，为什么不去公开这件丑事？高傲和蔑视，在忍受痛苦中求得解脱，这就是陀思妥耶夫斯基的许多人物性格的特点。高傲和蔑视，这听起来很动人，但是触动不了瓦尔科夫斯基这类恶棍的一根毫毛，也动不了剥削制度的一根毫毛，实际上不过是一种精神胜利法。阿 Q 的精神胜利法是一种低级形态。挨了打，说是儿子打老子，孙子打爷爷，聊以自慰。高傲和蔑视是一种高级形式的精神胜利法。你侮辱损害了我，我蔑视你，我高尚，你卑鄙。可是，这能解决什么问题呢？陀思妥耶夫斯基以这种态度来考虑社会问题，实在是非常软弱的。如果被压迫者只保持蔑视和高傲的沉默，而不起来斗争，那么他永远翻不了身。陀思妥耶夫斯基还美化痛苦，认为人的灵魂在痛苦中会得到净化。在忍受痛苦中，人显得更美，他笔下的很多正面人物都是这类以痛苦为乐的形象。涅莉的悲剧的揭露性也由于这种写法而减弱了。

瓦尔科夫斯基公爵是一个资产阶级化的贵族，他以资产阶级唯利是图的原则处理他和一切人的关系。作品通过他制造和插手的两个悲剧来揭露他的阴险、毒辣、虚伪、不择手段以达到个人目的卑劣性格。他向万尼亚坦白说："世界是为我而创造的"。他只要力量所及，就为所欲为。这个形象的缺点，正如杜勃罗留波夫所指出的，从艺术观点来看，他好像是丑恶的品质的综合体，是邪恶的体现，而不像一个活生生的人物，他缺乏一个成功的典型应有的性格特征。

最后要谈谈万尼亚这个人物。陀思妥耶夫斯基把自己的生平材料放进了这个形象里，例如他写《穷人》，得到别林斯基的赞扬，他谈起批评家别林斯基后来因肺病死了等。现在我们撇开这些，来看看万尼亚这个人物在作品中的地位。他的地位很可笑。他热爱娜塔莎，姑娘曾经答应过做他的未婚妻，可是后来跟阿廖沙私奔了。他呢？他做了所有人物中间的联系人，特别是做了阿廖沙和娜塔莎中间的联系人。他和娜塔莎一起痛苦，一起原谅阿廖沙，甚至爱上了阿廖沙。他为娜塔莎探听阿廖沙的行踪。阿廖沙几天不来，他就负责去找这个轻浮的家伙。他还被派去看卡佳到底是一个什么样的姑娘，然后向娜塔莎汇报。他也充当娜塔莎和伊赫缅涅夫老两口之间的联系人，向老母亲汇报娜塔莎的遭遇。瓦尔科夫斯基也认为他在解决娜塔莎和阿廖沙之间的关系时，是个必不可少的人物，因此，有事必找他。另外，他救出并收养了涅莉。总之，他忙得很，整天从这家奔到那家。当然，他忙的中心活动是在娜塔莎和阿廖沙之间。读者看到他的行动，难免会觉得很可笑。未婚妻被人夺走了，你还整天为情敌奔走，怕阿廖沙冷淡了娜塔莎，还耐心地听娜塔莎为阿廖沙的性格辩解，最后自己也开始向读者为阿廖沙辩解。那么他自己呢？他的内心活动呢？他有一点痛苦吗？有一点妒忌或者别的感情吗？我们看不到。他扮演了一个极其窝囊的角色。读者中大概谁也不愿意担当这种角色。一个男子，总该有点儿男子的血性吧。我这里是否把当代读者的感觉代替对文学作品对象的分析呢？不是的。连当时的评论家杜勃罗留波夫都说："譬如举个例吧。就拿作者的手法本身来讲：把那塔莎和亚列莎[1]的相爱和痛苦的故事讲给我们听的人，自己就在热烈地爱着她，决心为了她的幸福而牺牲自己。老实说，——对所有这些精神上的伟大已经达到这种境界的绅士，愿意装聋作哑地听任自己的未婚妻和情人接吻，并且还到他那里去跑腿，我根本就不喜欢。他们或许根本并不相爱，或者只是在头脑里相爱……假使这些充满浪漫气息的自我牺牲者真的在相爱，那么他们的心灵该多么孱弱，他们的感情该多么萎靡！"[2]

作品中的一切都是万尼亚叙述出来的，都是用一种带着感伤色彩的口吻讲述出来的，但是我们没有看到一个活生生的文学形象。其实，他

[1] 即本书所译娜塔莎和阿廖沙。
[2] 杜勃罗留波夫：《杜勃罗留波夫选集（第2卷）》，上海译文出版社，1983年，第449页。

不是人，他只不过是一种手法。这也是陀思妥耶夫斯基的败笔。因为，你既然把他放进作品里，而且曾经是娜塔莎的未婚夫，那你就要把他作为一个形象来描绘。可是作品对他几乎没有描绘，他充当了一种手法、一种手段的角色。杜勃罗留波夫甚至认为，他在小说里的存在给叙述染上了虚伪的色调，因为他对娜塔莎和阿廖沙的态度实在令人难以理解。《被欺凌与被侮辱的》虽然在一定程度上揭露了贵族资产阶级社会的黑暗，但在艺术上是不成功的。陀思妥耶夫斯基的许多弱点都在里面暴露出来。这部作品写得不成功的客观原因，是作家长期流放，脱离现实生活。主观原因之一是写得太匆忙。陀思妥耶夫斯基在流放回来以后发表的小说《斯捷潘契科沃村》失败了，为了挽回名誉，他想写一部大作品，他写得很快，大概三个月就完成了。

这里用了较多的篇幅来讲这部作品，是因为它很早被译介到中国，读的人很多，读者往往被叙述者的感伤凄凉的语调打动，看到主人公的命运也会洒下同情之泪。但也总觉得不痛快，别扭得很，可是又说不出究竟问题在哪里。在评论方面，对作品的肯定多于艺术上的深入分析，所以读者往往不知道如何恰如其分地评价这部作品。陀思妥耶夫斯基后来自己说，他不把《被欺凌与被侮辱的》列为真正的艺术作品。他说，作品写得很粗糙，但大约有 50 页他是引以为傲的。作者本人还认为有两个性格是成功的。据俄罗斯学者叶尔米洛夫推测，他指的大概是涅莉和瓦尔科夫斯基。

1862 年，陀思妥耶夫斯基发表了长篇小说《死屋手记》。为什么叫“死屋”？苦役监狱是人间地狱。但丁在《神曲》中写道，在地狱的入口处写着“死屋”两个大字。陀思妥耶夫斯基就是借用它来称呼苦役监狱的。小说反映苦役犯和流放犯的悲惨的生活，同时又写了犯人中贵族、进步知识分子与普通群众的对立，以此证明，进步知识分子在人民中间没有基础，他们走错了路。陀思妥耶夫斯基对革命的信念完全动摇了，他不再相信革命能够胜利，不再相信现存制度能够改变。他开始宣传专制制度的不可动摇，宣传驯服，宣传不抵抗主义。1861 年到 1865 年，他和他哥哥合办《时间》杂志（1861—1863 年）和《世纪》杂志（1864—1865 年），宣传根基（又译“土壤”）学说。他认为人民是民族生活的根基，驯良、虔诚和忍耐是俄罗斯人民的性格特点。他认为，革命民主主义所主张的反抗和变革的思想都是脱离人民的根基的。只要贵族和人民接近，在君主和正教的庇护下，把一切阶级、阶层团结起来，俄国就能在建立全人类幸福的事业中，起到救世主的作用。

1866 年，他发表了《罪与罚》。《罪与罚》是他最重要的作品，也最典型地反映出他的世界观的矛盾。《罪与罚》的中心内容是主人公拉斯柯尔尼科夫犯杀人罪前后的整个心理活动过程。故事发生在彼得堡。拉斯柯尔尼科夫是一名学法律的大学生，他是一个聪明、正直、善良的青年人，刻苦读书，知识丰富。他的母亲和妹妹省吃俭用，想尽一切办法供他念大学。他热爱母亲和妹妹，也同情别人的痛苦和不幸，蔑视金钱和权势。他从少年时代起，就立志要靠个人的勤奋学习取得社会上的地位。但拉斯柯尔尼科夫又是一个孤僻、骄傲、自命不凡、目空一切的人。在大学同学中间，他高傲地把他们当作小孩，仿佛不论在发展前途上，还是在知识或者在信仰上，他都比他们强。可是，现实生活偏偏堵死了他的一切出路。穷困使他不仅无法读完大学，甚至连维持最低的生活都不可能。他由于孤独、饥饿和病痛的不断折磨，也由于人格受尽了凌辱，内心充满了愤怒、憎恨、痛苦和绝望的情绪，他想要向社会抗议和报复。小说开头的时候，他正在酝酿一个计划。他准备去杀死一个放高利贷的老太婆，抢她的钱，但是他犹豫不决。他做好种种安排，连细节都想好了，他先拿一只表到老太婆那儿去抵押，熟悉她的房间的出入门道、屋内的布置。这是他计划的第一步，他办到了。那天他拿了表去抵押，换来 1 个卢布 15 戈比，走到了大街上。他已经几天没吃饱饭了，现在手头有点钱，他走进了小饭馆。在那儿，他遇见了一个穷官吏马尔梅拉多夫。这个喝醉酒的小官吏再没脸回家了，他由于生活穷困，精神苦闷而染上了酗酒的习惯，常常把薪水喝光，而家里还有老婆孩子在挨饿。他被解职，一筹莫展。他前妻生的女儿为了养活一家，当了妓女，当她把第一次卖身的钱放在她继母的面前时，继母哭着跪倒在她的脚下。现在，马尔梅拉多夫是拿他女儿卖身的钱在喝酒，他还有脸回家见人吗？他对拉斯柯尔尼科夫喊道：人无路可走。他的惨痛的绝叫深深地刺激着拉斯柯尔尼科夫。他在大街上还碰到一个被人灌醉诱奸后赶到大街上来的姑娘。他回家又接到他母亲的信。母亲告诉他，妹妹杜尼娅为了让他念完大学，决心违背自己的意愿，嫁给一个主持律师事务所的七品文官卢仁。这个卢仁，拉斯柯尔尼科夫是知道的，一向是他极为憎恶的。妹妹为他牺牲一生的幸福，而他无力改变这一切。这一切在他的心里掀起了更加狂暴的复仇和反抗的浪潮。他心乱如麻，神经紧张，整个心理处于近乎疯狂的状态。他终于下了杀人的决心，他想，假如为了他，让妹妹去嫁给那个无赖卢仁，那么他在良心上和道德上就犯了罪，是对母亲、妹妹的慢性杀害。那么不如去杀死那个放高利贷的讨厌的老太婆，然后用她的钱去挽救亲人和其他濒临绝境的人们。他说，他想为大众造福，然后做成百成千的好事来弥补这样一件傻事。于是，他按预定的计划，拿斧头砍死了放高利贷的老太婆，还由于偶然在房间里遇见了老太婆的妹妹而不得不把她也一起杀死。他找到了老太婆藏起来的钱和别人抵押在那里的值钱的东西，而且很走运，竟然没有留下什么痕迹。构成基本情节的外部的行动，不过就是这些。这还是理出来的线索。《罪与罚》大部分篇幅是主人公的心理活动。比如说，关于杀人的动机，拉斯柯尔尼科夫说的远非这样简单。陀思妥耶夫斯基除了写现实生活的推动力，还写了他心理上的原因。杀人后，拉斯柯尔尼科夫受到良心的审判。他痛苦异常，这时他明白了，如果他只是因为肚子饿才杀人，那么他现在就幸福了。他杀人的时候，需要的主要不是金钱，而是别的东西，这一切他现在知道了。那么他杀人的时候主要需要的是什么呢？要知道，拉斯柯尔尼科夫不是一般的穷苦老百姓，他受过高等教育，读过大量书籍，而且还特别喜欢思考。长期以来，他在研读法律的时候，在分析一个罪犯在犯罪的全部过程中的心理状态的时候，得出一个结论，他把人分成两类：平凡的人和不平凡的人。平凡的人是低级的人，是一种仅为繁殖同类的材料；而不平凡的人是具有天禀和才华的人，这种人为数不多，是未来的主人，他们为了实现自己的目的，甚至可以踏过尸体与血泊。也就是说，为了实现自己的野心，获得个人的成功，不平凡的人可以冲破一切社会道德的束缚，去做他们想做的一切事，即使是灭绝人性的屠杀、焚烧抢掠也在所不惜。正因为这些人敢于为所欲为，才使他们后来成为人类的恩人、被崇拜的圣者，就像历史上的拿破仑和穆罕默德一样。拉斯柯尔尼科夫把自己归到这类人中间。可是，现实并不承认他的重要性，并且还把他挤到生活最底层去受凌辱、嘲弄和折磨，使他的病态的狂妄自大的心理得不到满足。

为了向自己和社会证明，他不是无足轻重的虱子而是拿破仑，他决定试试杀人。这真是一种变态的心理的表现，是一种极其反动的哲学的表现。强者有理由统治，谁智力强，精力充沛，谁就是统治者。这是典型的超人思想，后来被德国哲学家尼采（1844—1900 年）提高到哲学高度，又被德国法西斯分子拿来作为进行侵略和掠夺的理论根据。尼采崇拜陀思妥耶夫斯基，称他为自己的老师。其实陀思妥耶夫斯基并不是歌颂超人哲学，他是在揭露极端个人主义、超人哲学对拉斯柯尔尼科夫的毒害。这一点，我们在《罪与罚》的情节的进一步发展中可以看出来。杀了人以后，拉斯柯尔尼科夫面临着两种惩罚，一种是来自法律方面的、肉体上的惩罚，一种是来自他内心的道德的惩罚。对于来自法律方面的惩罚，他本来可以逃脱掉，因为他没有留下痕迹，而且有一个工人被警察怀疑，竟然承认是他杀了人，也就是说，有个替罪羊在顶罪。但是，拉斯柯尔尼科夫在道德方面所受到的惩罚不断地折磨他，他内心忽然感到一种无边的孤独和空虚，感到有种无形的障碍把他和别人分隔开，他再也不能问心无愧地平等地与人相处了。而母亲和妹妹对他的亲近、对他的爱就更使他痛苦难忍，因为他觉得自己既然做出了仇视人类的行为，玷污了人性，就无权再去爱别人，更无权去接受别人的爱。但是，一方面，他在道德上自我谴责；另一方面，他的心里又迷恋超人哲学。他既痛恨自己的所作所为，又肯定自己的所作所为，加上时刻提防别人发现他的罪行，种种复杂的、无休止的内心矛盾冲突，使他的精神处于一种热病式的癫狂状态。他处于崩溃的边缘，但他不断地在绝望中挣扎。应该说，拉斯柯尔尼科夫的悲剧是正在俄国发展起来的资本主义关系和它的极端利己主义价值观造成的。可是，陀思妥耶夫斯基对此另有解释。他认为，社会自然要负责，但从宗教观点来看，拉斯柯尔尼科夫的悲剧是人类灵魂中的善与恶的斗争所致，因为人类的灵魂永远是上帝和魔鬼角逐的场所，而在人类普遍堕落的今天，这种角逐就更加残酷，更加激烈了，只有皈依了上帝，人类的灵魂才能摆脱各种邪恶的欲念，得到拯救，获得内心的平静。为了说明这一点，《罪与罚》里塑造了索尼娅这个人物，她体现了作者的理想。在索尼娅身上，拉斯柯尔尼科夫看到了一个伟大的充满自我牺牲精神的人类受难者的形象，看到了人的尊严被践踏到极点，却仍保持了自己心灵的高尚和纯洁，保持了对人类真挚的爱的美德。他跪在她的脚下，吻她的双足并且说，“我不是向你膜拜，我是向人类一切痛苦膜拜”。当索尼娅给他读《福音》的时候，他第一次感到激动，觉得上帝既然能使死者复活，或许也能给他那犯罪的灵魂指出一条出路。于是他听从了索尼娅的劝告，去自首。他只被判了八年苦役，索尼亚跟他一起到西伯利亚去。在索尼娅的宗教精神的感召下，拉斯柯尔尼科夫最后获得了新生。在俄罗斯文学史中，我们还没有看到如此复杂的作品，恐怕只有托尔斯泰才能与陀思妥耶夫斯基的复杂和矛盾相比。《罪与罚》在客观上毫无疑问给我们提供了一幅生活在社会底层的人们的毫无出路的生活景象。马尔梅拉多夫的绝望的叫声“人无路可走，人总得有条路走才好”，还有拉斯柯尔尼科夫的痛苦到极点的精神折磨，震动了当时和后代千千万万读者的心，这对当时的社会现实是非常深刻的揭露。陀思妥耶夫斯基也写出了资产阶级的掠夺心理、不做奴隶就做统治者的超人哲学、个人主义、无政府主义等对人的毒害。但是陀思妥耶夫斯基是从宗教精神出发否定这些意识的，他鼓吹基督教的顺从、忍耐、爱一切人的精神。这实际上是宣扬同黑暗现实妥协、甘受奴役的思想。这些就是这部作品的客观的思想意义。《罪与罚》的思想可以代表陀思妥耶夫斯基在 19 世纪 60 年代后创作的基本特点。他在 19 世纪 60—70 年代末还发表了《白痴》（1869 年）、《群魔》（1872 年）、《少年》（1875 年）、《卡拉玛佐夫兄弟》（1880 年）等小说。

《群魔》恶毒攻击和诽谤革命者，甚至影射、咒骂别林斯基，是陀思妥耶夫斯基全部创作中最差的作品。陀思妥耶夫斯基有意识把它写成一部抨击性小说、警示小说，其实这是一部包含错误倾向的小说。作品的情节以 1869 年在莫斯科发生的涅恰耶夫案件为基础。涅恰耶夫实有其人，是彼得堡大学的旁听生，在 19 世纪 60 年代末的彼得堡学生运动中，博得坚定战士的名声。为了躲避政府追捕，他来到国外，与巴枯宁接近。当时，巴枯宁已是国际无政府主义思想的领袖。涅恰耶夫接受了无政府主义的整套思想，学习并掌握了策划阴谋暗杀、制造混乱等方法。巴枯宁于 1869 年授予涅恰耶夫由他亲笔签署的世界革命同盟俄国分部的委托书，让他回国建立无政府主义组织。实际上，这个所谓世界革命同盟和俄国分部都是不存在的，委托书不过是个空头文件。涅恰耶夫回国后在莫斯科彼特洛夫农学院学生中组织了几个五人小组。后来，一个名叫伊万诺夫的成员拒绝服从涅恰耶夫的领导，想退出小组。涅恰耶夫怀疑他叛变，煽动一群会员残忍地杀害了伊万诺夫。不久，警察在农学院的池塘里找到了尸体，抓住了参与暗杀的人。涅恰耶夫逃到国外，但不久即被瑞士政府捕获，引渡给沙皇政府，十年后病死在监狱。涅恰耶夫事件不仅使沙皇政府得到借口，攻击革命者惨无人道，而且也遭到进步阵营的严厉指责。无政府主义者搞阴谋暗杀一向是真正的革命者所唾弃的，何况随便怀疑暗杀自己的同志。无政府主义者的阴谋活动与真正的革命运动完全是两回事，不能混为一谈。而陀思妥耶夫斯基恰恰相反，他把这个事件几乎原封不动地搬进小说，只改了人名、地点，把无政府主义者完全说成是革命者，以攻击整个革命运动，把革命者统统骂成魔鬼，小说的书名《群魔》就是这个意思。他甚至认为，19 世纪 60 年代末的无政府主义者就是 40 年代的革命民主主义者的后代。革命民主主义思想必然导致无政府主义。小说出版后，王储，就是后来的亚历山大皇帝，要他解释作品的含义，他就是这样说的。这就把他的导师别林斯基一起骂了进去。《群魔》把无政府主义混同革命运动，同时以反无政府主义为名否定革命，大前提完全错了，所以就内容而言，作品没有任何值得肯定的地方。《群魔》在俄国文学界始终受到严厉批评。高尔基在 1913 年坚决抗议丹钦科把它改编成剧本搬上舞台。不可理解的是，1981 年，苏联纪念陀思妥耶夫斯基诞生 160 周年、逝世 100 周年，竟有人为《群魔》翻案。1981 年第四期《文学评论》发表署名为柯里亚金的文章说

《群魔》有现实意义，它反对无政府主义。文章把《群魔》与当时反对国际左派极端分子联系起来，生拉硬扯、牵强附会，连当时的苏联学术界都觉得说不过去。著名学者比亚里克在《文学问题》1983年第一期发表长文，反驳了柯里亚金，还批评了持有同样观点、同一年出版的《陀思妥耶夫斯基传》的作者谢列兹涅夫。我还发现1984年出版的库里肖诺夫的《陀思妥耶夫斯基的生活与创作》一书也有类似提法，这实在是非常错误的，是他们文学史研究的一种倒退现象。

《卡拉玛佐夫兄弟》（1878—1880年）是陀思妥耶夫斯基最后一部重要作品。小说情节的基础是卡拉玛佐夫家庭中发生的弑父惨剧。陀思妥耶夫斯基酝酿这部作品差不多有十五六年的时间。1860年9月，他在《俄罗斯世界报》发表《死屋手记》，第一章就记述了他在鄂木斯克苦役监狱里认识的一个犯弑父罪的犯人伊里英斯基。此人出身贵族，曾任军官，家里有一个60岁的父亲。在老人眼里，他是一个败家子。他行为十分放荡，到处欠债。父亲有一座房屋和一处田庄，估计还可能有一笔现款。儿子大概因急于得到遗产，便把父亲杀了。这桩凶杀案发生一个月以后才被侦破。凶手本人最初到警察局报案，声称他父亲失踪了。整整一个月时间，他过着花天酒地的生活。警察起了疑心，趁他不在家时进屋搜查，发现了尸体。这家院子里有一条很长的脏水沟，上面盖着木板，尸身就躺在这条阴沟里。死者穿得整整齐齐，那鬓发斑白的头颅被割，凶手还在死者头下放了一个枕头。尽管伊里英斯基没有招认，法庭仍判决剥夺他的贵族资格，开除军职并发配服苦役20年。这件骇人听闻的凶杀案使陀思妥耶夫斯基十分震惊。可是令他更加震惊的是，在他第一章发表后不久，有人从西伯利亚写信告诉他，这个罪犯是无辜的，他白白忍受了十年苦役的痛苦，他的冤案已由法庭正式昭雪。真正的罪犯也已落入法网，那个真凶原来是他的弟弟。他想独占父亲的财产，因此杀死父亲，伪造罪证，嫁祸于兄，十年后，良心发现，自首投案。陀思妥耶夫斯基得到消息后，于 1862 年 5 月在《时间》杂志上登载的《死屋手记》第七章开头做了更正。使陀思妥耶夫斯基震惊的是这宗案件所包含的极为深刻的悲剧性和这一冤案所断送的一个年轻的生命。他想把这种悲剧的意义和造成悲剧的原因表现出来。经过长期酝酿，他在 1874 年写成提纲，1878 年正式动笔，直到逝世前一年才完成。

《卡拉玛佐夫兄弟》的故事发生在外省小城斯科普里高恩耶夫斯克。这个城市的名字的意思是“畜栏”。情节中心是卡拉玛佐夫父子间的激烈的冲突，主要描写父亲老卡拉玛佐夫、大儿子德米特里、二儿子伊凡和小儿子阿历克谢。实际上，这个家庭还有一人，此人在情节中起了极其重要的作用。这个人我们放在后面说。这个家庭只不过是名义上的家庭而已。实际上，父子间互相仇恨，形同陌路。父亲年轻时是个食客，寄住在有钱人家里，靠着打诨逗趣，博得主人哈哈一笑而混一口饭。他结过两次婚，第一次用卑鄙猥琐的手段勾引了县里一个大地主的女儿。结婚之后，立刻把女方的嫁妆掌握在手。妻子因为十分蔑视丈夫的品格，以致无法生活下去，离家出走了，留下一个儿子德米特里。老卡拉玛佐夫娶了第二个妻子后，还公开和一些不三不四的女人在家里胡闹，妻子的神经受不了，生了两个儿子以后不久也死了。老卡拉玛佐夫根本没有管三个儿子，小孩都是由老仆人格利高里抚养，后来分别被送到几个远房亲戚家去，就在那里长大。

小说开头的时候，老卡拉玛佐夫已经用各种卑鄙狡猾的手段积攒了 10 万卢布的财产，三个儿子都已经回到故乡。老卡拉玛佐夫好色成性，越老越放荡，跟城里一个叫格鲁申卡的不正经女人勾勾搭搭，大儿子德米特里也爱上了格鲁申卡，父子间由于一个女人形成紧张的三角关系。德米特里还要求老卡拉玛佐夫把母亲遗产中自己应得的一份全部补给自己，老头子坚决不肯。父子由于金钱和女人冲突激烈。德米特里公开殴打父亲，还多次扬言要杀死父亲。二儿子伊凡也巴望老头子早一点死掉，还希望哥哥和父亲闹得两败俱伤，一条毒蛇咬另一条毒蛇，一起死掉，他就可以多得遗产。另外，他爱上了德米特里的未婚妻卡杰琳娜，兄弟之间也形成紧张的三角关系。德米特里几年前在军队服务时，曾用4500卢布帮助过一个负责财务的中校渡过难关，挽救了他的名誉。他本来想乘人之危，占有中校的二女儿卡杰琳娜，惩罚她的高傲，但在最后一刻，他控制了自己，极有礼貌地把支票交给卡杰琳娜，表现得很高尚。卡杰琳娜后来从父亲处继承到一大笔财产，还了德米特里的钱，还主动和他订婚，做了他的未婚妻。可是伊凡见到卡杰琳娜后爱上了她。他巴不得德米特里和父亲同归于尽，或者德米特里把格鲁申卡搞到手，他就可以得到卡杰琳娜。有一次，卡杰琳娜委托德米特里汇 3000 卢布到莫斯科去，德米特里却和格鲁申卡一起把一半的钱大吃大喝花掉了。他想向父亲要 3000 卢布，父亲拒绝了，而他恰恰从仆人斯梅尔佳科夫那里听说，老卡拉玛佐夫在一个信封里装好了 3000 卢布，以此为诱饵约格鲁申卡来幽会。斯梅尔佳科夫把敲窗的暗号都告诉了德米特里。德米特里妒火中烧，跑出去找格鲁申卡，到处找不到，于是断定格鲁申卡到老头子那里去了。他离开格鲁申卡家的时候，在狂怒中顺手拿走了一根铜杵。他从花园围墙跳进家，溜到父亲房间的窗下，用暗号骗父亲开了窗子，但没有发现格鲁申卡的踪迹。他在月光下看着父亲那可憎的侧影，忽然从口袋里掏出铜杵。同时，这一天，仆人斯梅尔佳科夫正好癫痫发作，在床上大声呻吟，吵醒了老仆人格利高里。格利高里听到主人房里有动静，就起来查看，发现德米特里正往花园围墙跑。老仆人追上去，被德米特里一杵击中倒地。德米特里把铜杵丢下，越墙而逃。老仆人醒来得知老主人已死，房间地板上还有一个空的信封。根据他提供的线索，德米特里当即被捕。但德米特里只承认带了铜杵去父亲房间找格鲁申卡，也打伤了老仆人，但一不承认杀了父亲，二不承认抢了钱。伊凡深知其兄性格，相信他不会撒谎，于是盘问仆人斯梅尔佳科夫。斯梅尔佳科夫是什么人？原来他是老卡拉玛佐夫强奸一个白痴姑娘后生下的私生子，他应该是卡拉玛佐夫家的成员，但实际上谁也不承认他，只把他当仆人使唤。这个人从小有癫痫病，内心阴暗狠毒，对老卡拉玛佐夫尤其怀恨在心。他看准了这家父子间的矛盾，故意向德米特里泄露老头子的秘密，自己假装发病窥视动静。他一看德米特里没有杀父亲，就趁老仆人去追德米特里的机会进屋杀了老卡拉玛佐夫，拿了 3000 卢布，然后回房躺下。杀人抢钱，神经紧张，他的癫痫真的发作了，而且发得很厉害，医生都证明他病情严重，要是他自己不说出来的话，谁也无法证明他是凶手。在伊凡的盘问下，斯梅尔佳科夫说出了一切，并且把 3000 卢布交给了伊凡，伊凡刚离开，他就上吊自杀了。在案件审理过程中，法庭不相信伊凡为兄长做的申辩和提出的物证，因为斯梅尔佳科夫已死，死无对证，3000 卢布本身也并不能证明是斯梅尔佳科夫杀人抢来的钱。开庭审判时，几乎所有证人提供的证词都对德米特里不利，特别是卡杰琳娜。出于报复心理，她提交了德米特里不久前给她的一封信。信中说，即使谋杀父亲，他也要归还她的 3000 卢布。法庭终于断定德米特里犯杀人罪，判处他 20 年苦役。这就是小说的基本情节。

在描写卡拉玛佐夫父子、兄弟之间的矛盾冲突时，陀思妥耶夫斯基淋漓尽致地刻画了人物的意识活动、心理状态。这类心理分析占作品的大部分篇幅，而这类心理分析大部分是人物自己做的，他们自己说出各种最隐秘、最卑鄙的思想和心理活动。大部分人物倾吐心思的对象是小儿子阿历克谢。这是陀思妥耶夫斯基塑造的理想人物，他从小笃信基督，回故乡后就自愿进修道院侍奉佐西马长老，接受他的教诲。佐西马长老在修道院里调解过卡拉玛佐夫一家的纠纷，调解不成功，却发现了这一家将发生惨剧的预兆。他十分喜欢阿历克谢，但不让他进修道院修行，叫他回俗世去，把基督的博爱精神在人世间传播。阿历克谢心灵纯洁，谁看到他就会信任他。性格残暴的德米特里在这个小兄弟面前变得温和了，把他和卡杰琳娜间的秘密往事和心理的矛盾和盘托出，他说是上帝和魔鬼在争夺他的灵魂。伊凡在阿历克谢面前也倾吐一切。在气质上，伊凡和老卡拉玛佐夫最相近，他的生活原则是一切都可以做，一切都可以允许。他不相信任何社会理想，不相信人的社会价值和道德价值。在小儿子面前，连老卡拉玛佐夫都肯透露一切，直率得叫儿子听了脸红。卡杰琳娜也什么都不瞒阿历克谢。她性格高傲，对德米特里又爱又恨，对他冷淡，但始终记得他有过一次高尚行为。伊凡追求她，她爱伊凡，但嘴里总说她爱德米特里。在法庭上，她先为德米特里辩护，后来事情涉及伊凡，她终于抛出了德米特里的信。德米特里被判苦役，她又要伊凡尽一切力量贿赂押送人员，半路上放走德米特里。阴险狠毒的斯梅尔佳科夫在向伊凡承认杀人时，也做了自我心理分析，他仇恨这一家，他不动声色地挑拨德米特里对父亲的仇恨，又把一切想法、一切做法告诉伊凡，因为他知道伊凡心中赞同他这样做。伊凡还再三向他灌输人可以为所欲为的思想，暗示有必要时可以由他了结一切。斯梅尔佳科夫对伊凡说："动手的是我，但真正的杀人犯是你。"每个人物都由于自我分析而使各自的灵魂暴露无遗，深刻的心理刻画使卡拉玛佐夫的家庭悲剧显得更加惊心动魄。

卡拉玛佐夫家的悲剧是贵族资产阶级社会中家庭关系的一种极端表现。陀思妥耶夫斯基本人把这类家庭称为偶然凑合的家庭。情欲和金钱，这两种因素使父子之间、兄弟之间相互仇恨，矛盾尖锐到你死我活的地步。但是这些相互仇恨的家庭成员被一种共同的精神气质紧紧地联系在一起。德米特里虽然没有杀人，但从他平时的行为和道德来说，他完全可能成为弑父凶手。斯梅尔佳科夫谋财害命，嫁祸于人，但在他的头脑中播下犯罪种子的是伊凡，所以斯梅尔佳科夫向伊凡交出 3000 卢布后说："动手的是我，但真正的杀人犯是你。"这种共同的精神气质就是极端的卑鄙无耻、不择手段、满足私欲，这就是所谓的卡拉玛佐夫气质。这一点也是伊凡自己总结出来的。他对阿历克谢坦白说，他生活的动力就是卡拉玛佐夫式的卑鄙无耻。这种卡拉玛佐夫气质是俄国农奴主阶级和新兴资产阶级的种种丑恶、污秽不堪的精神气质的总和。两种社会形态的病毒结出了这样一个毒瘤。这是我们对这部作品所做的历史的社会分析所得出的结论。可是，陀思妥耶夫斯基和我们想的不完全一样。他把卡拉玛佐夫家族看成是整个人类世界的复杂关系的缩影，他认为人的本质是丑恶的，要解开卡拉玛佐夫一家的纠结，只有用基督教的教义和博爱精神。这一点由阿历克谢的形象去体现。小说的结尾是阿历克谢用爱的精神解决一群互相仇视的小孩间的纠纷。陀思妥耶夫斯基还想写《卡拉玛佐夫兄弟》续集来宣扬他的这个思想，但这个意愿没有来得及实现，他于 1881 年因癫痫加重和其他疾病并发去世。

最后谈谈陀思妥耶夫斯基创作的特点和复调小说问题。

一、陀思妥耶夫斯基的思想的矛盾是十分显著的。在他的意识中，经常有两个方面在互相斗争：一方面是宗教思想，另一方面是无神论思想；一方面赞颂苦难，另一方面希望从苦难中解脱；一方面宣传驯良温顺，另一方面同情反叛；一方面对革命恐惧，另一方面完全明白革命不可避免。由此也可以看出，他的作品同时存在人道主义和反人道主义两种相反的倾向。一方面，他向这个建立在人的苦难之上的世界发出强烈的抗议；另一方面，他又崇拜苦难，认为苦难可以净化人的灵魂。一方面，他对贵族资产阶级社会中社会关系的不公正发出抗议；另一方面，他又鼓吹顺从、妥协、和解。一方面，他反对那个创造了如此可憎的世界的上帝；另一方面，他又宣传基督教义，宣传沙皇、正教和人民在基督教精神的基础上的一致。作为一位艺术家兼思想家，陀思妥耶夫斯基始终力图从哲学的高度思考生活中的所有矛盾，而所有问题被他最终归结为承认或者否定上帝的存在，信神或者不信神。他本人最终也得不出一个肯定的结论。这些矛盾共存于陀思妥耶夫斯基的意识和创作中，决定了他的世界观的矛盾，决定了他的现实主义的有力的一面和软弱的一面。

二、陀思妥耶夫斯基的创作最引人注目的是描写人的痛苦。他在描写人的痛苦方面是无与伦比的。这里所说的人，主要是指沙皇俄国贵族资产阶级社会中受压迫的小人物。陀思妥耶夫斯基对社会上贫富悬殊和有权势者对无权者的欺凌与侮辱所造成的痛苦，描绘得异常深刻。这种描写充满人道主义精神和批判黑暗现实的激情。贫苦无告，走投无路，以及个人尊严所受到的凌辱，造成小人物的生活和精神上的悲剧。陀思妥耶夫斯基写这些悲剧的时候，没有一丝一毫的掩饰和调和。他层层深挖，写出了那些被生活压扁的无路可走的小人物的痛苦的哀号和绝叫。他把人物精神上的伤口撕开，一层层剥开来给读者看，他还往伤口里撒盐，既不饶恕自己的人物，也不饶过读者。你不忍心再读下去了，可是陀思妥耶夫斯基强迫你读下去。《罪与罚》中的拉斯柯尔尼科夫就是一例。鲁迅说，这是灵魂的自我拷问。由于这个特点，他的同时代人、批评家米哈伊洛夫斯基称他为残酷的天才。米哈伊洛夫斯基所说的“残酷的天才”的“残酷”一词还有一层意思。米哈伊洛夫斯基说，除了被害者的痛苦，陀思妥耶夫斯基非常喜欢写害人者的快感——那种从残忍地折磨别人的行为中获得的快感。米哈伊洛夫斯基说，在俄罗斯文学中，还没有人分析过正在吃羊的狼的感觉。陀思妥耶夫斯基写得那么细，那么深，几乎是怀着某种爱的感情去分析，去描写的。他深入挖掘狼的心灵深处，寻找其中最微妙、最复杂的感觉。狼在吃羊时不仅仅是口腹的满足，还有折磨弱者时的那份残忍，那份恶毒的快感，在陀思妥耶夫斯基笔下得到淋漓尽致的表现，例如对瓦尔科夫斯基公爵和伊凡·卡拉玛佐夫的性格刻画。

三、陀思妥耶夫斯基笔下的受凌辱的小人物往往发生精神分裂，这是无穷无尽的痛苦和人的尊严受损害所造成的。精神分裂的一方面是自卑感，这种意识导致屈服，忍受苦难，接受基督教的思想，以人的痛苦来赎罪，净化灵魂。精神分裂的另一方面是心灵变得冷酷无情，走向个人主义的反叛，认为强者可以不顾一切，有权犯罪。这两种相反的意识在人物的头脑中激烈斗争，造成人物的精神状态高度紧张，发热病，梦魇，心理变态。往往在人物的两种意识激烈斗争而其中一方占上风时，作品的情节就发生戏剧性的变化。通过对人物的心理矛盾斗争过程的描写来推动情节的发展，这是陀思妥耶夫斯基创作的一大特点。其他擅长心理刻画的作家，往往是在情节发展中刻画人物心理，而陀思妥耶夫斯基是在心理刻画中推动情节，交代情节。陀思妥耶夫斯基往往描写人物精神分裂，从这一点，我们来解释一下虚幻的现实主义这个提法。为什么陀思妥耶夫斯基把自己的现实主义称为虚幻的现实主义？陀思妥耶夫斯基对现实主义的看法与巴尔扎克、屠格涅夫、托尔斯泰不同。他在给斯特拉霍夫的信中说，他对现实主义艺术有自己特殊的看法，大多数人称之为超乎寻常的和虚幻的东西，对他来说，有时则构成最本质的现实。平常的现实，以及对现实通行的看法，他认为还不是现实主义，而且甚至相反。从他的早期作品《两重人格》开始，他在创作中常用虚幻的、怪诞的形式描写主人公的内心分裂，用夸张、怪诞、象征、幻想等形式反映生活中的那些极端的、绝无仅有的、病态的、畸形的乃至令人难以置信的现象，从而达到本质的真实。就如把一只苍蝇放在显微镜下，经过放大，已看不见本来的模样，但是纤毫毕露，甚至连麇集在绒毛上的细菌也清晰可见，也就是说看到了苍蝇的本质。例如《罪与罚》中拉斯柯尔尼科夫的精神分裂，再例如《卡拉玛佐夫兄弟》中这个家族的兄弟之间、父子之间的关系，实为世所少见。这种极端的、畸形的父子和兄弟关系，是被金钱和情欲所毒害的家庭关系的一种夸张的表现。形式是极不正常的，但表现了本质。这就是虚幻的现实主义。一句话，就是以虚幻的、夸张的、怪诞的形式表现现实的本质，陀思妥耶夫斯基称之为虚幻的现实主义。虚幻的现实主义并不是一个正式的文学、文艺学术语。陀思妥耶夫斯基用这个名称来说明自己的现实主义的特点，这是有参考价值的。

四、陀思妥耶夫斯基在现实主义小说中，创造了复调结构。复调是音乐术语，借来说明长篇小说的一种独特的形式。复调是多声部音乐的一种。多声部音乐分两种，一种是主调音乐，即有一个声部的旋律线最强，通常是高音部，处于主要地位，其他声部起衬托作用，以和声的法则为其主要创作技法。平常说的合唱即多声部音乐中的主调音乐。合唱和齐唱是不同的，齐唱是同一个声部，同一个调；合唱是几个声部衬托一个主要声部的主调。复调音乐与主调音乐不同，曲中若干旋律同时进行而组成相互关联的有机整体。在横的关系上，各声部在节奏、重音、力度，以及旋律线的起伏等方面，有其独立性。在纵的方面，各声部彼此形成和声关系。复调音乐以对位法为其主要创作技法。所谓对位法，是使每一个声部具有独立性，同时又彼此和谐协调，组成统一的整体。复调小说结构的意思是说，陀思妥耶夫斯基小说中人物的意识和行为似乎是完全独立的，自成一体，不受作者的统一意识的支配，人物和作者平等。陀思妥耶夫斯基习惯于使众多人物在感情和思想的冲突中表现自己的个性，而他们的争辩、议论、矛盾冲突不受作者的统一意识的制约。有时候作家自己也把自己的声音夹杂在众多的主人公的声音之中，但仅仅作为一种声音参与争辩，而不把自己的声音作为一种基调。这个观点是苏联评论家巴赫金首先提出来的。他在 1929 年发表的《陀思妥耶夫斯基创作诸问题》一书中第一次提出这个看法，认为复调结构是陀思妥耶夫斯基创作的最大特点。他的著作受到了当时的文化与教育部部长、著名学者卢那察尔斯基的赞扬。1963 年，这部著作经过修订再版，改名为《陀思妥耶夫斯基诗学诸问题》，1978 年，出到第四版。1982 年，我国的《世界文学》第四期译介了这部著作的第一章。巴赫金认为，传统的文学作品中的思想通常是独白型的，人物的描写、性格的刻画、行为的显示都是从叙述者即作者的统一意识里出来的，人物的思想观念、行为都紧紧地镶在作者的态度、评价、言辞的框架里。作者是全知全能的上帝，他创造一切。陀思妥耶夫斯基的小说是对白型的小说。小说中的不同思想和行为为各个人物所独有，人物自己的思想有完整的价值，其中不掺进作者的思想。例如，《罪与罚》中拉斯柯尔尼科夫的思想是他自己的，其中没有作者的思想。作者完全客观地写他对世界的看法、对人的价值的看法。这种观点初看来是很奇怪的，明明是出自作家构思的人物，却具有独立的意识，实在有点不可思议。巴赫金的解释是，陀思妥耶夫斯基和其他 19 世纪现实主义作家不同，对陀思妥耶夫斯基来说，重要的不是他的主人公在世界上是什么人，而首先是这个世界和这个人物自己在他自己的意识里是什么样的问题。比如拉斯柯尔尼科夫这个形象，对陀思妥耶夫斯基来说，他的任务不是写他认为拉斯柯尔尼科夫是什么人，而是写出在拉斯柯尔尼科夫看来，世界是什么，自己是什么人。别的作家以描写刻画人为目标，陀思妥耶夫斯基主要写的是人的思想、人的意识，这就需要把作者的“我”限制到最小的程度，而客观地写出别一个“我”，即写出人物的主观世界。陀思妥耶夫斯基努力描绘人的内心的最深之处，但他是在自身之外，即脱开自己的主观感受，让人物挖掘自己的内心深处。陀思妥耶夫斯基认为这是最完全的现实主义。在人的本身发现人，也就是最高意义上的现实主义。他不承认他是心理学家，因为心理学家以自己的观点分析别人的心理，而他让主人公独立地自我暴露自己的心理。中国的研究者往往引用鲁迅的一句话说，陀思妥耶夫斯基是人的灵魂的伟大的审判者。这句话是不错的，但是我们如果从他的创作手法来看，不如说他让人物自己审判自己的灵魂。

巴赫金的著作是由中国学者钱中文首先介绍来的。钱中文在归纳巴赫金的复调理论的观点时，处处以《罪与罚》作为例子，特别是在讲到微型对白时，例子举得很详细。这里不再重复。他另外举的一个典型例子是《卡拉玛佐夫兄弟》中伊凡和斯梅尔佳科夫的一场谈话。我想，若以《罪与罚》为例，应该同意钱中文的两个意见。第一，复调现象主要存在于少数主人公身上，主要发生在一些内心极度紧张，带有一定病态、时乖命蹇的主人公身上。在《罪与罚》中，主要发生在拉斯柯尔尼科夫身上。作品以描写他杀人前后的意识活动为主。在杀人前，他的意识活动主要是他对现实生活的各种刺激的反应。这些刺激促使他去实行早已酝酿好的计划。杀人的步骤是早已想好的，思想上的反复斗争主要是围绕“有无必要杀人、敢不敢杀人、杀人以后自己受得了吗”等问题。杀人之后，他的意识活动更紧张，犯罪的意识和自我辩护的意识没完没了地纠结。另外，他总怀疑别人已发现了他，又不相信别人能发现他。为了证实别人没有发现他，又亲自再三试探去暴露自己。他在折磨人的紧张的思想斗争中发生精神分裂，发热病，做噩梦，下意识地跑到作案之地重新经历一番，体会一番当时的心情。做了这类控制不了自己的蠢事后，又去试探侦察科长波尔菲里是否知道他的活动。这一切都以拉斯柯尔尼科夫自我表现、自我分析的形式出现，他彻底地自我暴露自己的意识。他的思想活动的整个过程在他与波尔菲里的三次谈话中，又被波尔菲里以分析第三者思想活动的口吻揭示出来。在他知道波尔菲里已掌握一切之后，又产生了要不要自首的问题，因为波尔菲里主要从心理分析推断出拉斯柯尔尼科夫是杀人凶手，但手中无任何证据，所以自首还是不自首，又成了主人公自我折磨的问题。关于他有无权利杀人的自我分析就是这时他自己对索尼娅讲的。总之，我们与其说是看到了一个形象，不如说是看到了一种完整的意识，是一个不甘被社会压扁的小人物的个人主义反抗的意识和这种意识的脆弱性。一切都由主人公的自我暴露、自我分析来完成，我们几乎看不到作者的干预。在拉斯柯尔尼科夫之外，我们注意到在别的人物身上，如在母亲、妹妹杜尼娅、索尼娅、马尔梅拉多夫等人身上，这种复调现象就不大明显。

第二，把复调结构过分绝对化，把它说成是绝对脱离作者的独白而存在，是不合适的，也是不符合事实的。《罪与罚》中的一切，实际上还是作者安排的。它与别的小说的不同之处是把一种反抗意识最大程度地、客观地自我显示出来，所以把对白型与独白型说成绝对对立、绝对互相排斥，是不符合实际情况的。作品所写的一切归根结底都是在作者总的艺术构思范围之内的。巴赫金的复调论有一定的独创性，他从形式分析进入内容分析，说出了陀思妥耶夫斯基的创作的独特之处。这个观点在当时的苏联学术界引起争论，也引起西方和我国学术界的注意和兴趣。巴赫金涉及复调论的这本专著现在已经全部译过来了，大家可以读读，一定会受到很大的启发。

陀思妥耶夫斯基对西方文学的影响是巨大的，象征派和颓废派中的一些作家片面地突出他创作中反常的和病态的成分，有些作家学习他的作品的紧张的悲剧性，学习他描绘阴暗心理的技巧。陀思妥耶夫斯基创作的哲理性长篇小说艺术影响了世界上许多作家，但就他们的作品而言，影响也各不相同。受他影响较大的作家有奥地利的茨威格，捷克的卡夫卡，法国的纪德、普鲁斯特、加缪，英国的王尔德，德国的托马斯·曼和亨利希·曼，美国的德莱塞等。关于这些，可参阅《陀思妥耶夫斯基与世界文学》和《陀思妥耶夫斯基的现实主义》等书。陀思妥耶夫斯基的世界观的矛盾使世界上的读者和各种哲学派别对他做出了各种截然相反的解释。一些哲学家把他说成是基督教的传道者，因为他宣传人要为全人类沉重的罪孽受苦受难，宣扬驯服和道德的自我完善等。一些哲学家认为他是尼采思想的先驱，存在主义派承认陀思妥耶夫斯基是他们的老师。今天我们对陀思妥耶夫斯基创作中好的和不足的方面，可以看得比较清楚了，也可以从他的艺术经验中得到某些借鉴。

任何一个读者，拿起陀思妥耶夫斯基的作品，可能赞成，或者反对；可能肯定，或者批判；可能喜欢，或者不喜欢，但绝不会无动于衷。这就是这位作家的力量所在。

第八章　托尔斯泰

列夫·尼古拉耶维奇·托尔斯泰（1828—1910 年）是 19 世纪俄罗斯文学的杰出代表，是享有世界声誉的伟大作家。在世界经典作家的名单上，托尔斯泰总是与荷马、但丁、莎士比亚、歌德、塞万提斯等并列。托尔斯泰享寿 82 岁，从事文学创作活动约 60 年，一生写的作品、草稿、书信、日记共 91 大卷，最后一卷是前 90 卷的目录索引。这 91 大卷，从 1928 年托尔斯泰诞生一百周年开始整理出版，1958 年出齐。面对如此丰硕的、高质量的精神劳动成果，任何一位读者都会心生敬意。托尔斯泰生前对当时的俄国社会影响很大。他不仅用小说、戏剧反映现实，而且发表了大量政论，对社会问题直接表态，抨击农奴制度和专制制度，宣传自己改革社会的主张——托尔斯泰主义。自从长篇小说《战争与和平》发表后，托尔斯泰获得了世界声誉。沙皇虽然恨他，但碍于世界舆论，奈何他不得。所以，当时的一位著名评论家苏沃陵曾感叹说，我们有两个皇帝，一个是尼古拉二世，一个是托尔斯泰。他们两个中，谁更有力呢？尼古拉二世对托尔斯泰是完全无能为力的，他无法动摇后者的宝座。而托尔斯泰毫无疑问正在动摇尼古拉的宝座和他的皇朝。作为托尔斯泰的同时代人，列宁曾经写过 7 篇文章，对托尔斯泰的创作的意义和价值，做过很深刻的分析。列宁称托尔斯泰为伟大的艺术家，并在《列·尼·托尔斯泰》一文中，对托尔斯泰的全部创作的基本内容和意义做了如下的概括：“他作为艺术家的世界意义，他作为思想家和说教者的世界名声，这两者都各自反映了俄国革命的世界意义。早在农奴制度时代，列·尼·托尔斯泰就作为一位伟大的艺术家出现了。他在自己半世纪以上的文学活动中，创造了许多天才的作品。在这些作品中，他主要是描写革命以前的旧俄国，即 1861 年以后仍然停滞在半农奴制度下的俄国、乡村的俄国、地主和农民的俄国。在描写这一阶段的俄国历史生活时，列·尼·托尔斯泰在自己的作品里能以提出这么多重大的问题，能以达到这样大的艺术力量，使他的作品在世界文学中占了一个第一流的位置。由于托尔斯泰的天才描述，一个被农奴主压迫的国家的革命准备时期，竟成为全人类艺术发展中向前跨进的一步了。”[1]

托尔斯泰 1828 年 9 月 9 日出身图拉城附近雅斯那亚·波良纳的一个贵族家庭，继承伯爵爵位。他在喀山大学读过书，1844 年入学，1847 年肄业，离校回到家乡，研究怎样改善自己属下的农奴的生活，同时为了扩大知识面而埋头读书。1851 年春到 1854 年年初，托尔斯泰以志愿兵的身份在高加索服役。在这段时间里，他创作了中篇小说《童年》（1852 年）、《少年》（1854 年），短篇小说《袭击》《弹子房记数人手记》等作品。《童年》和《少年》是托尔斯泰对于自己在幼年和少年时代精神发展过程的回忆。这些作品表现了托尔斯泰从创作活动开始就有的两个特点：一是善于观察及表现自己和他人的心理过程；二是对抽象的纯洁道德的追求。《童年》《少年》和 1857 年完成的《青年》组成托尔斯泰自传三部曲。托尔斯泰从高加索归来后，又被派到与土耳其作战的多瑙河方面军，1854 年 11 月被调到克里米亚参战。亲历塞瓦斯托波尔保卫战的影响使他写出了三篇特写，后来编成《塞瓦斯托波尔的故

[1] 列宁曾写过《列夫·托尔斯泰是俄国革命的镜子》等 7 篇文章，对托尔斯泰创作的意义和价值，做过深刻的分析。本章所引列宁的论述均出自收录这 7 篇文章的《列宁全集》第 16、17 两卷（人民出版社），不一一另注。

事》。托尔斯泰描绘了战争的残酷，表现了普通俄罗斯士兵的英勇。这部作品再次表现了托尔斯泰心理刻画的高超技巧。1856 年，托尔斯泰退伍后，来到彼得堡和莫斯科。当时，社会上正在酝酿改革农奴制的问题。托尔斯泰赞成改良派的方案，即从上到下的改革办法。他把这个方案带到自己的领地上去试行。他一次又一次召集自己的农奴开会，和具有影响力的农奴谈话。当托尔斯泰建议用代役租来代替劳役租，或者用赎买的方式部分地把土地转给农民的时候，他确信自己是在对农奴施加恩惠，可是他们对他的方案的态度非常冷淡，而且也没有做出任何明确的答复。当托尔斯泰进一步试图跟农奴签订一项合同时，这种企图在农奴中间引起了越来越厉害的反抗和仇视的感情。托尔斯泰带着既惊且怒的心情在日记中写道："竟不要自由！"而农奴呢？因为传闻在新沙皇举行加冕礼的时候，全体农奴都将得到自由，甚至还可能不付任何赎金而得到地主的全部土地，所以他们认为，托尔斯泰的那些提议都不过是想欺骗和抢夺他们而已。农奴说，我们是你的，可是土地本来是我们的。这引起了托尔斯泰的反抗。他只准备同意交出部分的土地，而且农奴还必须付赎金。托尔斯泰在给一个朋友弗罗多夫的信中写道："地主的专横，产生了农民的专横。当他们在集会上要我把全部土地交给他们时，我说，这样我就会穷得连一件衬衫都不剩了，他们只是笑笑。但这也绝不能怪他们，事情本来就必然会弄成这样。"50 年代的托尔斯泰仍然站在农奴主贵族的立场，为地主土地占有制辩护。农奴对托尔斯泰的建议的态度，把托尔斯泰弄得既惊恐又恍惚，他感觉到冥冥之中似乎有一只变幻无常的手，它可能在任何一分钟里点起一场叛乱的大火，到那个时候，整个贵族阶级专政的大厦都将被吞没在熊熊的烈火里。托尔斯泰把这一切都归咎于政府，认为它不该始终回避这个头等重要的问题。为了拯救贵族，就必须赶快解放农奴。现在不是纠结历史公正感和阶级利益的时候，应当把整个大厦从每分钟都可能吞没它的那场大火里拯救出来。他说：就我来说，事情已经很清楚。眼前摆在地主们面前的问题是，要性命还是要土地？托尔斯泰已经充分意识到农奴主贵族阶级处境的危机，最后会弄到被割裂惨死为止。

《一个地主的早晨》这部小说反映了托尔斯泰解决农民问题的失败的尝试。小说主人公涅赫留道夫放弃了大学的学习生活，在自己的领地上搞慈善事业。他幻想帮助农民，消除贫穷，让他们受教育，纠正他们的一些不良生活习惯，但农奴对他的提议抱不信任态度。全村最能干也是最穷的楚里斯也不肯接受老爷的恩惠。当涅赫留道夫建议他搬到庄子上新造的砖屋里去的时候，楚里斯嘲讽地说，房子是蛮神气的，就跟监狱一样。农奴由于几百年来受压迫和剥削，把农奴主的每一个建议都当作骗他们上当的诡计。这是毫不奇怪的。这部小说客观上得出一个结论：只要农奴制存在，农奴主和农奴是没有互相接近和信任的可能的。涅赫留道夫整个行善的计划出于一种赎罪的愿望。想到农民的贫困，涅赫留道夫感到良心不安。他行善，即使不是赎自己对农奴犯下的罪恶，也是为了赎父亲和祖父一辈的罪恶。这样，托尔斯泰就把一个社会问题缩小到个人的道德问题。托尔斯泰这个时候基本上还是站在为本阶级寻求精神出路的立场上的。这部小说的特点是很忠实地反映了农奴对事物的看法，说明托尔斯泰熟悉农奴心理。《一个地主的早晨》无疑反映了托尔斯泰在自己解决农民问题的方案失败后，对农奴和土地问题的进一步思考。《一个地主的早晨》并不是一部很成功的艺术作品，但他所提出的问题是托尔斯泰毕生探索的问题。它说明托尔斯泰对当时社会上最重大的问题的关心，说明他对当时社会两大阶级的关系的态度。从这部作品起，我们看到托尔斯泰一生的思想探索围绕三个问题：第一，贵族农奴主和农民的关系；第二，正在发展的俄国资本主义带来的社会变化；第三，道德问题。贵族农奴主阶级的观点和宗法制农民的观点这两种因素在托尔斯泰的世界观中开始发生矛盾和斗争，这种矛盾和斗争最终将使托尔斯泰的世界观发生变化，但这要经过二三十年的痛苦经历之后才能实现。托尔斯泰的一生是在紧张的思想探索中度过的。他在青年时代，有一次写信给他的姑妈阿·安·托尔斯泰娅说："想起来很可笑。我曾经认为，而且您似乎现在还认为可以为自己安排一个幸福的、正直的小天地，以便在其中安静地、没有错误、没有悔恨、没有困惑、悄悄地过自己的日子。不慌不忙，严正有序地只做一些好的事情。真可笑，办不到，老太太。这就像既不活动，又不散步，却想要保持身体健康一样。要正直地生活，就必须挣扎，困惑，追求，犯错误，开始，放弃，再开始，再放弃，还要永远斗争和忍受牺牲。平静，这是精神上的卑贱行为。"[1]

1857年1月，托尔斯泰出国旅行，周游法国、瑞士、意大利北部和德国。中篇小说《卢塞恩》（又译《琉沁》）记录了托尔斯泰旅行的感受。这次旅行的第一站是法国巴黎。起初，托尔斯泰对法国资产阶级社会生活的民主自由很欣赏，他写信给他的国内朋友说，他在这里看到的社会自由，在俄国简直是不能想象的。但是有一次，他在巴黎市区亲眼看见用断头台处决一名犯人的骇人景象。这种平静和方便到极点的杀人方法和像赶集似的涌到刑场上观看杀人的冷漠的观众，使他震惊和愤慨。这种欧洲式的文明的杀人方法，以及这些对杀人如此感兴趣的文明的欧洲人，深深地刺伤了托尔斯泰的道德观念。两天后，他离开法国到瑞士游历。在瑞士，托尔斯泰起初摆脱一切烦恼，到处游山玩水，陶醉在大自然的怀抱里。但是到了卢塞恩，他遇见了一件事，他的心又激动起来，

[1] 贝奇柯夫：《托尔斯泰评传》，吴均燮译，人民文学出版社，1959年，第500-501页。

在事情发生后第三天晚上就动笔写作，花了三天时间完成了底稿。小说采用日记的形式，小说主人公以第一人称“我”，即涅赫留道夫，也就是托尔斯泰自己的身份出现。

> 我到了卢塞恩，下榻在当地一家最好的旅馆瑞士旅馆里。我上楼，走进我的房里，打开临湖的窗子。这是黄昏七点钟。整天下着雨，现在天放晴了。淡蓝色的湖上有几点轻舟，后面拖着一道道正在消失的波浪。湖水静静的，光滑的，像要溢出去似的，在窗前芳草纷披的绿岸间展开，蜿蜒地向前流去。潮湿的鲜绿的湖岸，岸上有芦苇、草地、花园和别墅。再远一点是深绿的、树木繁茂的、有着古堡废墟的陡坡。最远处是一片耸立着离奇的峭壁残岩和暗灰色雪峰的远景。万物都沉浸在柔和的、晶莹的、蔚蓝色的大气中，都被从云缝里射出的落日的光辉照耀着。湖上、天空中没有一丝完整的线条，没有一片完整的色彩，没有一个同样的瞬间。到处都在动，都是不均衡的、离奇变幻的、光怪陆离的阴影和线条的无穷的混合和错综。而万物之中，却蕴藏着宁静、柔和与和谐的美。这种湖光，这种山色和这种天域的美丽，在最初的一刹那，真是使我目眩眼花，心旷神怡。

但是有一样东西忽然和托尔斯泰的视线发生了冲突，那就是湖中横着的一条笔直的、像白棍子一样的花岗石长堤。这是为了迎合英国游客的兴趣，用大笔金钱建造的。这条白棍子一样的人工长堤，粗暴地破坏了大自然的无拘无束的和谐的美。托尔斯泰的视线老是不由自主地和这条人工的、死板的、直得可怕的长堤发生冲突。他讨厌它，他心里只想推开它，毁掉它，就像要把眼睛下面鼻子上那颗黑点擦掉一样。吃晚饭了。旅馆底层是一座富丽堂皇的大厅，里面摆着至少可以容纳 100 人的长餐桌。客人们聚集到一起的沉默的动作持续了三分钟左右。终于，所有的座位都给绅士、太太们坐满了，他们一个个都穿得很漂亮，甚至很阔绰，非常整洁。在瑞士，通常大部分客人是英国人。因此，公共餐桌上的主要特征就是大家保持一种公认的严格的礼节，沉默寡言，不是由于骄傲，而是因为没有必要亲近。客人因为自己的需要得到了适当和愉快的满足而露出自我陶醉的神情。雪白的花边、雪白的硬领、雪白的手，从各方面闪闪发光。而那些脸呢，其中有许多很漂亮，只是现出一种对跟自己没有直接关系的周围的一切毫不关心的表情。那些戴着宝石戒指和半截手套的手，只是为了整理领子，切切牛肉，或者斟酒才动动而已。客人们相互间谁也不看谁一眼。几乎听不见刀叉和盘子里搅动的声音。菜肴每次只吃一点点，豌豆也一定得用叉子叉着吃。侍者们不由自主地被全体的肃静压倒，低声问“你要什么酒”。

每逢吃饭的时候，我总是感到压抑，不痛快，结果变得忧郁起来。这次，没有吃完饭就走出去散步，想借此排除一下郁闷的心情。溜达了一圈，由于黑暗和孤独，阴郁的心情反而越来越浓重。我低着头，转身向旅馆走去。当我看着我脚下的地面，向旅馆走去的时候，一种非常愉快的甜蜜的音乐声突然使我吃了一惊，在一刹那对我起了振奋的作用，好像一道明亮快乐的光辉射进了我的心里。我循着乐声走去，看见旅馆门口围着半圈人，圈子当中一个穿黑衣的流浪歌手正在唱歌。歌手唱得极好。我觉得，这不是歌曲，而是对于声音的轻淡的素描。那六弦琴的令人心旷神怡的和声，那优美轻快的旋律，那衬托在从云间透射出来的月光下的黑衣人的影子。这一切都很奇妙，都有说不出的美丽。在灯火辉煌的旅馆的台阶上、窗子里和阳台上，站着打扮得花枝招展长裙拖地的贵夫人、硬领雪白的绅士们。听众对歌手的表演，不住地低声称赞。一曲终了，歌手摘下帽子，向阳台走近几步，向那批高贵的听众说了几句话，可是周围一片沉默，谁也没有扔一个钱到他的帽子里，只有我给了他几个钱。歌手戴上帽子，又唱了一支他最拿手的民歌，人群中从四面八方传出了赞叹声。歌手唱完了，照样摘下帽子说了几句话，就是在这一次，从这一两百个盛装艳服来听歌的人中，还是没有一个人扔一个钱给他。人群冷酷无情地哈哈大笑起来，向四面八方走散。歌手嘴里嘟嘟囔囔自言自语了几句，转身走了。我完全茫然若失了，不明白这一切是什么意思。我站在那个地方，茫茫然凝视着那在黑暗中渐渐远去的歌手的身影，凝视着那些跟在他后面嘻嘻哈哈散步的人。我感到痛苦、郁闷，尤其是替那歌手，好像是我自己在向人家讨钱，他们什么也没给我，而且嘲笑我一样。我为人群，为自己感到可耻。我激动起来，突然大步向歌手离去的方向赶去，赶上了，向歌手提议到旅馆请他喝酒。歌手犹豫了一下，因为他从来没有踏进过这样豪华的旅馆，但是我坚持请他去，他答应了。我一进旅馆，便向侍者要酒。侍者瞧了瞧我和歌手，什么话也没说就走开了。我找到领班，他一本正经地听完了我的话，从头到脚打量了一番歌手以后，严厉地叫看门人把我们领到左边的大厅里去。这是招待普通人的酒吧间。我坚持非要到那右边招待有钱人的厅里去，我们进去了，在桌旁坐下，旁边一对英国夫妇立即带着厌恶的神情站起来走了出去。喝完了酒，我送歌手走了，回到房间里，思潮起伏，久久不能平静。你们这些自由平等的民族的儿女，你们这些基督教徒，你们这些只不过是人而已的人，怎么能用冷酷和嘲笑来回答一个求乞的不幸者给你们的那种纯洁的快乐呢？他已经付出他的劳动，他给了你们快乐，他要求你们把你们多余的东西给他一点儿，为了你们享用过他的劳力，可是你们却从你们的金碧辉煌的高楼大厦中，带着冷漠的微笑，把他当作古董来观赏。你们一百来位幸福的客人中，肯把一点东西扔给他的人连一个都没有。

这不是虚构，而是确切的事实。这就是现代的历史学家们应该用如火如荼的不可磨灭的文字记录下来的一个事件。这个事件比报章和书籍所记载的事实更重大、更严肃、更有意义。对于金钱统治一切，以金钱来区分人的贵贱的欧洲资产阶级社会，托尔斯泰怒斥道：你们的共和国真是个糟透了的共和国，这就是你们的平等。

读者以为到这里，托尔斯泰对资产阶级社会所发泄的愤慨达到了高潮，作品应该结束了。不！一向习惯于寻根究底思索问题的托尔斯泰进一步想下去。按照他的道德标准，他看到的这件事是恶，这一批来自资产阶级文明最发达的国家的文明的人，却不觉得有什么不好。那么很自然，文明并不是什么好的东西，不是进步的东西。于是，托尔斯泰从这件事进一步否定了整个资产阶级的文明。他想：文明是善，野蛮是恶，正是这种臆想的知识，把人类天性中那种本能的、最幸福的、原始的对于善的需要给消灭了。那么，世界上有没有善和恶的绝对的标准呢？那些英国人认为善的，我认为是恶。那么标准在哪儿呢？当托尔斯泰正在想这一切的时候，从街头夜间死一般的沉寂中，他远远地听见了那个小小的人儿的六弦琴声和他的歌声。不，托尔斯泰对自己说，他没有权利怜悯歌手，他没有权利责备那些英国人。你听，这个歌手正在宁静的夜色中歌唱，他心里没有责备，没有怨恨，没有懊恼。谁知道那些睡在旅馆大厦中的英国人又正在想什么呢？世界本来就是这样安排好的，就是这样既矛盾又和谐地安排好的。安排这一切和允许这一切存在的是那个洞悉一切的神。而你这个可怜虫，却在激动不安，想探讨什么是善，什么是恶。托尔斯泰感叹说，我们有一个，并且只有一个毫无错误的指导者——宇宙的精灵。世界上这一切都是这样安排好的，没有矛盾，只有和谐。唯有你，渺小的可怜虫，鲁莽而又放肆地想要洞悉他的法则和他的意图的可怜虫，只有你才觉得有矛盾。请看，多么特别的思维方式。异常激烈的批判，最后化为乌有。结论推翻前提。典型的托尔斯泰的思想方法。他从现实生活中提出问题，然后把具体问题放到抽象的道德观的范围去思考，最后得出否定自己的批判的荒谬结论。不过，这篇作品反映了托尔斯泰对资本主义的态度。他否定欧洲资本主义社会，认为文明世界不一定进步，世界不一定就这样发展。托尔斯泰对资本主义的不理解和憎恨资本主义的一切发展，在以后的作品中一再表现出来。

1857 年 7 月底，托尔斯泰回国。他创作了短篇小说《三死》和长篇小说《家庭幸福》等作品。《三死》这部作品很特别。他写三种死亡。贵夫人的死是丑恶的，她留恋生命，惧怕死亡。她的生命本来毫无意义，因此，她为生命而拼命挣扎，显得非常丑恶。马车夫，即一个农民的死是平静的，他顺从上帝的意志。还有一棵老橡树的死是美丽的，它是自然的赐予，现在回归自然，它在自然中得到永生。

1861 年，托尔斯泰在国外听到农奴制改革的消息，读到了改革的法令。他凭自己的切身经验，深知农奴是不会满意这种解放的。回国后，他担任了家乡的农奴与农奴主中间的调停人的职务。在执行这个职务的时候，托尔斯泰经常袒护农奴，受到贵族农奴主的攻击。一年后，托尔斯泰放弃了这个职务，专心从事教育工作，为家乡的农民子女办学校，出版教育杂志。托尔斯泰长期住在农村，他很努力跟农民接近。他欣赏农民的劳动生活，认为生活在大自然之中的农民的劳动生活才是最质朴的。他喜欢一个老农民说的一句话，人应该擦着额头上的汗吃面包。他自己参加劳动，他研究农民的心理状态和他们对事物的看法、他们的语言等。他对农民生活的关心、他对体力劳动的喜爱，使他对贵族地主的寄生生活感到厌恶，对贵族在生活中的地位和道德越来越怀疑，这些都是他思想中逐渐积累起来的民主成分。

沙皇政府怀疑托尔斯泰的社会活动和教育工作，1862 年 7 月，趁他离开雅斯那亚·波良纳的时候，下令搜查他的家，但一无所获。1863 年，托尔斯泰发表了中篇小说《哥萨克》和短篇小说《波里库什卡》。《哥萨克》中，贵族青年奥列宁厌倦了空虚无聊的贵族上流社会的生活，来到没有沾染贵族社会虚伪文明的边远蛮荒地区。他生活在哥萨克中间，企图把自己改造成一个哥萨克。他爱上了哥萨克姑娘玛丽亚娜，另外有一个哥萨克鲁卡什卡也爱上了玛丽亚娜。有一次，哥萨克和车臣人发生冲突，玛丽亚娜为村里伤亡的哥萨克而悲痛哭泣，奥列宁却为情敌鲁卡什卡重伤而高兴，村里人和玛丽亚娜都用鄙夷和厌恶的眼光看他。贵族社会培养出来的自私的卑微的感情，在奥列宁身上根深蒂固。他在淳朴的哥萨克人中生活不下去了，终于又回到彼得堡。在这部作品里，托尔斯泰力图表现的是，离文明社会越远，离大自然越近的人越纯朴。改造社会从道德开始，贵族要平民化，而最大的障碍是贵族阶级道德的劣根性。怎样消除这种劣根性？托尔斯泰只提出一个抽象的说法：道德的自我完善。

1863 年到 1869 年，托尔斯泰创作了长篇巨著《战争与和平》。这部作品取材于 1812 年俄法战争，共 4 部，12 卷，外加第一个总结和第二个总结，共140万字。这是一部史诗规模的宏伟作品，是艺术的战争编年史。是什么动机促使托尔斯泰写这样一部宏伟的作品呢？农奴制废除后，俄国资本主义迅速发展，旧的社会结构日趋瓦解，新的社会结构还不知道该怎样安排。俄国往哪儿去？俄国的前途由谁，即由哪个阶级来决定？这一些重大的问题引起了托尔斯泰的思考。在这个历史关头，和贵族阶级传统有着牢固联系的托尔斯泰一方面出于阶级本能，另一方面出于对资本主义的恐惧，仍然把希望放在贵族阶级身上。他想以1812年反拿破仑的卫国战争来说明贵族阶级对国家命运能够起决定作用。按他最初的构思，他企图把这部作品写成几个贵族家庭在19世纪初的生活史，题名《皆大欢喜》。他想通过贵族家庭的生活史，来反映整个时代的面貌，说明贵族阶级在国家存亡的关键时刻，能够发挥决定性的作用。但是在创作过程中，托尔斯泰认真研究历史档案和其他材料，深入生活做实地调查，掌握了大量的史实。这些史实给他以深刻的启示，迫使他客观深入地重新考虑1812年战争的性质和推动历史发展的法则。他终于了解并理解到，在1812年民族存亡的关键时刻，拯救俄国的是人民和贵族中的优秀分子。这些贵族中的优秀分子由于接近人民，和人民采取了一致的爱国行动，才发挥了作用。这些认识彻底改变了他的构思，决定了作品的主题，极大地增加了他的世界观中的民主主义因素。他从逝去的历史影像里透视当代的问题，对俄国的前途问题、人民的历史作用问题、农民问题、贵族阶级的出路问题等，逐渐获得新的认识。托尔斯泰写历史题材是为了解决和阐明他对当代社会问题的看法，但是他并不是给历史人物穿上现代人物的服装，说现代人的语言，发表对当代社会问题的看法，而是真实地再现那个充满戏剧性冲突的重要历史时代，让历史显示它的真正的面貌，让历史自己来回答它本身发展的问题。那么，《战争与和平》的主要思想是什么呢？这部作品通过描写人民在1812年反侵略战争中的丰功伟绩，肯定人民在历史发展中的巨大作用。在《战争与和平》里有一段插话，托尔斯泰把人民的力量形容为在历史的海面上航行的大船，当历史的海面风平浪静的时候，统治者在他那用钩、篙搭在人民的大船上的单薄的小船里动来动去，自以为是他的努力在推动他搭着的大船。但是，一旦来到了历史的转折关头，暴风雨发作，海面开始起伏，大船凭它那巨大的动作独立地移动，小船的钩、篙再也搭不到那条移动着的大船，于是，突然间，统治者就变成一个无足轻重的、没有用的软弱的人了。这段话像一幅粗线条勾勒出来的速写图，生动地画出了人民和统治者在严峻的历史关头所显现的形象，足以概括《战争与和平》的艺术构思和主要思想。关于《战争与和平》的主题，文学史家和评论者似乎并没有多大的分歧。问题在于托尔斯泰赋予人民的历史作用这个说法的具体的内涵。我们应该通过对作品的分析，弄清楚在艺术形象中体现出来的这个思想，究竟包含什么内容，和历史唯物主义关于人民在历史上的作用的观点有什么不同之处。《战争与和平》从 1805 年彼得堡贵夫人安娜的贵族沙龙谈论对拿破仑作战的新闻写起，描写了 1805—1807 年在国外的战争和 1812 年保卫俄国本土的战争。具体说来，描写了在国外的申·格拉本战役、奥斯特里茨会战、1812 年法军入侵俄国、鲍罗金诺会战；描写了法军如何逼近莫斯科，库图佐夫如何坚壁清野，主动放弃莫斯科，法军占领莫斯科，莫斯科大火，战局发生转折，人民游击战争兴起，法军全线溃退，拿破仑撇下部队，逃回巴黎。最后写到 1820 年贵族改革运动的酝酿为止。主要情节线索由包尔康斯基、罗斯托夫、别祖霍夫、库拉金四个贵族家庭的主要成员在战争与和平的环境中的活动连接起来。我们看到，就连拿破仑和亚历山大皇帝的活动，除作者的直接叙述外，都是通过安德烈、彼埃尔和罗斯托夫等人的观察表现出来的；许多战争场面也是从这些主人公的观察和体验的角度写出来的，如申·

格拉本战役、奥斯特里茨会战是从安德烈的观察的角度描写的，鲍罗金诺会战是从彼埃尔观察的角度描写的。

在《战争与和平》中，战争场面与和平生活场面交叉描写。在第一、二部中，和平生活场面占的篇幅相当大，但是，战争已经介入和平生活，和平生活与战争发生联系。在第三、四部中，当战争已在俄国本土进行时，所有人都被卷入这场空前规模的民族战争，在战争中受到考验，显示出每个人的真正面目。所以，战争是这部作品的中心。在这场战争中，人民（下级军官、士兵、老百姓）和与人民采取一致的爱国主义立场的贵族优秀分子是主角，战争中最勇敢的行动和自我牺牲的行为都是属于他们的。我们看到，托尔斯泰对 1805 年至 1807 年的战争和 1812 年的战争的描写是不同的。前一场战争在国外进行。申・格拉本战役和奥斯特里茨会战都失败了。反法联军指挥部意见不统一，调度混乱，指挥不当，像库图佐夫这样经验丰富的老将都无能为力。士兵不知道为什么到国外去打仗，士气不振。一种不愉快的、杂乱无章的感觉传遍了整个队伍。联军在阵前一触即溃，全线败退。就在这大混乱的时候，还是一些普通士兵表现出临危不惧的精神，坚守阵地，减少了损失。如在申・格拉本战役中，图辛上尉领导的炮兵联队，在孤立无援的情况下独立作战，吸引了法军的主力，掩护了整个部队后撤。图辛貌不惊人，朴素单纯，炮火中根本不知道恐惧为何物。司令巴格拉齐昂的副官去传达撤退命令时，看到他们阵地上血肉横飞的景象，吓得拨转马头就逃。安德烈再度去传达命令时，看到他们英勇作战的景象，十分感动，克服了自己的恐惧心理，和他们一起从容撤退。就是这样一个英雄连队的连长、小个子上尉图辛在指挥官面前根本不提自己连队的功绩。当巴格拉齐昂问他为什么丢了两门炮的时候，他甚至不会为自己辩护，幸亏安德烈替他说明了真相。连队士兵牺牲一半以上，两门炮是被法军炮火摧毁的。

安德烈还激动地说，今天俄军转危为安，全靠图辛连队的掩护。托尔斯泰对保卫俄国本土反抗拿破仑侵略的战争的描写，就完全不同了。拿破仑 50 万大军在欧洲没有遇到敌手，如今以雷霆万钧之势向俄罗斯袭来。法军偷渡聂门河，沿斯莫棱斯克大道直扑莫斯科，但是在鲍罗金诺第一次遇到顽强的抵抗。俄国人民和军队同仇敌忾，奋起反击侵略者。保卫莫斯科大门的鲍罗金诺会战是卫国战争的转折点，士兵们都理解这次战役对祖国存亡的决定性意义。爱国主义情感使他们从容地做好准备。战役前夕，彼埃尔来到前线，他看到这里没有一丝一毫的惊慌、混乱和紧张，士兵和老百姓都在平静地迎接决定性的明天的到来。一队骑兵唱着跳舞的歌曲走上战场，迎面而来的载有伤员的大车并没有影响他们的情绪，他们不去想那等着他们的是什么，这些人中间注定会有两万人要死。农民义勇军做好了明天赴死的准备，他们穿上了干净的白衬衫，戴上了有十字架的帽子。他们一边高声谈笑，一边修工事。这一天，太阳特别亮，教堂的钟声听起来也特别欢快。这就是托尔斯泰笔下的鲍罗金诺会战前夕人民的精神面貌，这就是这场大战役爆发之前的一支高昂明朗的序曲。

《战争与和平》中关于人民在历史上的作用的思想，也体现在对贵族阶级，特别是对四个贵族家庭及其主要人物的描写中。托尔斯泰把接近人民的程度和对卫国战争的态度作为衡量贵族阶级人物的标准。他毫不留情地揭露了贵族官僚集团的卑劣行为。当国家处于危亡关头时，他们仍旧过着糜烂的生活，仍然像以往一样进行争夺权力的斗争，这种斗争甚至反映到总司令部。他们排挤爱国将领，把战争当作赌注，用来猎取功名富贵。四个贵族家庭中的库拉金一家和贵族官僚集团关系密切。库拉金公爵是上流社会的代表，在官场上追逐名利，阴险狡猾。他贪图钱财，想方设法要把女儿爱伦嫁给莫斯科首富彼埃尔·别祖霍夫伯爵。

爱伦是有名的荡妇，她的客厅是法国派的集中地，她和那些臭味相投的客人公开称颂拿破仑，嘲笑莫斯科人的爱国精神。库拉金两个儿子过着腐朽的生活，这一家人精神空虚，道德堕落，根本不把国家和民族的利益放在心上，和人民群众格格不入，是托尔斯泰鞭笞的对象。罗斯托夫、包尔康斯基和彼埃尔三家是托尔斯泰肯定的贵族。罗斯托夫一家是庄园贵族的典型，托尔斯泰把他理想的封建宗法式的亲属之间温情脉脉的关系，赋予了这一家人。托尔斯泰把这种关系甚至扩大到他们与农奴的关系。这一家为人厚道，与人民接近，有强烈的民族感情。长子尼古拉自始至终参加了战争，他对皇帝抱着天真的崇拜的态度。幼子别加年仅十五，决心要参军，后来在游击队中作战牺牲。女儿娜塔莎是作品的主要人物之一。托尔斯泰在她身上塑造了一个充满生命活力的少女的形象。她在感情生活上曾经有过迷误，精神崩溃，差点自杀。后来在战争中找到精神寄托，获得新生，最终成为托尔斯泰理想的贤妻良母。托尔斯泰在她身上表现了他当时的妇女观。安德烈·包尔康斯基和彼埃尔·别祖霍夫是另外两个贵族家庭的代表，是托尔斯泰笔下的贵族阶级的优秀分子，是他理想的贵族青年。当他们在战争中与人民和普通士兵接触后，人民的淳朴而高尚的道德品质教育了他们，人民的爱国主义行为激励了他们，使他们逐步克服鄙视人民的贵族心理和阶级偏见，丢掉个人主义的虚荣观，把身心献给祖国，找到了生活的意义。《战争与和平》中的许多重要的战争场面都是通过他们的观察和叙述描述出来的。我们还应该注意，这些形象也反映了托尔斯泰独特的道德观，如：自然永恒人生短暂的悲观主义，自然伟大、人生渺小的虚无主义，还有关于宽恕一切人的博爱教义。安德烈在战争中两次受伤。第一次在奥斯特里茨会战中，他在一片混乱中，为虚荣感所驱使，举起军旗带头冲锋。受伤倒地后，他仰望天空，天空是那么安静，那么和平，那么庄严。与崇高的天空相比，人类无谓的忙乱、互相残杀和个人的虚荣心是多么渺小。安德烈想："我怎么先前没有看见这个崇高的天空呢？我终于发现了它，我是多么快活啊。是的，除了这个无垠的天空，一切都是空的，一切都是假的。除了这个天空，一无所有，一无所有。除了平静与和平，没有别的。感谢上帝！"他在鲍罗金诺战斗中受重伤后，偶然遇见了曾企图诱拐他的未婚妻的阿那托里·库拉金。库拉金被锯断了一条腿，安德烈对他产生了同情和怜悯，饶恕了他。在思想和感情变化之后，他临终时信仰了基督教的博爱主义。

彼埃尔，这个戴着近视眼镜的大胖子，是《战争与和平》中最生动的形象之一。他是个私生子，但是他是他父亲的唯一继承人，继承了巨额财富。他厌恶上流社会，不安于寄生生活，不断探索人生的意义和生活理想，想成为纯洁高尚的人，但是由于意志薄弱，缺乏自制力，经不起上流社会生活的诱惑，往往陷于失望和悔恨中。他加入过共济会，后来又因失望而离开。他也在自己的领地上试行解放农奴，但没有成功。他彷徨苦闷，法军的入侵激发了他的爱国热情。他不是军人，但极想亲眼看看战争。他在鲍罗金诺战场上亲眼看到了广大士兵和老百姓的英雄行为，内心受到很大的震动。对战争的直接观感唤起了他改变全部生活的愿望和为祖国献身的决心。在战斗的紧急关头，他自动投入战斗。莫斯科陷落后，他决心留在城里，准备刺杀拿破仑，为祖国和人民的灾难复仇，不幸被俘。在俘虏营里，彼埃尔过着和被俘群众一样的艰苦生活。他光着脚，满头虱子，浑身又脏又臭。民族的灾难，个人的痛苦遭遇，使他懂得了真正的爱和恨。他结识了一个俘虏——农民普拉东·卡拉达耶夫。这个人随遇而安的处事态度，对他产生很大的影响。在俘虏营的环境中，他很容易接受上帝安排一切的宿命论观念，因为这使他的痛苦得到缓解。他在押解途中听卡拉达耶夫讲故事（就是后来写的《天网恢恢》），那里边说的平静地接受无辜的罪名和永远宽恕别人的精神，使他心平气和地忍受俘虏生活。彼埃尔后来被游击队救出。在作品的最后，他正在酝酿组织秘密团体。贵族阶级中的有识之士，经过反侵略战争，不可能再对农奴制度和专制制度无动于衷，从他们中间，合乎规律地产生了此后的十二月党人。托尔斯泰在彼埃尔的形象和最后的活动中暗示了这一点。以上就是对《战争与和平》的思想内容和主要人物形象的认识。

《战争与和平》的艺术成就很高。

一、《战争与和平》是世界文学中描写战争题材的典范性作品。托尔斯泰不是仅仅写你一枪我一刀的战斗场面，他从广阔的角度来认识战争，开掘题材。他通过对战争的描写，展开关于战争与社会、民族，以及个人命运等问题的思考。他从广阔的角度透视战争，把战争和整个国家的社会生活的各方面联系起来思考和表现。他又把战争与关于历史发展规律的思考结合起来，加深了作品的哲理深度，得出的结论虽然可以商榷，但提供的艺术经验是值得借鉴的。《战争与和平》既深且广地概括了社会生活，立意高，气魄大，成为 19 世纪上半叶的俄国社会历史的长卷和风俗画，成为有高度历史价值和文学价值的民族文化财富，对全世界的读者也具有极大的认识价值和审美意义。

二、托尔斯泰在历史的运动中描写历史事件。在《战争与和平》中，历史不是凝固不动的，历史事件不是孤立的。读这部小说的时候，我们感到时间的流动和历史的步伐，它从 1812 年之前的时期走来，又向 1812 年之后走去。我们常常习惯把历史比作长江大河。我们在读《战争与和平》的时候，就仿佛在观望一条奔流不息的长江大河中的一段，从这儿到那儿。我们明白，这事件并不是起于作品的开端，也不是终于作品的结尾，小说结束了，但历史没有停步，新的历史事件正在酝酿，它是由小说描写的事件导致的必然后果。这种历史的运动感、发展感是这部历史题材小说的突出成就和经验。

三、这部史诗规模的作品，反映的生活非常广阔，同时又把生活描绘得非常精细逼真。一方面做了高度的概括，另一方面又保持着生活本身一样的复杂和丰富。托尔斯泰描写了 1812 年战争中一些很不容易描绘的大事件、大场面，写得有声有色。对于和平环境的日常生活的描绘也非常细致生动，十分吸引人。《战争与和平》扩大了艺术作品反映现实的可能性，显示了现实主义艺术反映复杂生活的巨大能力。托尔斯泰所描写的战争场面与和平生活的场景，以至于风景，都是反映在人物心灵中的场面、场景和风景。他描写战争和历史事件，主要是写出它们给予书中人物的印象。申·格拉本战役主要是写这一次战役给予安德烈的印象，奥斯特里茨战役是写这些战役给尼古拉·罗斯托夫的印象。拿破仑的形象是通过安德烈的印象写的。沙皇亚历山大在莫斯科的露面，是通过别加的狂热来表现的。托尔斯泰描写安德烈两次看见一棵老橡树和月夜偶然听到娜塔莎和她姐姐的一场谈话，是十分著名的。给读者的感觉是，仿佛那不是托尔斯泰描写老橡树和月夜，而是老橡树和这一个夜晚给予安德烈的印象。总之，托尔斯泰从不纯客观地描写场面、场景和风景，而总是与人物结合起来写，写出这些给人物的印象和感受。

四、《战争与和平》写了 559 个人物，其中的主要人物每一个都有自己独特的面貌、独特的生活、独特的感受和独特的语言。真正令人佩服和惊讶的是，托尔斯泰能使我们看到一个个人物的成长。第一卷里，娜塔莎抱着一个洋娃娃走进客厅，结尾处，她做了母亲。确实是同一个娜塔莎，但又不是同一个娜塔莎。人物成长了，经历了命运的考验，已经不是从前那个小娜塔莎了，但仍然是娜塔莎，而绝不是别人。其他人物也如此，我们看见尼古拉的成长、彼埃尔的变化，看到老包尔康斯基一天天老起来。还有令人佩服和惊讶的是，托尔斯泰竟然写出有血缘关系的人的家族的相似点。包尔康斯基父子两人各有个性，但明明是父子，都有包尔康斯基家的气质。罗斯托夫一家，个人差异很大，但都有罗斯托夫家族的气质。至于托尔斯泰对人物心理的描写，我们到本章最后做总结时再谈。托尔斯泰开创了描写战争中的人的传统。在《战争与和平》中，对历史事件和场面的高度概括和对人物心理的细腻的描述与剖析和谐地统一起来了。说得更确切些，托尔斯泰把历史事件因素和人物心理因素结合起来，即历史事件是人物心理反应中的事件，人物心理是处于历史事件中的心理。另外，托尔斯泰还写了群众的心理和集体心理，如奥斯特里茨战役和申·格拉本战役中士兵的心理和鲍罗金诺战役中群众和士兵的心理。

《战争与和平》一出版，立即为托尔斯泰赢得了世界声誉。写完《战争与和平》之后，托尔斯泰进一步研究俄国历史。他对历史学家索洛维耶夫的著作《历史》一书，表示了这样的看法：当你读那部历史的时候，你就会不由自主地得出这样一个结论，那就是俄国历史只不过是一连串不像话的丑事。但一连串的丑事怎么能创造出一个伟大而统一的国家呢？就这一点就足以证明，历史并不是由政府创造的。除此之外，当你读着关于掠夺、战争、毁坏等的记载时（历史上就一味讲的是这类事情），你就不由自主地会产生一些问题，究竟掠夺些什么？毁坏了什么？随即又由这些问题产生另一些问题。这些被毁坏的东西究竟是由谁生产的？谁用粮食来喂养这批人？怎样喂养法？谁制造出那些皇帝贵胄用来穿戴夸耀的锦缎丝绸呢绒？谁捕捉那些用来赠送给使臣的玄狐黑貂？谁锻冶黄金和铁？谁喂养马匹和牛羊？谁建造房屋、宫殿、教堂？谁搬运货物？谁抚养和教育这些同根的弟兄？谁保存宗教圣物和民间诗歌？这无疑反映了托尔斯泰对贵族和人民这两者在历史上的作用的看法。

60 年代末，托尔斯泰埋头办农民教育，编启蒙课本。1873 年至 1877 年，托尔斯泰创作了长篇小说《安娜 · 卡列尼娜》。在分析这部作品的时候，我们首先要注意以下几点。

第一，1861 年农奴制改革后，资本主义在俄国得到比较迅速的发展。资本主义关系开始侵入俄国社会生活的各个方面，影响着整个上层建筑，动摇着贵族阶级的传统的道德观念。个性解放、个性自由这种新的道德观和价值观在悄悄地潜移默化地深入人的思想意识和人与人的关系之中。《安娜 · 卡列尼娜》反映的正是 1861 年农奴制改革后的社会生活和气氛。小说中一位主人公列文说的一句话可以说明 1861 年之后俄国社会的特征。这句话就是："在我们这里，一切都刚刚翻了一个身，一切都刚刚开始安排。"那翻了一个身的就是农奴制，以及与之相适应的整个旧秩序，包括道德观念；那刚刚开始安排的就是资本主义制度，以及与之相适应的整个新秩序。在这个一废一立的过程中，社会充满了动荡不安的气氛。《安娜 · 卡列尼娜》就很好地体现了这种气氛。这部小说有两条情节线索，一条是安娜的故事，另一条是列文的故事，两条线索都体现了这种动荡不安的气氛。小说一开头就写道："幸福的家庭都是相似的，不幸的家庭各有各的不幸。奥勃朗斯基家里，一切都混乱了。"这段话提示了整部小说的气氛。

第二，托尔斯泰在创作《安娜 · 卡列尼娜》的时候，正处于世界观发生变化的前夕。托尔斯泰由于十分关心社会问题，又长期生活在农村，农村生活的深刻的矛盾给了他很大的刺激。他为自己的寄生生活方式感到羞耻，赞美并向往农民的劳动生活和劳动者传统的道德。在他的世界观中，贵族阶级的因素和民主主义的因素经过长期的矛盾斗争，民主主义因素逐步占上风。量变到一定程度，就要发生质变。在《战争与和平》中，他还寄希望于同人民接近的贵族阶级中的优秀分子，在《安娜·卡列尼娜》中，他已经开始用农民的眼光来评价贵族和资产阶级化的贵族的生活方式了。这一点对于理解这部作品非常重要。

第三，上文提到，《安娜·卡列尼娜》有两条平行的情节线索，一条是安娜的故事，一条是列文的故事。两条线索由一个内在的思想连接起来。这个内在的思想是什么？我们在下面再解释。安娜是一个古老的皇族的后裔，从小由姑妈抚养长大。她在少女时代就按老姑妈的意志嫁给了比她大二十岁的卡列宁。卡列宁是当地的省长，安娜的姑妈是富裕的贵族。卡列宁几次拜访过这个家庭之后，老姑妈通过熟人向他暗示，他经常出入这个家庭而不向这家的姑娘求婚，是有碍于他本人的名誉，特别是有碍于这家姑娘的名誉的。这样，卡列宁就只好求婚，安娜也就在毫无爱情可言的情况下嫁给了卡列宁。他们结婚八年，遵循着上流社会的习俗，维持着一个体面的贵族家庭的形式。卡列宁是沙皇政府中的一个重要的部长。他一辈子在官场中度过，功名心吞噬了他身上的其他情感。他自信、冷漠、刻板。他一生和公文打交道，他本人就像公文一样索然无味。安娜说他不是人，不是男人，只是一架部里的机器。可是这架机器是政府的一个重要的部长。小说描写了卡列宁的公务活动，主要是他和另一个部长的矛盾。他领导的那个部所管辖的一个省的农田灌溉工作耗费大量的资金而无成效，对方要借此整他。而卡列宁则指责对方负责处理非俄罗斯族人生活有问题，组织人暗中调查，搞黑材料，作为对抗。双方都为了升迁而想战胜对方，使出各种各样的手段。功名，这就是卡列宁全身心追求的东西，就是他的全部公务活动的目的。关于这些，托尔斯泰在小说中以嘲讽的口吻做了细致的描写。卡列宁对家庭尽了他应有的一切义务，在这方面是无可指责的。但是，他把家庭只看作由宗教把夫妇双方联系在一起的纽带。至于感情这个领域，对于他实在是太陌生了。当他第一次警告安娜要检点自己的行为的时候，从他嘴里那么困难地吐出“我是你丈夫，我爱你”这几个字，而这个“爱”字激起安娜的反感。她想，哎，他能够爱吗？假使他没有听到过有爱这么一种东西，他永远不会用这个字眼吧。爱是什么？他连知道都不知道。小说开始的时候，安娜从莫斯科到彼得堡去调解他哥哥奥勃朗斯基的家庭纠纷。安娜以她的真挚的同情心和关怀，把她的嫂子劝得回心转意，与丈夫和解了，使一个濒临破碎的家庭重新弥合了。可是，彼得堡之行却引起了安娜本人感情生活的波动。在彼得堡车站上，她偶然遇见了年轻英俊的军官沃伦斯基伯爵。沃伦斯基是来接他的母亲的，老伯爵夫人正好和安娜坐在同一节车厢里。

> 沃伦斯基跟着列车员登上车厢，在入口处站住了，给一位下车的太太让路，沃伦斯基凭他丰富的社交经验，一眼就从这位太太的外表上看出，她是上流社会的妇女。他道歉了一声，正要走进车厢，忽然觉得必须再看她一眼，那倒不是因为她长得美，也不是因为她整个姿态所显示的风韵和妩媚，而是因为经过她身边的时候，她那可爱的脸上现出一种异常亲切温柔的神态。他转过身去看她，她也向他转过头来，她那双深藏在浓密睫毛下闪闪发亮的灰色眼睛友好而关注地盯着他的脸，仿佛在辨认他似的，接着又立刻转向走进来的人群，仿佛在找寻什么人。在这短促的一瞥中，沃伦斯基发现她脸上有一股被压抑着的生气，从她那双亮晶晶的眼睛和笑盈盈的樱唇中掠过，仿佛她身上洋溢着过剩的青春，不由自主地忽而从眼睛的闪光里，忽而从微笑中透露出来。她故意收起眼睛里的光辉，但它违反她的意志，又在她那隐隐约约的笑意中闪烁着。

安娜的容貌和风姿，尤其是那被压抑的生命力赋予她的表情的那种特殊的美，把沃伦斯基完全吸引住了。他开始热烈地追求安娜。安娜的出场显示了托尔斯泰的卓越的技巧。他不是静止地，而是在人物的动态中描写人物的外貌。他不仅写了安娜的动态，而且结合内心活动描写外貌，写了精神状态在外貌上的反映。她一回头，短促的一瞥，她的笑容和眼神中无法抑制地流露出的那股被压抑的生气，给沃伦斯基，也给读者，留下了难忘的印象。这个充满生命力的形象，几乎带着活人的嘘息，仿佛随时都可能从书本上走下来。她的精神状态赋予她一种引人注目的特殊的表情，这种特殊的表情暗示她的生活有某种难言之隐。为什么有一股被压抑的生气？为什么洋溢着过剩的青春？托尔斯泰曾通过沃伦斯基和吉蒂的眼睛六次描写安娜脸上流露出的那股压抑不住的生气，又两次描写安娜在同卡列宁独处的时候，那股蓬勃的生气消失不见了。外表平静的夫妇生活，对安娜说来，实际上是一种日常的不露痕迹的精神压迫。所有这些描写都强调安娜在沃伦斯基的追求下感情爆发的必然性和合理性。沃伦斯基的追求唤醒了安娜沉睡已久的感情要求，她终于感到自己应该有权利按照自己的愿望去生活。安娜后来曾对她嫂子说：“我不过要生活，我有权利这样做。”一个被虚伪的合法婚姻长期束缚的妇女，现在向生活要求她自己应得的一份权利，她希望自己的生活表里如一，爱是真正的爱，笑是真正的笑，所以她的感情要求是严肃的。她和沃伦斯基的关系越来越密切了，可是她的心里也越来越不安了。首先，由于传统的道德观念束缚，她觉得自己的幸福是不可饶恕的，她是一个有罪的妻子。其次，她不能忍受眼前这种既和丈夫生活在一个屋檐下，又和沃伦斯基偷偷约会的状态。要爱，就要公开地爱，光明磊落地爱，因为爱情对于她不是贵族上流社会妇女的逢场作戏。虚假的局面终于无法继续下去了。在一场军官赛马中，沃伦斯基在跳越最后一道障碍时摔了下来，安娜简直无法掩盖自己的惊慌，失去了常态，在整个上流社会和卡列宁面前暴露了自己的感情。在回家的马车上，安娜把一切都说了出来。卡列宁有什么反应呢？他要求安娜严格地遵守外表的体面，直到他可以采取适当的办法来保全他的名誉，而且把那办法通知安娜为止。他考虑了解决这个难题的种种办法。决斗，他一想起手枪对准自己的情景就毛发悚然，而且他认为他的朋友们不会让他这样一个重要的政治家用生命去冒险。离婚，这也不行，因为事情一弄到法庭上，家丑就外扬了。最后，他写信给安娜说："我总觉得自己没有权利割断由神力把我们联系在一起的那根纽带。家庭不能被反复无常、任性妄为，甚至夫妇间的一方的罪恶所破坏，我们的生活应该照过去一样继续下去。"这就是说，要把安娜继续置于虚伪的、可耻的状态。难怪安娜读完信后感到浑身发冷，一个出乎她意料的可怕的不幸临到了她头上。她把信给沃伦斯基看，沃伦斯基其实心中早已想过他们的处境。

沃伦斯基由于和卡列宁夫人的风流艳事而轰动了上流社会。在上流社会，把别人的妻子当作情人，或者背着丈夫偷情是习以为常的事。由于卡列宁的地位，沃伦斯基和安娜的关系更使沃伦斯基得意。如果一切保持原样，那么这种关系对他没有任何坏处；如果公开他与安娜的关系，那么他在上流社会就待不住了，他的前途也完了。所以当他读完安娜给他看的信以后，虽然他嘴里说，这种处境绝不能继续下去，他的眼中却没有坚定的神色。安娜立刻看出了这一点，她感到非常失望，可是怎么办呢？沃伦斯基的爱情对她来说是生活的唯一支柱了。不久，安娜临产了。这是她和沃伦斯基的孩子。安娜生产时得了产褥热，濒于死亡的边缘。她在昏迷中觉得这是上帝对她的惩罚。她请求卡列宁饶恕，请求把沃伦斯基叫到床前，请求卡列宁宽恕他，请求两个人在她临死前和解。卡列宁为自己饶恕仇敌的宗教精神所感动，握住了沃伦斯基的手。沃伦斯基在痛苦和羞辱之下，回家开枪自杀。可是安娜从死亡线上挣扎回来了，沃伦斯基也没有打中自己的心脏，侥幸活了下来。逐渐恢复健康的安娜也逐渐恢复了她对卡列宁的反感，她在精神上被卡列宁的宽大压倒，但无法消除自己对卡列宁的厌恶。终于，她下了决心，忍受着与儿子分离的痛苦，跨出了卡列宁的家，与沃伦斯基出国去了。安娜不愿意隐瞒自己的感情要求，公然向贵族上流社会虚伪的道德挑战，这就引起了整个贵族社会的谴责。莫斯科的贵族社会是由三个集团组成的。第一个是以卡列宁为代表的政府官僚集团。第二个是以莉蒂娅·伊万诺芙娜伯爵夫人为中心的集团，这是一批有势力的高等贵族，他们自称为彼得堡社会的良心。他们和官僚集团保持密切的关系，实际上是以他们的权势影响着官僚集团。卡列宁就是靠这个集团的帮助发迹的。第三个集团是地道的社交界，跳舞、宴会和华丽服装的集团。这个集团紧紧抓牢宫廷，以免堕落到娼妓的地位。这个集团中的人自以为是鄙视娼妓的，虽然她们的趣味不但相似，而且实际上是一样的。这个集团的中心是培特西·特维斯卡娅公爵夫人。这三个集团一直站在卡列宁一边，对安娜发起围剿，整个上流社会拒绝接纳安娜。这对安娜是十分沉重的打击。

沃伦斯基为安娜牺牲了在军队和政府里的前途，带安娜离开俄国，暂时避开上流社会。他不能不感到安娜对待爱情的严肃态度，安娜的爱情对他甚至起了一点净化的作用。安娜和沃伦斯基的出走，等于是被贵族上流社会放逐。他们在国外也尽量避开俄国人。自由，然而孤独。安娜不在乎上流社会的白眼，但害怕沃伦斯基有朝一日对她冷淡。她精心打扮，以期保持对沃伦斯基的魅力。她努力迎合沃伦斯基的一切爱好，使他不至于烦闷无聊。他们无所事事，于是在意大利学绘画，回俄国搞慈善事业，在朽烂的农舍旁边修建谁也不需要的华丽的医院。安娜把沃伦斯基的兴趣当作自己的兴趣，帮他筹划这些无聊的玩意儿。安娜从过去的虚伪的生活中脱身出来，现在又落入另一种虚伪的生活环境中。之所以说是虚伪，是因为他们挖空心思想出来搞的这一切，都不是出自内心的真正的需求，而是为了填补生活的空虚，为了做给别人看，也为了做给自己看。从安娜这方面说，她的一举一动都是为了维系沃伦斯基的爱情。“爱情”这两个字，她过去曾经不许沃伦斯基轻率地说出，现在却常常挂在自己的嘴上，连沃伦斯基听着都腻味了。如果爱情变成生活的唯一内容，被用来填塞生活的所有角落和缝隙，那么爱情这杯醇酒，就会被稀释成淡而无味的白水。空虚的生活最终使爱情变成一种负担，一种烦恼，一种折磨自己和对方的精神痛苦。事物走向反面，危机开始了。他们的家庭也笼罩着阴影。事实上，安娜和沃伦斯基并没有组织自己的家庭，因为他们没有合法的关系，甚至他们生的女儿都只能用卡列宁这个姓。在离婚问题上，卡列宁由于受到莉蒂娅伯爵夫人的挑唆而再三变卦。安娜由于儿子谢廖沙的归属未定而犹豫不决，这一切都使沃伦斯基十分苦恼。安娜的身份不合法，沃伦斯基在上流社会就没有立足之地。贵族社会的压力正在疏远他们之间的关系。沃伦斯基一天比一天难以掩饰内心的懊恼，安娜对沃伦斯基的每个举动、每个眼神敏感到变态的程度。妒忌，口角，短暂的和解，突发的争吵，冷冰冰的目光，脱口而出的刻薄话。终于，沃伦斯基叫道，这简直是受不了了。安娜回答说：你会后悔的。她在绝望和无限的孤独中，发誓要以自杀来惩罚沃伦斯基的薄情，反抗上流社会的围剿。最后的惨剧就在这种气氛中不可避免地发生了。对于沃伦斯基和安娜最后一段生活的关系的描写，也许这样转述才是符合作品的实际情况的。沃伦斯基最后并未对安娜表示冷淡，他也没有外遇，安娜的变态也并非性格所致，她最初根本不是这样的。不能用性格本身来解释性格的变化，关键在于他们两人都做出了反抗贵族社会传统观念的行为，但最终都未能摆脱这种传统道德观念的束缚。如果放弃，敢于彻底决裂，就没有这些苦恼，一切都无所谓。然而他们做不到，他们仍然重视上流社会的地位和认同。这是一个致命的弱点，贵族社会正是通过这个薄弱环节压垮了他们，疏远了他们之间的关系。这种压力是无形的，然而是强大的、毁灭性的。托尔斯泰的朋友鲁萨诺夫有一次对作家说，他让安娜死在火车轮下，对她实在是太残酷了。托尔斯泰回答说："这个意见使我想起普希金的一件事。有一次，普希金对自己的一位朋友说，想想看，我那位塔吉雅娜跟我开了个多大的玩笑，她竟然嫁了人。我简直怎么也没想到她会这样做。关于安娜·卡列尼娜，我也可以说同样的话。我那些男女主人公有时就常常闹出一些违反我本意的把戏来。他们做了在实际生活中常有的和应该做的事，而不是做了我所希望他们做的事。"

托尔斯泰创作生涯中这件为人熟知并反复引用的轶事，究竟说明了什么呢？这说明安娜的自杀是现实生活的逻辑和人物性格发展的逻辑导致的必然结局。在现实主义大师托尔斯泰的笔下，人物做了在实际生活中常有的和应该做的事。这与上帝以此来惩罚安娜的观点，实在是相去太远了。安娜的悲剧命运说明，她既是贵族社会虚伪的合法婚姻的牺牲品，也是资产阶级生活方式的受害者。资本主义的社会关系能够唤醒人的个性解放的要求，但是又不能为个性的真正解放创造有利的条件。相反，它戕害人的个性的美好方面。托尔斯泰写出了人与人之间的虚情假意、利害冲突、冷漠、隔阂，甚至敌视，安娜临死时，正是对这一切发出了诅咒。在作品的细节描绘上，我们应该注意到托尔斯泰绝非偶然地描绘沃伦斯基和安娜生活环境的英国气派。他们的宅邸的奢华陈设完全是英国式的。安娜出外散步，骑的是英国马。孩子的保姆是英国人，儿童室里的用品和玩具，都是从英国订购来的。托尔斯泰一向认为英国是资本主义制度的典型，是资本主义文明的代表。他特别憎恨英国人的生活方式，他把安娜放到这样一个生活环境中，用意是十分明显的。沃伦斯基就其代表的生活方式而言，是资产阶级化的贵族。他是俄国新旧社会交替的时候，倾向于资本主义生活秩序，接受西欧资产阶级思想意识、道德观念，崇拜并模仿资产阶级，特别是英国生活方式的贵族。但是他并没有完全超脱贵族阶级的传统观念，所以说他是资产阶级化的贵族。托尔斯泰是把他作为他最厌恶的资产阶级生活方式的体现者来描写的。在我们讲过《卢塞恩》以后，读者对托尔斯泰描写沃伦斯基的英国式的生活环境的用意，是不难理解的。托尔斯泰从否定贵族文明和资产阶级文明的观点出发，描写出卡列宁和沃伦斯基都不可能给安娜带来真正的幸福。所以，爱情、自由和个性解放这些资本主义社会关系的要求，在托尔斯泰创造的艺术形象体现中，涂上了阴暗的、不祥的色彩。我们看到沃伦斯基和安娜的爱情生活，自始至终没有一点点明朗的诗意。托尔斯泰把沃伦斯基的大胆追求在安娜心中引起的激动和表情上的反应，形容为黑夜中大火可怕的红光，把他们的初次的肉体接触形容成一场谋杀。肉欲戕害了爱情。安娜几次梦见须发蓬乱、手弄铁器的老头儿，这个凶兆令她心悸。像俄国农民一样迷信的托尔斯泰用这种方式预言安娜不会有好的归宿。

创作《安娜·卡列尼娜》的时候，托尔斯泰处于世界观激变的前夕，他谴责贵族资产阶级的生活方式瓦解了家庭，杀害了追求美好生活的安娜。家庭由于没有真正的爱情而瓦解，爱情由于寄生生活的空虚而蜕化，破灭。卡列宁的家庭名存实亡。奥勃朗斯基的家庭实际上只剩下杜丽和孩子们。莉蒂娅伯爵夫人老早就被丈夫抛弃，培特西公爵夫人无耻地欺骗自己的丈夫，这些家庭都是名存实亡。寄生生活造成的精神空虚，是贵族和资产阶级生活方式的致命伤。安娜追求真正的爱情而不得，是因为她和沃伦斯基的生活没有意义。托尔斯泰表现个性解放主题的特点在于既表现这种要求的合理，又表现这种要求的破灭。托尔斯泰开始用农民的观点来评判生活。他从农民的角度，否定贵族资产阶级的生活，认为这两种生活方式和道德只能给安娜带来灾难和毁灭。既然贵族资产阶级的生活方式不能给安娜带来幸福，那么什么样的生活才是有意义的呢？什么样的生活才能给人带来幸福呢？按托尔斯泰一贯的思维方式，他在《安娜·卡列尼娜》中又一次把社会问题归结为道德问题。不过，这并不是归结到安娜是否有罪的问题，而是归结到生活意义的探索。

安娜的悲剧命运提出的问题由列文的探索来回答。作品中两条情节线索所包含的思想，正是在这一点上交叉起来。“拱顶”正是在这里结合。“拱顶”的说法是这样来的。托尔斯泰的朋友、莫斯科大学教授拉基评《安娜·卡列尼娜》的结构，说作品没有建筑学观念。托尔斯泰回信时坦率地说：你对《安娜·卡列尼娜》的看法是不正确的，我恰巧正好是为建筑学而感到自豪。圆顶衔接得使人觉察不出什么地方是拱顶，而这正是我全力以求的东西。这座建筑物的连接，不靠情节和人物之间的关系，而是靠一种内在的联系。

列文是托尔斯泰心爱的主人公，他和托尔斯泰一样，力图把自己的生活方式改造得尽可能与农民接近。他是资本主义侵入农村的见证人。当资本主义关系在俄国社会逐渐安排下来的时候，他改革农事，企图在保存宗法制的基础上调整与农民的关系，以此对抗资本主义这个可怕的怪物。他的实践并不成功，给他带来许多烦恼，可是他也只有在这些烦恼中，在与农民的接触中，在大自然的怀抱中，才能获得内心的平静。小说第二部描写吉蒂遭到沃伦斯基的冷落后出国治病，而列文向吉蒂求婚被拒绝后回农村医治心灵的创伤。在城市里局促不安的列文，在农村才恢复精神上的平衡。《安娜·卡列尼娜》唯有描写列文和农民在一起劳动的篇章，才洋溢着真正的诗意，充满明朗、健康、欢快的气氛。在运干草的时候，列文看到一对青年农民夫妇伊万·帕尔米诺夫和他的健壮美丽的妻子一起装车，伊万站在大车上，把干草堆好，他的妻子用叉子把一束束干草递上来，伊万总是敏捷地及时接住草束，以免他的妻子多费气力。他们干得那么和谐，那么互相体贴。列文在他们的笑声中听出了热烈的纯朴的爱情。这是《安娜·卡列尼娜》中最幸福的一对。在他们的形象中，爱情和劳动融合在一起了。列文常常叹赏这种生活，他常常对过这种生活的人抱着羡慕之意。但是今天第一次，由于看到了伊万·帕尔米诺夫对他年轻妻子的态度而深受影响。他的脑海里明确地浮现了这样的念头，他能否把现在所过的乏味的、不自然的、无所事事的独身生活，换取这种勤劳的、纯洁的、美好生活，全在他自己。列文当然不可能去娶一个农家女，但他在再次向吉蒂求婚成功后，在举行婚礼的当天就坐上马车，把新娘带到他在农村的家。毫无疑问，托尔斯泰在描写农民生活的时候，抹去了农村现实阴暗的色彩，多少有点美化的味道。但是他不把贵族生活，而是把农民的劳动生活作为列文的理想，是非爱憎是很鲜明的。就实质而言，同安娜的命运做对照的，与其说是列文和吉蒂的家庭，不如说是青年农民伊万·帕尔米诺夫的家庭。贤妻良母型的贵族女性吉蒂不过是《战争与和平》中娜塔莎的再版。这样的形象已不能满足 70 年代后期托尔斯泰对家庭和妇女问题的探索。如果《安娜·卡列尼娜》仅仅是为了证明只有像吉蒂那样才能获得幸福，这部作品的意义就会降到微乎其微。托尔斯泰想回答的问题是，在一切都翻了一个身，一切都刚刚开始安排下来的时候，人应该怎样生活？这就是《安娜·卡列尼娜》的主要思想。这与托尔斯泰全部创作的基调是完全一致的。在这部作品中，这个问题又一次以典型的托尔斯泰的方式得以解决。在安娜自杀之后，小说第八部分以主要篇幅描写列文对生活意义的紧张思考。直接刺激列文对这个问题急切寻觅答案的是他的哥哥尼古拉的死亡和妻子吉蒂的生产。生的不可思议和死的不可避免，使列文觉得生存是一个难解的谜。死比生对列文或者说对托尔斯泰的刺激更大，整部《安娜·卡列尼娜》只有描写尼古拉生命终结的一章冠以醒目的标题“死”。死的神秘使列文自问，他是什么？他为什么活着？所有使他激动不安的一切，不论是社会问题还是农事经营，以至于个人生活都归结到这个问题上来了。他找不到满意的答复，于是悲观失望，甚至想自杀。列文虽然是一个幸福的、有了家庭的、身强力壮的人，却好几次濒于自杀的境地，以至于他把绳索藏起来，唯恐自己会上吊，不敢携带枪支，唯恐自己会自杀。《安娜·卡列尼娜》没有在列文和吉蒂组织起幸福的家庭时结束，相反，幸福的家庭没有使列文满足，这是值得我们注意的。悲观厌世的念头到处缠着列文。当他在谷仓里看农民干活的时候，他不明白农民为什么干得那么卖力，他们之中谁也免不了要埋入黄土。他和农民费多尔闲谈，费多尔偶然提到一个德高望重的老农普拉东，说他待人宽厚，宁肯自己吃亏也不愿叫别人过不去。他之所以这样做，是因为他不是为欲望而生活，而是因为他正直地遵照上帝的意志活着。说者无心，听者有意。这几句话对列文简直像是天启。他忽然醒悟，答案找到了。这是一个笃信正教的农民对生活意义的看法，列文却把它看作人类的最高信仰，并且认为农民的劳动生活是这种信仰的完美体现。在俄国社会新旧关系的历史性转变过程中，托尔斯泰想用这种人生观来教导人们应该如何生活。这实在是很可笑的。其实，当托尔斯泰在描写青年农民伊万夫妇的劳动和爱情的时候，他已经对爱情、幸福和生活意义的问题做出了部分正确的回答。而当他进一步用宗教精神对农民的生活进行概括和升华的时候，他就走向荒谬可笑的玄虚的结论。

托尔斯泰的道德说教是灰色的，而他塑造的艺术形象是常青的，因为这些形象是生活的典型的反映。道德说教有时会损害艺术形象，但遮盖不住安娜这样丰满的艺术形象的光彩。《安娜·卡列尼娜》卷首有一句题词："申冤在我，我必报应。"这一句话出自圣经《新约·罗马书》第12章第19节。全文是："亲爱的兄弟，不要自己申冤，宁可让步，听凭主怒。因为经上说：主说，申冤在我，我必报应。"托尔斯泰把这句话放在全书的前面作为卷首题词。"我"即上帝。这一句话的精神是，人不要自己申冤报仇。善恶的因果报应，全由上帝掌握。一切听从上帝的安排。这段题词是在全书完成后才加上去的，它的精神与列文找到的生活意义相一致，即人要按照上帝的意志生活。题词并不单单是针对安娜的命运，但包括她的命运。题词给全书蒙上了一层宗教的神秘色彩，而且很容易让人误会是针对安娜而发的。历来评论者做了众多的猜测。如果考虑到写上题词的时间和全书的主题，就可以理解托尔斯泰的本意了。

以上的分析说明，《安娜·卡列尼娜》是一部包含两条有内在联系的情节线索的完整的艺术作品。如果抛掉列文的线索，就无法理解托尔斯泰通过安娜的悲剧命运想说明什么。如果把作品在安娜自杀时截断，像英国拍摄的电视片所做的那样，那么就没法知道列文或者说托尔斯泰所找到的关于生活意义是什么这个问题的答案。

1879年至1880年，俄国发生严重的歉收，经济濒于破产的边缘。农民痛苦万状的生活给托尔斯泰很深的刺激。80年代初，托尔斯泰写了《忏悔录》《我的信仰是什么?》《那么我们应该怎么办?》等政论作品，重新审查自己的道德、宗教和社会观点。他对整个专制制度和官方教会，怀着越来越强烈的否定态度。1881年9月，托尔斯泰全家迁往莫斯科。他通过调查访问，认识了城市的阴暗面，认识了破产后流入城市的农民的悲惨生活。他在《那么我们应该怎么办?》一文中，激动地叙述了这一切。托尔斯泰自己说：1881年这个时期对他来说，是从内心改变他的整个人生观的一段最为紧张热切的时期。托尔斯泰的世界观发生转变后，他的新的世界观又产生了新的矛盾。托尔斯泰的新的世界观反映了资本主义急剧发展和俄国资产阶级民主革命酝酿时期农民的思想和心理的矛盾。托尔斯泰虽然看清了沙皇专制制度的崩溃实属必然，但他看不清革命的道路。他既害怕欧洲走过的资产阶级革命道路，因为这会带来资本主义剥削，也不愿意接受有过渡到社会主义革命前途的无产阶级领导的彻底的民主主义革命的道路，而是想在资产阶级和无产阶级之间寻找第三条农民单独解放的道路，实际上是建立在小生产、小私有制基础上的自由平等的小农社会。这当然是一种空想。这是还未完全觉悟的宗法制农民的典型的思想。托尔斯泰思想中的这种矛盾在当时的历史条件下表现为，一方面对贵族地主、沙皇暴政、官僚机构和资本主义进行激烈的批判，提出强烈的抗议；另一方面，宣传勿以暴力抵抗邪恶、博爱、道德的自我完善等基督教义。一方面，在作品中提出民主主义（土地问题）与某些社会主义革命的任务（批判资本主义）；另一方面，宣传小农乌托邦理想。托尔斯泰在八九十年代创作了《黑暗的势力》《教育的果实》《伊万·伊里奇之死》《哈泽·穆拉特》等作品。

《复活》是托尔斯泰创作生涯后期最重要的作品。《复活》对沙皇俄国的社会制度进行了非常有力的、深刻的揭露和批判，它表明批判现实主义作家可能达到的思想高度。同时《复活》竭力鼓吹托尔斯泰思想中最消极的东西，即托尔斯泰主义，充分暴露了托尔斯泰的世界观中极其复杂的矛盾。《复活》开卷很有特色。在 19 世纪七八十年代的某一年，春天来到了俄国的一个城市。尽管拥挤着几十万人的城市乌烟瘴气，扼杀了自然界一切有生机的东西，但是春天还是冲破了污染的空气，来到了这里。阳光是温暖的，草木恢复了生气，在林荫大道的草地上，在铺盖街道的石板缝里萌芽，发绿，野树长出了清香的叶子，菩提树上冒出了蓓蕾。麻雀、鸽子感觉到春意的温暖，快乐地筑着自己的巢。同大自然有联系的一切充满了蓬勃的春天的气息。但是，只有人类并没有因为春天的到来而停止说谎、欺骗、诬陷、压榨、奴役，以及种种卑鄙龌龊的勾当。就在这样一个明媚的春日，法院开庭审判一件毒死人命案。被告共三名，一个叫卡捷琳娜·玛丝洛娃（我们在小说后面部分看到的卡秋莎就是卡捷琳娜的爱称），妓女，她被控告为了贪图一个商人的钱财而在酒里下毒，害死了商人。第二个叫西蒙·卡尔金庚，旅馆茶房，他被指控同玛丝洛娃一起从商人的旅行箱里偷钱，并且拿来砒霜，指使玛丝洛娃把毒药下到商人的酒杯里。第三个叫奥菲米娅·博奇科娃，旅馆女茶房，她被控告和玛斯洛娃一起偷窃商人的钱，并且有参与毒死商人的嫌疑。主持审判的有庭长、两个法官。参与审判的有副检察长，另外还有组织法庭宣誓仪式的神父和一群由贵族、商人、退役军官、店员、中学教员及其他各种身份的人组成的陪审员小组。庭长要在这一天下午三点到六点赶到旅馆去会见情妇，他希望尽快结束审判。一名法官同老婆吵了架，老婆威胁说今天不开饭。他愁眉苦脸地考虑早点结束审判后到饭馆去吃饭。另一名法官正在试验一种治疗胃病的新方法，他试着如果从法庭门口走到座位的步子的数目能被三除尽，这新方法就有效。他在走到第 26 步的时候，已经到了座位跟前，就赶紧加了一小步，满足了能被三除尽的 27 步，这才放心地叹了一口气，坐了下来。副检察官隔天晚上为了饯别朋友，在妓院里胡闹了一夜，连今天要审理的案子的案卷都没有看。在没有弄清任何事实的情况下，他确认玛丝洛娃既然是妓女，那就是社会的祸害，商人一定是她主谋害死的。经过问答姓名，读公诉状、尸体解剖报告，提问证人及副检察官发言等程序以后，庭长宣布休庭，由陪审员小组讨论，将意见送给庭长及法官做最后的判决。庭长对陪审员解释他们的职权，向他们说明，盗窃是盗窃，偷窃是偷窃，从有锁的地方偷窃是从有锁的地方偷窃，从无锁的地方偷窃是从无锁的地方偷窃。致人死命的行为叫杀人，因此毒害也是杀人。假如偷窃与杀人同时发生，这犯罪的组成便是偷窃与杀人。又说，假如他们发现犯人是有罪的，他们有权认为他们有罪；假如发现他们是无罪的，也有权认为他们无罪。假如发现他们在这件事上有罪，在别的事上无罪，他们可以认为他们在这件事上有罪，在别的事上无罪。陪审员们个个出于自己的爱憎，对案情妄加推测。有的同情玛丝洛娃，有的替旅馆茶房说话。在讨论案情时，又穿插城市里的许多闲闻趣事，最后大家说得厌烦了，于是都不加考虑地同意了陪审长的结论：玛丝洛娃没有盗窃的动机，因此无罪。谁都没有注意到这个结论是荒谬的，它不但不能帮玛丝洛娃的忙，反而害了她，因为玛丝洛娃在法庭上承认，她因为被喝醉酒的商人纠缠得厌烦了，想赶快摆脱他，于是接受了茶房给她的一包药粉。茶房对她说是催眠药，她信以为真，想让商人吃了就睡，她就可以脱身了。谁知商人连酒带药喝下后，一命归天。玛丝洛娃上了见财起意的茶房的当，毒死了商人，因此下药毒死商人是事实。问题在于，可以承认下了药粉，但没有谋害性命的动机。这一句重要的话，陪审员们谁也没想到。庭长一看陪审员送上来的报告就奇怪这种由疏忽造成的矛盾，他想起这是因为他忘了对陪审员交代一个重要之点，即有意杀人和无意杀人是有区别的。结果，陪审员的意见变成玛丝洛娃无盗窃动机，但无缘无故地有意杀人。这就得判重罪。庭长、法官都明白，玛丝洛娃可能是无罪的，但是他们都厌烦了，都不想纠正这样的错误。因为玛丝洛娃这样的妓女总不是好人。于是，庭长和法官按陪审员的意见商量后宣读判决：玛丝洛娃流放西伯利亚，罚做苦役四年。在这一幕法庭滑稽剧中，所有的人都觉得良心上是坦然的，其中不过有一两个人感到有点惋惜而不是愤慨，因为他们按照神圣的法律条款惩罚了给社会带来祸害的罪犯，大家都觉得做了一件神圣的、高尚的、有益于社会的事。只有一个人例外。这个人坐立不安，满头冷汗，由于受到良心的责备而激动，由于生怕别人发现他激动不安而尽力控制自己。这个人就是陪审员中的贵族代表涅赫留道夫。在庭长问玛丝洛娃的姓名时，他忽然认出了这个被控犯罪的妓女，原来是他姑妈家的养女。八年前，他到姑妈家度假的时候，爱上了这个美丽纯洁的少女。之后，在他当了军官，再度去姑妈家的时候，他又见到了她。在离别时，他塞给她 100 卢布，抛弃了她。卡秋莎怀孕了，被女主人发现，赶出家门。为了维持生活，卡秋莎受尽各种侮辱和折磨，最后沦为妓女。这次由于一个偶然的原因，毒死了商人，犯了罪。那么，究竟谁是社会犯罪的根源呢？当副检察长口口声声指责玛丝洛娃这类妓女是社会祸害的根源时，涅赫留道夫感到满身的血液冲到了脸上，他才是导致玛丝洛娃走上这种生活道路的原因。玛丝洛娃今天的所作所为，完全是他的卑鄙行为所造成的恶果。当玛丝洛娃被判流放和苦役时，涅赫留道夫像受到当头棒喝。这个一向饱食终日无所用心的青年贵族的内心起了激烈的矛盾斗争。他忏悔自己的罪恶，决心营救玛丝洛娃。他到监狱去探望她，提出要同她结婚。他花大量的钱去请名律师，向彼得堡最高法院申诉。他自己也到彼得堡，凭借亲戚关系为撤销地方法院的判决而奔走。他接触了沙皇俄国上层社会的当权者，看到了种种丑恶的嘴脸和行径。申诉失败，他决心跟随玛丝洛娃等一群流放的犯人同去西伯利亚，在西伯利亚等待玛斯洛娃服完苦役，然后同她结婚。在这个过程中，他逐步感到贵族阶级生活的不合理，他决心改变自己的生活方式，他思考这种不合理生活的原因。他到自己的农庄上，把土地分给农民。他为玛丝洛娃认识的并向他求助的犯人奔走，还为政治犯奔走。在到达西伯利亚的第一个城市时，他接到了他向皇帝的请愿书的回文。涅赫留道夫的大学同学、检察长谢里宁帮了忙，玛丝洛娃的 4 年苦役，改为流放西伯利亚次远之处。涅赫留道夫满心欢喜地去告诉玛丝洛娃，再次提议要和她结婚。但是玛丝洛娃在流放途中同政治犯接触后，精神上起了极大的变化。她拒绝和涅赫留道夫结婚。她说，她愿意同一个叫西蒙松的政治犯一起，继续流放到西蒙松被判服苦役的地方去。涅赫留道夫虽然没有同玛丝洛娃结婚，但他为赎罪做了能做的一切，良心上觉得安逸了。同时，他由于现实生活的刺激而思考的各种社会问题也找到了答案。这就是小说最后《马太福音》给他的启示。

《复活》写于1889年至1899年，前后共修改了20遍。

列宁说："托尔斯泰在自己的晚期作品里，对现代一切国家制度、教会制度、社会制度和经济制度做了激烈的批判，而这些制度所赖以建立的基础，就是群众的被奴役和贫困，就是农民和一般小业主的破产，就是从上到下的充满着整个现代生活的暴力和伪善。"列宁又说："但是这位激烈的抗议者、愤怒的揭发者和伟大的批评家同时也在自己的作品里暴露了他不理解产生俄国所遭遇的危机的原因和摆脱这个危机的方法。这种不理解只是宗法制的天真农民才会具有，而不是一个受过欧洲教育的作家所应有的。反对农奴制和警察的国家的斗争，反对君主政体的斗争，在他那里已经变成了否定政治，变成了对恶不抵抗的学说，结果完全避开了1905—1907年的群众革命斗争。一方面反对官方办的教会，另一方面却鼓吹清洗过的新宗教，借用一种清洗过的精致的新毒药来麻醉被压迫群众。否定土地私有制，但并没有集中力量去反对真正的敌人，去反对地主土地占有制和它的政权工具，即君主政体，而只是发出幻想的含糊的无力的叹息。揭发资本主义以及它给群众带来的灾难，但同时却对国际社会主义无产阶级所领导的全世界解放斗争抱着极其冷漠的态度。"列宁的这段话可以用来作为对《复活》的总评价。现在我们从下面几个方面具体分析《复活》的思想内容和艺术成就。

一、最清醒的现实主义，撕下了一切假面具。

托尔斯泰开始写作《复活》的时候，世界观已经发生了激烈的变化。他抛弃了俄国上层贵族的一切传统观点，从宗法制农民的角度，以巨大的力量和真诚鞭打统治阶级，表达了农民对沙皇俄国地主贵族和资产阶级的联合专政的极大的愤怒和仇恨。对于托尔斯泰这种暴露和批判黑暗现实的激情、力量、深度和尖锐性，列宁用一句话做了精辟的形象的概括："是最清醒的现实主义，撕下了一切假面具。"

托尔斯泰对沙皇俄国社会制度的打击，从《复活》的第一页就开始了。作为现实主义艺术巨匠，他以卓越的技巧，一下就把读者带进 19 世纪末俄国社会的现实环境之中。自从涅赫留道夫在法庭上认出玛丝洛娃以后，这个忏悔贵族便成为读者的向导，引导我们走进地方法院和最高法院的法庭，走进监狱和流放犯人的转运站，走进专门关押政治犯的阴森恐怖的彼得・巴甫洛夫斯基要塞，走进监狱的教堂和省长办公室，走进贵族的客厅和剧院包厢，走进地主的庄园和农民的茅屋。一幕幕无比真实的场景，一个个无比生动的人物，毫不留情地撕下遮羞的纱幕，把俄国社会的丑恶现象赤裸裸地暴露出来。《复活》结构的特点，是一开始就进入情节中心。在富有戏剧性的法庭审判中，两个主要人物在分别八年后在法庭上相遇了。法庭这一幕滑稽剧是《复活》中揭露力量最强的场面之一，占整整 13 章，从第 5 章到 24 章，中间穿插 7 章（12—18 章）写涅赫留道夫回忆他和卡秋莎的关系。这 7 章的艺术效果是把法庭上审问者与被审问者的实际地位颠倒了过来，因而极大地加强了揭发和批判的力量。对法庭审判的全部描写，有一种强烈的讽刺色彩。托尔斯泰在对人物和环境的布置，以及人物的行动的描绘上都下了很大的功夫，法庭布置中身穿军服手握军刀的沙皇肖像和受难基督的形象形成绝妙的对照。庭长、法官、检察长、副检察官、陪审员、神父，这群沙皇和宗教的奴仆，被托尔斯泰用毫不隐讳的尖刻的讽刺笔法直接描绘出来。这批人只不过是沙皇政权的司法机器上的各个部件，犯人的命运对于他们来说是无关痛痒的。犯人落到他们手里，就像不幸的牲口被推进屠宰场一样，机器一开动，按照规定的程序，毛归毛，皮归皮，骨头归骨头，肉归肉，以那种残酷的准确性，全部分离出来，千篇一律，绝无例外。沙皇的司法机器很清楚应该保护谁，镇压谁。请看副检察官的发言吧。副检察官的发言，通常是审判过程中的重要环节，托尔斯泰冷嘲热讽地描绘了他那种自鸣得意的愚蠢的神态，并且详细地记述他的发言。副检察官根据预先的假设，把一切罪过强加到玛丝洛娃头上，因为玛丝洛娃是妓女，所以她是社会的祸害的根源。而他在说明这一点时，是从社会犯罪根源上谈起的。他说，诸位陪审员先生，你们看到你们面前，假如可以这么说的话，世纪末特异的犯罪，她具有，就这么说吧，那可悲的腐败现象的特质。这个女人，她是孤儿，也许带着犯罪的征兆。她是在一个有知识的贵族家庭里养大的，她可以做正当的工作和生活，但她抛弃了她的恩人，受情欲的支配，为了满足自己的情欲，进入了妓院。在那里，她因为自己受过教育，显得比她的同伴们出色。尤其是，诸位陪审员先生，如同你们在这儿听她的鸨母所说的，因为能够用一种神秘的本领去影响客人，并且利用他的信任而先偷钱，然后残忍地谋害了他的性命。一句话，玛丝洛娃由于她的地位而毫无疑问是天生的罪犯。这段发言被托尔斯泰安排在涅赫留道夫回忆他如何诱奸卡秋莎，因而终于使她沦为妓女的描写之后，它的内容的荒谬程度就暴露无遗了。犯罪的根据是荒谬的，而最后判决正符合副检察官的推断，这就把法庭的全部荒谬暴露出来了。宣读判决词，是法庭这出滑稽剧的高潮。

玛丝洛娃受到意外沉重的打击。“我是无罪的，无罪的！”她忽然对着全法庭大叫。受到沉重打击的还有涅赫留道夫，他怕玛丝洛娃认出他来，他怕别人立即知道他对玛丝洛娃所犯的罪过。他感到自己行为的卑鄙与丑恶，但害怕正视这种行为的全部可怕的后果。判决宣读后，他被震动了。不行！不能让这案子照这样子了事，涅赫留道夫对自己说。受到致命打击的，是法庭本身。它进行这种荒谬的审判和荒谬的判决，无异于自己打自己的耳光。值得指出的是，问题不在于法官们的个人品质或陪审员的疏忽造成审判上的错误。如果是这样描写，这样揭露，那是很肤浅的，不典型的。托尔斯泰触及了问题的实质，这些法官所代表的阶级、所维护的阶级本身，在被统治者面前是有罪的。那些为生活所迫而落到生活底层的人，如玛丝洛娃，如果做了什么犯罪的行为，那只不过是压迫和剥削的直接或间接的后果而已。作为统治阶级代表的法官们有什么特权审判他们呢？犯罪的根源不在犯人本身，而在这个阶级统治的社会。托尔斯泰是否表达了这样的思想呢？的确是这样的。请看法庭上有一个说明这种关系的证明、当事人涅赫留道夫。他的存在，揭穿了貌似公道的沙皇司法机关的荒谬性和虚伪性。托尔斯泰通过涅赫留道夫的形象，把法庭所保护的统治阶级放到了被审判的地位上。这样的揭露和批判是有力的、尖锐的、深刻的、发人深思的。在写法庭那几章的时候，托尔斯泰曾写信给他的朋友说，他目前全副心思都放在修改《复活》上，他自己都不曾料到，在这本书里面，可以就法律和刑罚的罪恶和无聊说出那么多的话来。托尔斯泰对法院、监狱，以及整个司法制度的阴森黑暗的内幕的揭露和批判，贯穿《复活》的大部分。在描写玛丝洛娃的冤狱这一主要情节线索以外，托尔斯泰加写了另外一些冤案，从而使揭露的内容更丰富，批判力量更大。同时，把有关玛丝洛娃的主要情节，放到一个更广阔的背景上，使玛丝洛娃的遭遇更具典型性。托尔斯泰的暴露的笔锋并没有停留在对沙皇政权、司法机器的牺牲者的描写上，而是勇敢地指向操纵这部司法机器的各级官吏。主管监狱事务的副省长马斯列尼科夫口口声声说犯人就像他的儿女一样，却直接下令残酷鞭打敢于反抗的犯人。管理专门关押政治犯的彼得·巴甫洛夫斯基监狱的将军克瑞格斯穆特男爵，曾经为沙皇杀戮过高加索少数民族，镇压过波兰的爱国志士。现在他的职责是看管政治犯，把他们关在单人牢房里，弄得他们不到十年死了一半，有的发了疯，有的害痨病死了，有的绝食自杀，或者用碎玻璃割破血管，再不然就上吊，甚至活活地用火烧死自己。托尔斯泰这样描写这个刽子手的外形：僵直的四肢，白眉毛底下一对没有光泽的眼睛，军服硬领撑着剃光胡子的苍老的松软下巴，胸前挂着白十字章，这是他凭非常残忍地大规模屠杀得来的。托尔斯泰的笔锋还指向最高法院。四个大法官在讨论第一个案件时，由于互相攻击，弄得很不愉快。现在轮到玛丝洛娃的案件，就互相刁难，不管案情如何，最后推说因上诉理由不足而撤销上诉，维持地方法院的原判。观看了全部过程的涅赫留道夫用两个字表达了自己的感受：可怕！在以上这些异常真实、典型和生动的描写之后，托尔斯泰通过涅赫留道夫说出了这样的话：所有这些犯人的被捕、判刑、流放，其实并不是因为他们侵害了什么正义，或者犯了什么法，只不过因为他们妨碍官吏和富人享用他们从老百姓那里搜刮来的钱财罢了。涅赫留道夫曾听说有些罪犯在流放时逃往原始森林，他们劝同伴和自己一起潜逃，然后在无法忍受饥饿时杀死同伴，吃他们的肉。涅赫留道夫在目击沙皇司法制度的全部黑暗之后，得出结论说，人吃人并不是在原始森林里开始的，而是在各部、各政府衙门里开始的，只不过在原始森林里见了效果罢了。托尔斯泰的批判甚至达到这样的高度，涅赫留道夫在驳斥他的姐夫关于法律的目的是伸张正义这一类空话时说，“维护阶级的利益，依我的看法，法律只不过是一种工具，用来维护那对我们的阶级有利的现行的社会制度罢了”。

《复活》对法庭、监狱的黑暗和腐败的揭露，总是同对官方教会的嘲笑联系在一起，就如同法庭上把沙皇和基督的画像总是挂在一起一样。教会维护反动阶级的血腥统治，上帝是沙皇的帮凶。《复活》中暴露官方教会和神职人员的伪善的几个场面，在暴露力量、艺术技巧方面来说都是很出色的。试看托尔斯泰对监狱教堂复活节祈祷的描写。犯人们集合在礼拜堂里，除宣讲《圣经》的片段外，礼拜的最庄严的仪式便是把一块面包切成小块，泡在酒里，经过神父领着囚犯们祈祷和唱圣诗后，酒和面包就变成了上帝的血和肉。神父揭去碟子上的方巾，先把几块面包放进自己的嘴里，算是吃了上帝的肉，喝了上帝的血，然后神父请那些愿意学他的样子的人也来吃上帝的肉喝上帝的血。看来只有孩子们才愿意接受这种邀请，神父问过孩子的姓名，用一把汤勺小心地从杯子里舀出一小块浸过酒的面包，深深地送进小孩的嘴里。他依次给每个孩子吃了面包。教堂执事一面擦孩子的嘴，一面用快活的声音唱着，孩子们在吃上帝的肉喝上帝的血。然后神父端着杯子回到房间里面，在那儿吃完剩下的上帝的肉，喝干净上帝的血。他仔细舔干净自己的胡子，擦干净嘴巴，然后带着快活的神情，迈着轻松的步子，从屏风后面走出来。为了安慰不幸的囚犯们，神父又用奇怪的做作的声音，似唱非唱，似说非说地讲了一段恳求耶稣怜悯和拯救犯人们的话，他画十字，鞠躬到地，每个人，典狱长、看守长、犯人，也照着他的榜样做。“哗啷啷”的镣铐声伴和着这一切。在如此描写之后，托尔斯泰有一长段话，抨击这种做法完全不符合真正的基督教义，并指出官方教会这些骗人的东西愚弄麻痹了许多囚犯。托尔斯泰对官方教会的打击是如此沉重，神圣宗教院宣布开除托尔斯泰的教藉。检查机关在《复活》出版时，把第40章全部砍掉，把第39章删剩五个字：“礼拜开始了。”（我们现在看到的是十月革命后苏联出版部门根据托尔斯泰的手稿复原的版本。）

官方教会、沙皇的法律及整套司法机关为之服务的贵族、地主、资产阶级，在《复活》中是以反面形象出现的。这是托尔斯泰后期作品中的重要特点。读过《战争与和平》和《安娜·卡列尼娜》的人都记得，这些作品中的主要正面人物是被托尔斯泰肯定为在道德上纯洁的贵族阶级中的优秀人物。如安德烈·包尔康斯基、彼埃尔·别祖霍夫、库图佐夫、娜塔莎、安娜、列文、吉蒂等。顺便说一句，在托尔斯泰的作品中，资产阶级从来都是作为反面形象出现的。在世界观发生变化以后，托尔斯泰不再把贵族阶级中的人物作为正面形象。《复活》中的主要人物涅赫留道夫是一个力图脱离本阶级的贵族。他忏悔自己的罪恶，对自己的生活方式感到羞耻。托尔斯泰通过他或者直接用作者的口吻，揭露、谴责、批判贵族地主阶级的堕落的寄生生活，揭露讽刺贵族阶级的腐朽的道德。《复活》中柯尔恰庚公爵家是贵族阶级的代表。这家的主人柯尔恰庚在做省长的时候，常常无缘无故纯粹出于狠毒而鞭打甚至绞死许多人。他的目的不可能是升官，因为他已经有了高贵的身份，有了钱财，有了势力。他的外貌特征是脖子肥胖，双颊下垂，眼睛充血，并且没有眼睫毛。这个残忍的家伙在退休后过着奢侈、豪华、悠闲的生活。这家的仆人全部是健壮白胖的，他的女儿米西因为看到涅赫留道夫有一份庞大的家产，用狡猾的手段诱惑他，千方百计要嫁给他。在她的动作中，一切都是不自然的、做作的。米西的母亲索菲娅·华西里叶芙娜已经卧床八年。八年以来，每逢客人来见，她总是躺在床上接见，穿着丝绸和天鹅绒的衣服，衣服上缀着花边和缎带。她的四周摆着镀金的陈设，象牙器具、铜器、漆器，还有花朵。托尔斯泰用异常尖刻的讽刺笔调描写这位公爵夫人，把她当作庸俗虚伪、病入膏肓、日薄西山的贵族阶级的象征。在她身上突出的东西是虚伪，说谎，她同客人说话的时候，显出做作的、不诚恳的、可又显得很自然的笑容。涅赫留道夫从法庭回来，到她家吃饭。他带着厌恶的情绪观察着公爵夫人：人老了，卧病在床时还装得很年轻的样子。在谈话之间，涅赫留道夫发现索菲娅·华西里叶芙娜不安地望着窗口，她叫仆人把窗帘放下来，仆人没有领会她的意思，两次都没有做对。公爵夫人恼怒和痛苦地注视着仆人的动作，再次纠正。仆人的眼睛里一刹那间好像是冒火似的闪了闪。他妈的，你到底要怎么样啊？他大概在暗自这样骂她。冷眼旁观这出戏的涅赫留道夫心里暗暗想。可是，仆人立刻掩饰了他的烦恼，依照瘦弱的、做作的女主人的命令一声不响地做着。原来太阳的余晖从窗子里开始照到床头，这会太明显地照出她的老态，所以要把窗帘拉下来。

将军夫人玛丽叶特是贵族阶级堕落腐化的生活方式的代表。她的丈夫专管政治犯，并且以对政治犯的无情而出名。涅赫留道夫通过关系去见玛丽叶特，请她在丈夫面前说情。玛丽叶特是个惯于引诱所有她认为年轻漂亮的男人的能手。她在涅赫留道夫面前卖弄风骚。涅赫留道夫最后一次在剧院包厢里见她后出来，在街上碰到一个妓女，妓女向他嫣然一笑，涅赫留道夫很有感触。他想，我走进戏院包厢的时候，那一个也对我这样微微一笑，两种微笑的含义是一样的。唯一的区别是，这里这一个是坦白而公开的，意思是说要是你需要我，就占有我，要是不需要，那就尽管走你的路吧。那一个，却假装心里根本没有这些念头，似乎生活在崇高优雅的世界里，其实根子里仍旧是那么回事。这个至少还老老实实，那个却是作假。况且这个是被生活所迫，万不得已才这样。那一个，却是为了寻欢作乐，去挑逗那种可恶的可怕的迷人的情欲罢了。托尔斯泰对贵族阶级堕落腐化的生活的谴责是直言不讳的。

托尔斯泰的批判有力的地方还表现在，他把贵族地主的生活同农民的生活做了对照的描写。涅赫留道夫在出发去西伯利亚之前，决心按新的想法处理田产。他回到自己的田庄，走进农民的快要倒塌的小屋，看到了农民贫困无告的生活。他回到他继承的姑母的田庄巴诺佛，遇见了全村最穷的寡妇安娜。安娜怀里抱着一个婴儿，婴儿头上戴一顶用破布拼成的小圆帽，满脸皱纹，扭动着两条细得像毛毛虫的腿，不断奇怪地笑着。涅赫留道夫知道这是痛苦的笑。这是一个十分凄惨的形象。一个满脸皱纹的婴儿怪模怪样地笑着。这个形象是俄国农民悲惨命运的象征。所有读过《复活》的人都不会忘记这个细节。两个阶级，两个世界，两番境况。是什么造成这种状况的呢？托尔斯泰不停留在阶级对立的外部现象的描写上，他有一种寻根究底的精神。他认为，土地私有制是问题的症结所在。《复治》直截了当地提出了土地问题。他说，现在呢，事情跟白昼一样明白，老百姓的赤贫的主要原因，也就是他们自己心里有数的，而且常常指出来的原因，那就是唯一能够养活他们的土地却被地主从他们手里夺去。涅赫留道夫在自己庄园仅仅做到把土地租给农民，他收较低的租金；而在巴诺佛，他认识到无权占有土地，他把土地无偿交给农民。转变的原因是农村现实的刺激。托尔斯泰通过涅赫留道夫对土地地主占有制的否定，表达了农民对贵族地主土地占有制的抗议，表达了农民对土地的需求。废除贵族地主阶级土地占有制，是《复活》提出的最尖锐的问题。它使《复活》的思想意义达到了其他批判现实主义作品从未达到的高度和深度。在分析了《复活》对沙皇俄国的社会制度的各方面暴露和批判之后，我们可以得出这样一个结论：托尔斯泰深刻揭示了那个时代的阶级矛盾，在他提出所有问题时，都归结到这个本质的问题上来，即剥削阶级与被剥削阶级的对抗性的冲突。在反对地主土地占有制的描写中，托尔斯泰的批判达到了高潮。这在客观上反映了以解决土地问题为内容的 1905 年俄国资产阶级民主革命的某些本质的方面。所以列宁说："如果我们看到的是一位真正伟大的艺术家，那么他就一定会在自己的作品中至少反映出革命的某些本质的方面。"

二、关于涅赫留道夫和卡秋莎·玛丝洛娃。这是《复活》中的两个中心人物，托尔斯泰通过对他们的关系的描写，把两个世界的生活做了尖锐的对比，揭露了贵族阶级和专制制度的罪恶。这无论从托尔斯泰的主观动机或作品的客观效果来说都是确切无疑的，所以涅赫留道夫和玛丝洛娃的形象有一定的典型性，他们之间的关系从一个侧面表现了贵族阶级和被压迫劳动人民的矛盾和冲突。但是他们之间的矛盾冲突的解决不能代表两个对立阶级的矛盾冲突的解决，这很容易理解，因为这两个阶级之间的对抗性矛盾，并不能像涅赫留道夫那样，用贵族地主阶级的忏悔来解决。这个问题是再清楚不过的。但是对托尔斯泰来说，问题还要复杂一些。他当然能看到人与人之间的阶级对立和冲突，他甚至写出农民贫困的原因是没有土地，因而谴责和否定贵族地主土地占有制。作为现实主义作家，他有清醒的一面，但是他还是一个道德问题的探索者，他总是把社会问题归结到道德问题上来考察，在这方面他是很糊涂的，他认为涅赫留道夫和卡秋莎的关系是个犯罪和赎罪的问题。涅赫留道夫的犯罪就是诱骗卡秋莎，是道德堕落的表现，悔罪是道德觉醒的表现。托尔斯泰希望整个贵族地主阶级都能有这样的道德觉醒，这样，社会的对立和种种罪恶就都能解决了。托尔斯泰在涅赫留道夫和玛丝洛娃的关系上涂上了一层道德说教的色彩，降低了这种关系的典型意义和作品的批判力量。涅赫留道夫是一个企图脱离本阶级，投奔到人民群众这一面来的人物。过去在反动统治阶级行将崩溃的时候，统治阶级中往往有一些为现实所惊醒的人，抛弃本阶级，投奔到敌对阵营中。托尔斯泰本人正是这样的人物。涅赫留道夫也属于这类人物，但是他最后没有达到和本阶级彻底决裂的地步，他仍然留在贵族社会，他是一个忏悔的贵族。涅赫留道夫在忏悔过程中得到精神复活，但是他的复活是不彻底的，他的复活带有强烈的托尔斯泰主义的色彩，即道德上自我完善的色彩，在作品的最后借《马太福音》宣传不以暴力抵抗邪恶，饶恕一切人，包括你的敌人等主张，成为托尔斯泰主义的直接的传声筒。涅赫留道夫完成了托尔斯泰所塑造的忏悔贵族的形象系列。

卡秋莎·玛丝洛娃的复活经历了漫长的、痛苦的过程。她由一个纯洁的少女，沦为妓女，在痛苦中逐渐麻痹，染上了不少恶习。在涅赫留道夫忏悔的过程中，她醒过来了，最初极度憎恨涅赫留道夫，后来在涅赫留道夫真诚忏悔下被感动，宽恕他的一切。她和政治犯在一起的时候，逐渐意识到要恢复自己做人的人格尊严。卡秋莎的复活比较彻底，书名《复活》首先是指卡秋莎的复活，但是她的复活也有托尔斯泰道德学说的痕迹。卡秋莎的复活是道德面貌上的新生及人格意识的觉醒，而不是被压迫者反抗意识的觉醒。托尔斯泰最后让她和政治犯西蒙松结合，很能说明问题，因为西蒙松是一个典型的托尔斯泰主义者。

三、《复活》中的政治犯。《复活》中的政治犯是俄国的民粹派[1]，不是工人阶级政党的成员。托尔斯泰不同意他们的政治主张，但推崇他们的道德品质，因为他们不为私利，而是为了农民的利益牺牲自己的一切。托尔斯泰认为他们在道德上比涅赫留道夫高得多，但是，托尔斯泰在这些革命者的形象上加上了自己的主观色彩。他把一些有激进主张的革命者写得差一些，把一些完全体现他的主张的人写得很完美，如西蒙松。此人吃素，穿橡皮短大衣，反对一切暴力行为，是个典型的托尔斯泰主义者。托尔斯泰写他品格高尚，像婴儿般纯洁。他尊敬卡秋莎，不是怜悯，而是尊敬，使卡秋莎很受感动，恢复了她做人的信心。托尔斯泰塑造了这样一个革命者，然后让卡秋莎同他结合了。

四、《复活》的心理刻画，完全显示了托尔斯泰描写心理全过程的

[1] 民粹派是19世纪中后期俄国社会的一个重要政治派别，主张发动农民推翻沙皇专制制度，建立以村社为基础的社会主义社会。这个组织的成员于19世纪70年代发起“到民间去”运动，后人称他们为民粹派。

卓越技巧。他把涅赫留道夫的转变的复杂过程和玛丝洛娃的心理矛盾描写得淋漓尽致，把他们复活过程的心理变化的层次，写得十分细致清晰。

在分析了托尔斯泰的主要作品之后，在了解了他的思想发展过程之后，我们现在对什么是托尔斯泰主义做一个归纳。什么是托尔斯泰主义？对托尔斯泰主义，学术界有两种解释。第一种意见：托尔斯泰主义是托尔斯泰思想中的糟粕。第二种意见：托尔斯泰主义即指托尔斯泰思想的全部内容，既有精华，也有糟粕。我认为，第一种意见是比较有说服力的。托尔斯泰主义就是托尔斯泰所主张的宗教道德学说，是他的世界观的消极的一部分，内容主要是不以暴力抵抗邪恶、道德的自我完善和人类爱，其核心是不以暴力抗恶。这些内容都是托尔斯的作品为调和矛盾，消除罪恶，拯救灵魂，教导人们怎样生活提出来的。也就是说，托尔斯泰主义就是托尔斯泰为当时的俄国社会所开的药方。托尔斯泰主义所包括的各种思想有一个形成的过程。我们从他的早期作品就可以发现，托尔斯泰强调自我分析、道德反省，如自传三部曲和《一个地主的早晨》。在《战争与和平》中，彼埃尔·别祖霍夫在俘虏营中遇见的农民普拉东·卡拉达耶夫就宣扬听从上帝意旨，安于命运的安排，逆来顺受，爱一切人等。80 年代，在托尔斯泰的世界观发生激变后，托尔斯泰主义最终形成一个体系。这些思想集中表现在《忏悔录》（1879—1882 年）、《我的信仰是什么？》（1884 年）和《那么我们到底应该怎么办？》（1884—1886 年）等政论和 80 年代以后的艺术作品中，如民间故事《傻子伊万和他的两兄弟》，还有长篇小说《复活》。托尔斯泰主义的阶级根源是宗法式农民的落后意识，即保留了很多封建思想的农民的落后保守的意识，其思想来源是托尔斯泰对基督教义的新解释和从东方哲学中吸取的思想。托尔斯泰特别欣赏我国老子的道和无为思想、墨子的兼爱学说。他曾通过德语和英语，翻译中国古代哲学家的著作，编选《中国贤人老子语录》和《中国哲学家墨翟论兼爱的学说》等书。托尔斯泰主义曾经影响过不少人，国内外都有信仰他的这些主张的人，人称托尔斯泰主义者。

托尔斯泰主义的消极性，或者可以说是它带来的危害，在托尔斯泰生前，就在他眼前暴露出来了。1905 年 1 月 8 日，彼得堡 14 万工人上街和平游行，向沙皇请愿改善他们的生活待遇。这批流入城市的昔日农民，相信沙皇会发慈悲，上帝也会怜悯。他们盲目听信一个名叫加邦的牧师的话，怀着希望上街请愿了，结果遭到沙皇军警的残酷镇压，大批游行者倒在血泊之中。同年 8 月至 12 月，彼得堡工人举行政治罢工，并发动部分士兵举行武装起义。可悲的是，起义士兵，也就是穿上军装的农民，只把最可恶的几名军官处决了，放了其余军官，结果逃生的军官领兵回头镇压了罢工。起义士兵站着被人枪毙，躺下被人鞭笞。这就是勿以暴力抵抗邪恶的结果。1905 年革命失败是托尔斯泰主义终结的标志。

1905 年革命爆发时，托尔斯泰持同情态度，但是不主张以暴力手段抗恶。沙皇政府镇压革命的残酷手段，又使托尔斯泰激愤不安。1908 年，他写了《我不能沉默》一文，对沙皇政府滥施死刑提出了愤怒的抗议。

最后，总结托尔斯泰的创作的特点。

一、托尔斯泰的全部创作反映了整整一个世纪俄国的社会生活。《战争与和平》从 1805 年写起，政论《我不能沉默》对 1905 年革命做出反应。他的创作既写了历史的纵的发展，又写了历史的横断面。作家的注意力着重放在农奴制瓦解和资本主义秩序确立的那个社会发展阶段，即 1861—1905 年这个时期。他的三大长篇都摄取社会的全景，规模大，气势宏伟，人物众多，是史诗式的作品，犹如美术中的巨幅油画、音乐中的交响乐。他的中短篇作品也是社会全景中的一个局部，属于一个完整的形象体系。托尔斯泰的全部创作构成一个宏伟的、线条严整的艺术金字塔，他把他对生活的看法，系统地表现在他的作品中。屠格涅夫说他是思想的艺术家。当然，他不是图解思想，他描写的生活画面和人物，体现了他对生活意义和社会出路的顽强的探索。这种寻根究底的探索精神，像一种黏合剂，把他的所有作品凝聚在一起，形成一座宏伟的金字塔。没有一篇作品游离在他的思想体系之外，没有一篇作品发出另一种调子，没有一篇作品破坏整个金字塔的严整的线条。这种完整性使他的创作成为俄国文学和俄国社会中的重大现象，也成为世界文学中的重大现象。在俄国文学中，没有一个作家超过托尔斯泰。俄国文学假如没有托尔斯泰，就像喜马拉雅山缺少了珠穆朗玛峰。

二、托尔斯泰的作品表现出一种清醒的现实主义，它极其严格地反映了生活的真实、历史的真实、人物心理的真实，还有作者本人的心理的真实。他绝不用主观的意图来歪曲生活，同时也绝不隐瞒自己对所描写的一切的看法，他思想上的全部矛盾和斗争都毫无保留地反映在作品中。他在他的理论著作《艺术论》中把艺术家的真诚列为作品有无感染力的第一标准。艺术家一说假话，一说违心的话，他的作品立刻就会露出虚伪的痕迹，立刻就会失去感染力。

三、托尔斯泰的作品是现实主义的，又带有别的作家少有的强烈的主观色彩。在艺术形式上，他的很多作品往往是叙述和政论、哲学议论相结合，如《战争与和平》。很多读者不喜欢这种整段整章的哲学议论。其实这的确是缺点，但是假如去掉这些，就不成其为托尔斯泰。托尔斯泰有时还把自己的说教塞给人物，让他们来宣扬。这种说教既给予人物以激情和追求的力量，又损害了艺术形象。

四、心理描写是托尔斯泰的现实主义的一大特色。在这方面，他的技巧达到了炉火纯青的地步。托尔斯泰的心理描写的最大特色在于表现人的心理过程本身，表现人的心理变化和矛盾，表现这种变化和矛盾的全过程。用作家本人的话说，就是表现人的心灵的运动。托尔斯泰说，主要在于描写人的心灵的运动，要加以表现的并不是运动的结果，而是实际的运动过程。所谓心理变化的全过程既指某个人物生活变化中的全部心理变化过程，如安娜，又指人物对某一事件的心理反应的前后过程；既指某个人物一生命运变化中的全部心理变化过程，如安娜、卡秋莎，又指人物对某一事件的心理反应的前后过程。对于托尔斯泰善于描写人物心理矛盾的技巧，车尔尼雪夫斯基用一个特定的术语来表达，即托尔斯泰善于表现“心灵的辩证法”。托尔斯泰善于描写人物心理的转折和剧变，以及在转折和剧变中的重重矛盾。他能写出心理活动和外在行动的一致或不一致。托尔斯泰还能写出不同人物对同一事物的不同的心理反应，又同时写出他们嘴里说的都不是心里实际想的样子。他还能写出人物一闪念中的心理矛盾和斗争，从而异常生动地表现出人物各色的性格和性格的复杂性。如对安娜和沃伦斯基、涅赫留道夫和卡秋莎的描写经常采用这种手法。

为什么心理描写成为托尔斯泰的现实主义的特点？原因有三。

一是心理分析。从莱蒙托夫的《当代英雄》开始，心理分析在俄罗斯 19 世纪长篇小说艺术中越来越占有重要的地位，屠格涅夫和陀思妥耶夫斯基的作品说明了这一点。

二是西欧心理分析小说的影响。法国的卢梭和英国的斯泰恩是对青年托尔斯泰有过一定影响的作家。在艺术方面来说，斯泰恩对青年托尔斯泰的影响比较大。他的名作《感伤的旅行》提供了心理分析的范例。青年托尔斯泰曾把这部小说的个别章节译成俄语，后来，还把它列入曾经给过他强烈印象的书目之中。法国作家司汤达也曾给托尔斯泰很大的影响。

三是作家个性的特点在心理分析特色形成过程中有着重要的意义。托尔斯泰从少年时代开始，就养成自我反省，不断地观察和剖析自己的习惯。他将从自我反省、自我分析中获得的知识，用于各种人物的心理描写。车尔尼雪夫斯基说："谁不以自身为对象研究人，谁就永远不会获得关于人的深邃的知识。看来正是自我观照使托尔斯泰伯爵的观察力变得无比的尖锐，使他学会了以洞察一切的目光来看人，这一点是不会错的。"[1]

关于托尔斯泰的创作的艺术特色，还可以说很多很多。以上三点也许是最重要的。像托尔斯泰这样的作家是经得起反复阅读和欣赏的。后代的作家，当自己感到进步不快的时候，往往拿起曹雪芹、巴尔扎克、托尔斯泰的作品来反复琢磨。他们的作品是学习创作的丰富的宝库。他们不但在当时，在现在，而且在将来，都将为人类的精神生活做出宝贵的贡献。

托尔斯泰的一生，尤其是在世界观发生变化后，力求与人民接近，但最终未能完成这个过程。在他生活的最后几年，由于自己的生活同农民的生活差距太大，违背自己的信念，他常感到羞耻和痛苦，几次产生离家出走的念头。1910 年 11 月 10 日清晨，他悄悄离开雅斯那亚·波良纳，不幸中途患病，在铁路小站阿斯塔波沃逝世。

俄国社会民主工党（俄国共产党的前身）在第三届杜马（即议会）中的代表发出唁电，全文如下：

> 国家杜马社会民主党团代表俄国和全世界无产者对天才的艺术家的逝世表示沉痛的哀悼。他是和传统的教会习俗进行斗争的毫不妥协、百战百胜的战士，他是横暴和奴役者的敌人，他高呼反对死刑，他是受迫害者的朋友。

[1] 伍蠡甫：《西方文论选（下册）》，上海译文出版社，1979 年，第 427-428 页。

第九章 契诃夫

安东·巴甫洛维奇·契诃夫（1860—1904 年）是 19 世纪俄国批判现实主义文学的最后一颗巨星，是世界文学中杰出的短篇小说大师和剧作家。契诃夫于 1860 年 1 月 17 日生于大冈罗格城的一个经营杂货的小商人的家庭里，祖父是农奴，父亲性格暴躁，实行一种严厉的家长统治。契诃夫的童年是不幸的。力不胜任的体力劳动和无缘无故的毒打，在未来作家幼小的心灵上留下了不可磨灭的创伤。契诃夫在回忆自己一生中的最初的岁月时说："在我的童年，没有童年。"当契诃夫在中学读书的时候，他父亲的小店破产停业，全家迁往莫斯科。1879 年，契诃夫进入莫斯科大学医科学习时，为补贴一家大小的生活，开始向当时的许多幽默刊物投稿。1880 年，契诃夫发表了第一篇短篇小说。从那时起，这位以写作幽默小故事起家的作家，开始了他的艰难而光辉的创作生涯。契诃夫踏上文坛的时候，俄国社会正处于革命形势落潮的相对停滞的时期。产生于 19 世纪 60—70 年代的俄国革命中小资产阶级派别民粹派起初还保持一定程度的革命性。他们的奋斗目标是发动农民同专制制度斗争。不过，民粹派对俄国的形势和阶级状况的分析是错误的，他们坚持说俄国的资本主义是偶然的现象，将来不会发展，因而工人阶级也不会成长和壮大。他们认为农民是革命的主要力量，认为村社是社会主义发展的基础。民粹派发动了大批革命青年到农村去，到民间去，但是由于他们不了解农民，因而得不到农民的支持。民粹派的基本路线在农村遭到了彻底的破产。同时，由于民粹派对历史发展持有错误的英雄与群氓的观点，民粹派中的一大派别民意党最终走上个人恐怖的道路。民粹派有一个理论家米哈依洛夫斯基说：英雄是实数，群众是零，无数个零加在一起还是零，只有在零的前面加上一个实数，零就有了价值。英雄与群氓的学说，就是这个意思。1881年3月1日，民意党人暗杀了沙皇亚历山大二世。这种个人恐怖手段当然不可能带来任何积极的效果，相反，沙皇政权得以借此机会实施大规模残酷镇压，企图扼杀一切革命运动。

3月1日事件之后，民粹派开始走上了与沙皇妥协的道路。部分民粹派成员主张到农村去，办学校，建医疗所，鼓吹从小事做起，搞点滴改良。所谓小事论，就是指这批人的主张。由于这些特点，19世纪80年代被历史学家称为停滞的年代，但是把80年代仅仅称为停滞的年代，是不完全对的。80年代初，马克思主义开始传入俄国。列宁说：思想和理性的时代到来了。1883年，俄国第一个马克思主义团体“劳动解放社”成立；1895年，“工人阶级解放斗争协会”在彼得堡成立，提出了把马克思主义与俄国工人运动结合起来的任务。从此，俄国工人运动便在科学的社会主义世界观的指导下，迅速发展起来了。这是历史的真实情况。

20世纪初，无产阶级革命活动的开展，给社会上一切先进人士带来了无限光明的希望。有些进步知识分子远离工人运动，不了解无产阶级革命的实质，契诃夫就是这样，但也被浓重的革命气氛感染，闻到了即将到来的暴风雨的气息，模糊地预感到生活将有一场翻天覆地的变化。契诃夫展开创作活动的时代特点就是这样，这些特点在他的创作上留下了鲜明的烙印。契诃夫从小生长在不问政治的小市民的环境里，政治事件的风风雨雨很少侵入小市民生活的安乐窝。但是，契诃夫努力摆脱他的生活环境所造成的思想上的局限性，他的思想和创作的成长过程，首先是批判小市民意识，即市侩意识的过程。小市民过着小康的生活，眼光狭隘，思想保守，因循守旧，趣味庸俗，眼睛盯在钱上，生活缺乏理想，屈服于暴力，敌视新事物。在革命落潮的时期，市侩习气成了一种可怕的社会势力，对人的腐蚀也特别厉害，市侩习气成了反动统治的重要支柱。小市民庸俗的生活像一潭死水，像一个泥沼，人陷进去就很难脱身出来，像猪一样生活，像猪一样死掉。契诃夫一辈子同自己的市侩意识做斗争。他说：我要把市侩意识和奴性从血管里一滴一滴挤出去。我们看到，同市侩意识作斗争，暴露小市民生活的庸俗和丑恶，揭露小市民意识怎样毁灭人，成为契诃夫创作的一大特点。契诃夫从 19 世纪 80 年代初开始写作，共创作短篇小说 470 多篇和戏剧作品《伊万诺夫》《三姐妹》《海鸥》《万尼亚舅舅》《樱桃园》。契诃夫的作品按题材和主题划分有以下几类（这是为了讲解方便，做这样的划分）。

一、暴露和批判小市民生活和市侩习气。契诃夫在早期创作中就已对小市民阶层的生活方式、观念和心理用幽默的笔法做讽刺性描写，当时主要通过描写琐事来表现小市民生活的空虚无聊，如《疏忽》。主人公彼得·彼得罗维奇·斯特里仁是个规矩人，从不喝酒。有一次，朋友的妻子平安生产，为孩子洗礼，举行家庭宴会，斯特里仁在欢乐的气氛中喝了几杯。深夜回到家中，他总觉得有点不满足，最后决定再喝一小杯，煞煞口。他记得食品柜子上面一格，右手边有一瓶伏特加，这是他大姨习惯放在那里的。他不敢惊动大姨，自己悄悄起来，摸到了瓶子，倒了一小杯，满意地一饮而尽。一杯下肚，他忽然觉得浑身一热，有一股力量在身体内部膨胀起来，仿佛整个身体马上就要炸开一样，喉咙里冒出一股煤油味，房间里也弥漫着一股煤油味，他知道自己喝错了东西，吞进了一杯煤油。他觉得全身像火烧一样冒烟，他意识到大难临头，自己可能马上就要死了，额头上冒出一层冷汗。他走进大姨的房间，叫醒她，告诉她自己的不幸。大姨一听他喝了伏特加，就怒气冲冲地骂开了，怪他不该喝她的酒，还怪他半夜三更闯进她的房间，实在是无礼，把他赶了出去。斯特里仁没有办法，赶紧出去找医生，可是夜深了，敲不开医生的门。折腾了半夜，只敲开了一名药剂师的门。药剂师睡眼蒙眬地打开药书，来查怎样治喝了煤油的病，查了半天也查不到。钟敲响了4下，药剂师怒气冲冲地说："你不去找医生，却来麻烦我。我就不如医生吗？活该让别人半夜来打搅吗？我的神经受得了吗？难道我的神经是一根绳子吗？"斯特里仁只好退了出来，他觉得自己必死无疑了，回到家里，写下一张条子，"我的死与他人无关"，然后盖好被子，蒙起头来等死。第二天早晨，他醒过来，他的大姨进来，他坐起来，笑眯眯地说："看来上帝是不会让一个正派人随随便便死的。你看，我是个规矩人，喝了煤油都活下来了，现在除了嗓子发干，我觉得自己很好。"大姨一听并不高兴，反而埋怨开了："哎呀，那就说明煤油质量太糟糕了，那些该死的商人又骗了我，要了上等煤油的钱，却把次品给了我，那些商人真是该死啊！"

小市民总是以正派人自居，认为自己一切循规蹈矩，无可指责。他们对自己十分满意，认为上帝对他们也十分满意。斯特里仁喝煤油不死，自以为是正派人的缘故。这种可笑的精神状态是多么庸俗。所有的人对斯特里仁的不幸都麻木不仁，大姨埋怨他，因为他偷喝伏特加，医生半夜不开门，药剂师被人打搅而不高兴，认为是看不起他。别人的不幸震动不了他们的心。结尾是精彩的。小说中所有人物的精神世界都是庸俗低下的。读这部作品有什么感觉呢？斯特里仁的死水般的生活偶然起了一点小风波，第二天早晨，一切都过去了，斯特里仁的生活又回到原来的样子，又像是一潭死水了。

契诃夫在90年代的创作对小市民生活题材采取了不同的处理方法。

中篇小说《语文教师》《姚尼奇》《我的生活》描写的已经不是小市民生活的趣闻，而是小市民的庸俗生活如何使人堕落变质。在《姚尼奇》里，契诃夫生动地描写一个对生活敏感的真诚的青年医生受到庸俗生活的腐蚀而变成一个贪婪、冷酷的市侩。在《醋栗》里，契诃夫揭露小市民的猪一般的所谓幸福生活。这部小说的主人公伊凡·伊凡尼奇的毕生的愿望就是购置一份田产，吃自己院子里的树上长的醋栗，他的愿望终于实现了。故事叙述者在看望自己的弟弟时说道："我走进去看我的弟弟。他在床上坐着。腿上盖了一条被子，他老了，肥了，皮肉发松，他的脸颊、鼻子、嘴全部突出来，乍一看来，他好像马上就要跟猪那样咕咕叫着钻进被子里去似的。"

二、讽刺奴才心理，从而揭露官僚统治的社会对人的精神世界的毒害。沙皇俄国是一个官僚统治、等级森严的社会。人是按官职和地位而分类的，大人物的高贵和小人物的卑贱，区分得十分鲜明。契诃夫不但揭露大人物的骄横暴戾，也讽刺小人物的奴颜婢膝；不但描绘小人物在大人物面前奉承拍马摇尾乞怜的奴才相，也写出了小人物在对待更小的人物时马上摇身一变，从被压迫者摇身一变成压迫别人的穷凶极恶的势利的样子。整个官僚制度，各级代表人物从上到下，个个骨子里都饱含着压迫别人的病毒。《胜利者的胜利》《胖子和瘦子》都属于这一类作品。契诃夫并非不同情小人物，他同情他们，但又毫不掩饰地写出他们的奴才心理。《小公务员之死》中的小公务员切尔维亚科夫在看戏时不小心打了个喷嚏，把鼻涕星子溅到前排一个秃脑袋上，当他发现秃脑袋是一位将军时，吓得不知如何才好。他一再登门道歉，最后在恐惧中死了。切尔维亚科夫的结局固然值得同情，但那种卑下的奴才心理不是也十分可悲和可怜吗？在这个形象中，哪里还有一点普通人的自尊心？但这种自卑的心理，又是由整个官僚世界的人与人的关系培育起来的，因为大人物的确是冒犯不得的。这种由习惯养成的心理，使切尔维亚科夫的神经过敏到不正常的地步，小说中的将军越显得不在乎，切尔维亚科夫越觉得提心吊胆，没完没了地要去道歉。如果契诃夫把将军写得很凶，这篇作品的感染力就完了。这个并不厉害的将军改变不了官僚世界中人与人的关系的实质。作品的打击方向依然是指向那个大人物的世界。读完《小公务员之死》，难道就能一笑了之？你不由得合起书来想一想，人怎么会变得这样自卑呢？这个官僚的世界，从精神上、心理上把人变得畸形，戕害了一个人的灵魂。这种深入人的精神世界、心理状态的写法，真是入木三分。切尔维亚科夫属于俄罗斯文学中被欺凌与被侮辱的人物形象系列中的一员。契诃夫对另一类人物的奴才心理的态度就不同了，例如对《变色龙》中的警官奥楚蔑洛夫的描写。奥楚蔑洛夫从刚愎自用的警官到阿谀奉承的奴才的迅速转换，被契诃夫用速写式的素描手法惟妙惟肖地活画出来了。小说是讽刺奴性和奴才心理的，几乎所有的出场人物都有这种心理，而以警官表现得最为突出。小说的矛盾是这样展开的，警官本来应该解决小狗（或者说狗主人）与赫留金的冲突，但结果矛盾的中心转移到警官的心理状态上。与其说他在处理狗与赫留金的关系，不如说在处理他与狗的关系。他随着对狗的身份的猜测的变化而改变对狗的态度，从而改变对赫留金的态度。他处于小说的中心，他五次变色，他的语气硬软不断变化。他为了表现自己的果断，别人一句话没说完，他立即打断，变态度。他一再自我表演，自我否定，结果几次下不来台，帮他下台的是那件大衣，天气其实没有变，在奥楚蔑洛夫的心理感觉上，却是忽冷忽热。他越到后来越没有把握，说话断断续续，省略号越来越多。作品里的另一个主要人物赫留金是个小市民，本想借狗咬手指来敲诈几个钱。他把狗咬手指一下子提到法律的高度，还抬出自己兄弟是宪兵。最后，他不提法律，不提兄弟，也不抗议了，忍辱而退，奴性鲜明。作品里的群众都是浑浑噩噩的小市民，出一点小事就围观起哄，他们每次都偏向强者，偏向有权势的人。他们附和警官，毫无是非观念，最后对赫留金哈哈大笑。他们对奥楚蔑洛夫的变化不感到奇怪，奥楚蔑洛夫也只能在这些人中间才能要威风。作品里的警察判断准确，他沉着多虑，是一个很好的配角。作品里的厨师最后出场，这是安排得很恰当的。要让奥楚蔑洛夫表演够了，然后由厨师明确狗主人的身份，把情节推向高潮，让奥楚蔑洛夫做最后的表演。这部作品的喜剧色彩加强了讽刺意味。契诃夫对奥楚蔑洛夫的态度完全是否定的，没有一点同情，因为他维护的是大人物的世界。他身上没有受欺凌、受侮辱的痕迹，所以他不属于切尔维亚科夫一类小人物。有的评论文章把奥楚蔑洛夫也列入俄罗斯文学中被欺凌与被侮辱的小人物的形象系列，这是没有根据的。奥楚蔑洛夫是沙皇政权的鹰犬，奴才心理使他对上对下不断变化面孔，变成一个可笑的小丑。奥楚蔑洛夫没有受到在场任何一个人的谴责，甚至连一点点不满的暗示都没有，奴才心理渗透到在场所有人的灵魂中，这是多么可悲。奥楚蔑洛夫和赫留金的姓氏都含有贬义，这也可以看出契诃夫的态度。奥楚蔑洛夫这个姓的含义是“疯癫的”，赫留金这个姓氏的含义是“猪叫的声音”。

《变色龙》的姐妹篇是《普里希皮耶夫中士》。普里希皮耶夫这个形象把奥楚蔑洛夫性格中凶恶的一面赤裸裸地表现出来了。这篇作品选取另一个角度来暴露沙皇政权的暴虐统治。小说塑造了一个沙皇鹰犬的典型形象。中士普里希皮耶夫早已退伍，他本来无权乱管别人的闲事，但是一向干镇压老百姓的勾当的普里希皮耶夫习惯成性，控制不住自己。这个退休警察到处维持秩序，他认为不能让老百姓随随便便聚集，三个人聚在一起聊天，就引起他的怀疑，走上去干涉，把人家驱散。他并不认为自己是无理取闹。他过去参与镇压群众的一套做法，在他的脑子里扎下根来。他脑子里尽是些聚众闹事、图谋不轨之类的概念，他总是用这种眼光去看别人的一举一动。他的作为弄得同村的居民受不了了，他们集体去告他。他被法庭判处一个月禁闭。他被押出来的时候，看见同村老百姓聚在法庭外面等候判决结果，他竟然控制不了自己，张口就喊：散开，老百姓，不准成群结伙，回家去！

三、揭露沙皇政权的暴虐统治。契诃夫不像托尔斯泰那样直接提出政治抗议，他通过批判市侩意识的保守性来曲折地表达他的政治态度和他的抗议，如《套中人》和《第六病室》。《套中人》中的主人公是别里科夫。别里科夫这类典型所体现的是市侩意识的另一面，即因循守旧，顽固保守，维护旧秩序，害怕生活中哪怕是极微小的变革，敌视一切形式的新事物。这种意识当然是长期的专制统治的产物，它已经变成一种习惯势力，禁锢人们的思想和行动，使人人变得谨小慎微，逆来顺受，低眉顺眼，生怕触犯了某种禁忌，招来不测之祸。这种保守意识和习惯势力是很可怕的，它的力量和影响是无形的。它并不像反动统治者公开暴力镇压那样张牙舞爪，可是它的力量足以使所有人压低声音说话，踮起脚尖走路。契诃夫的名篇《套中人》就写出了这种保守意识的可怕。别里科夫是个教古希腊语的中学教师，无权无势，但是所有的人都怕他。人们怕的不是别里科夫，而是别里科夫所体现的保守意识、墨守成规的习惯势力。我们如果认识了契诃夫所处时代的市侩意识的反动作用之强大，就能正确理解别里科夫这个典型。别里科夫并非普里希皮耶夫中士，但他比普里希皮耶夫中士更可怕。它不代表沙皇政权直接迫害人民群众，但它体现的保守意识完全符合反动统治的需要。小说中有一个乌克兰籍的史地教员柯瓦连科，他给别里科夫起了个外号，叫蜘蛛。这实在是非常形象和贴切。别里科夫就像一只蜘蛛，用它编织的网束缚住所有人的思想和行动，而主要是束缚思想。他认为政府明文禁止的一切是清楚明白的，理所当然。政府批准、准许或默认的事，他总担心要出差错。政府既没有禁止或明确批准的事，比如说骑自行车，这在当时是新鲜事，特别是姑娘骑自行车，别里科夫认为是越轨。他说，政府并没有说可以骑自行车。所有脱离常规的事，虽与他无关，他也忧心忡忡地去干涉。他的口头禅是“千万别闹出什么乱子来啊”。这句经过提炼的具有高度概括性的个性化的口头禅，一下子揭示了别里科夫的性格的本质特点。所以，别里科夫的可怕不在于他有时要向上司告密，而是他体现的保守意识，生怕现存秩序出一点乱子的保守意识。契诃夫塑造的这个人物之所以能成为超越时代、超越国界的典型，就因为它体现了因循守旧的保守意识，别里科夫已经成为这种意识的代名词。如果我们仅仅把别里科夫作为一个具体的告密者的形象来解释，就会大大降低这个典型的意义。在分析这个形象时，必须抓住这个要点，抓住这个角度。有的评论文章说别里科夫是俄国知识分子的典型，这个说法是武断的。别里科夫不可能概括俄国知识分子的特点，契诃夫无意于塑造一个俄国知识分子的形象，而是从反市侩意识的角度塑造了一个体现保守意识的典型，这才是问题的实质。讲到这里，我想说别里科夫是一个体现保守意识的典型，但是它并不是思想的符号、思想的传声筒。契诃夫并没有图解思想，相反，这是一个有血有肉有个性的人物。契诃夫在俄国某县城一个中学的具体的生活环境中，用各种生活情景，用各种典型细节，包括各种各样物质的套子，写出了一个活生生的别里科夫。提起别里科夫，我们的眼前就出现一个把一切生活用品装在套子里，在最暖和最晴朗的天气也要穿上大衣戴上帽子，把领子竖起来，撑着雨伞，穿着套鞋，戴上黑眼镜，耳朵里塞着棉花的人。别里科夫的外表和生活习惯跟他的思想本质完全一致。他的所有言行都合情合理，都有生活依据和心理依据。细节运用是这篇作品艺术技巧方面的最大特点。所有的物件，套鞋、雨伞、大衣、线衫、黑眼镜、塞耳朵的棉花、马车上的车棚、睡衣睡帽、床、帐子、被子、门窗等，都为塑造这样一个思想保守的人的典型服务。遗憾的是，统编版高中语文教材把原著的一个细节删掉了，而这个细节本来是完成这个形象的最后一笔。教材里这篇课文的结尾如下："过了一个月，别里科夫死了，我们都去送葬。老实说：埋葬别里科夫那样的人，是一件大快人心的事……"其实，原作还有好几句重要的话："我们都去送葬。这时候他躺在棺材里，神情温和，愉快，甚至高兴，仿佛暗自庆幸终于装进了一个套子里，从此再也不必出来了似的。是啊，他的理想实现了，老天爷也仿佛在对他表示敬意，他出殡的时候，天色阴沉，下着雨，我们大家都穿着雨鞋，打着雨伞。"最后一句话，语义双关，真是绝妙。顺便说说，下一句里有一个词学生经常问，老师很难回答。"老实说埋葬别里科夫那样的人是一件很愉快的事。我们从墓园回去的时候，脸上露出忧郁谦虚的神情，谁也不肯露出快活的样子。"其中"谦虚"一词用在这里实在不好理解。其实这是翻译的问题，原文第一个意思是谦虚、谦逊，第二个意思是持重、端正。这里应该用第二个意思，可译成庄重。"我们从墓园回来的时候，脸上露出忧郁庄重的神情，谁也不肯露出快活的样子。"这篇小说被收进教材时，除了删掉中间一些插话，主要是删掉了故事叙述者中学教师布尔金和听故事的兽医，这两个人出外打猎误了时辰，在一家农舍的干草棚里过夜。晚上月色很好，两人睡不着，从谈论村长的老婆玛芙拉说起，带出别里科夫的故事。玛芙拉忙活了一辈子，没有出过家乡的村子，从没有见过城市或者铁路，近十年来一直守在炉子旁，只有到晚上才出来走一走。这个形象说明俄国生活的闭塞和停滞。这个引子和别里科夫的故事的气氛融为一体。布尔金讲别里科夫的故事时，说没有一个人起来和别里科夫所代表的习惯势力做斗争，包括他自己。兽医在听完了故事后说，不成，不能再照这样生活下去了。

这显然代表作者对别里科夫这类人和整个俄国现状的态度。有的评论者根据这一句话说，兽医伊万·伊万尼奇是作品的正面主人公，代表新的社会力量，与别里科夫做斗争。这当然是牵强附会的。契诃夫的作品中经常有这一类故事叙述者，他们也发一些议论。“不能再照这样生活下去了”，是契诃夫很多作品的基调，有时通过人物说出来，有时不说出来而被读者感觉到。这是契诃夫对现实的总的态度。但是契诃夫的人物，也仅仅能表达这点感慨和愿望。他的作品中，几乎没有一个起来与现实抗争的英雄，尤其是知识分子主人公。契诃夫深知俄国一般知识分子的软弱的一面，包括他自己在内，仅仅能表示对现实的不满，而不知道改造现实的途径，没有斗争的力量。契诃夫自己说，他塑造不出改造现实的英雄，他只能指出谁不是英雄，不是历史的主人，不能跟谁走。他甚至清醒地意识到自己也属于不是英雄的那类人。他说，我们也许是美丽的鸟，唱得挺好，然而我们不是鹰。理解了契诃夫的总的思想倾向，我们就知道，反抗沙皇专制制度的英雄，不要到契诃夫的作品中去找，而要到高尔基的作品中去找。

《套中人》的姐妹篇是《第六病室》（1892 年）。第六病室是专门治疗精神病人的病室。思想活跃的人被当作疯子关进第六病室，管理人用拳头镇压病人的反抗。医生拉金本来有一定的正义感和同情心，但时间长了，看到的不幸和痛苦太多了，也就麻木了。他还奉行一种哲学。他说，海涅和普希金这些伟人临死都经历很大的痛苦，那么一般人生病有点痛苦有什么大不了？他还说，痛苦嘛，你想着，它就有，你蔑视它，它就没有。这种蔑视痛苦，痛苦就会消失的哲学，是与现实妥协的哲学。拉金一生，抱着这种市侩式的处世态度，心安理得。有一次，他巡视第六病室，与一个疯子谈话，发现这个人神智健全，思想活跃，和他很谈得来。拉金医生从此经常到第六病室和他谈天，结果也被人看作疯子，关进第六病室。当他也尝到其他病人那样被虐待的痛苦后，他的那套蔑视痛苦，痛苦就会消失的妥协哲学就破产了。第六病室客观上象征着野蛮的沙皇专制统治的俄国，但是我们看到，契诃夫在作品中并未对专制统治提出直接抗议，他从批判市侩意识的妥协哲学的角度，创造了第六病室这个阴森可怕的象征形象。

我们上面讲到的几篇作品，说明契诃夫从批判市侩意识中的奴才心理、保守意识和妥协哲学来表现他对现实的不满与抗议。反市侩意识，这就是契诃夫观察、认识和反映现实的独特的角度。契诃夫的作品数量众多，题材和主题多种多样，有些作品不能从反市侩意识这个角度来概括，但是这个独特的角度是契诃夫的审美意识的主要特点，可以解释他的大部分作品，包括我们中学教材引进的几篇作品。

四、描写劳动人民的精神痛苦，以反映他们艰难的生活。短篇小说《苦恼》写一个在彼得堡赶马车的老头姚纳。他的儿子死了，他想给他的乘客讲讲他的不幸。一整天，他拉了各色各样的有钱人，他总想对他们一诉衷肠，但是没有一个乘客愿意耐心地听他的倾诉，表示一点同情。谁也不关心车夫姚纳的不幸，于是老头儿只能向自己的小母马倾诉痛苦，寻求安慰。契诃夫就用这样的故事，通过这个看起来微不足道的题材，抨击了人类关系已变得无限冷漠的世界。这篇小故事忧郁的语调深深地打动了读者的心弦。小说中的景色描写，增强了痛苦的、忧郁的气氛。低沉的、压在城市上空的乌云，一片片纷飞的白茫茫的寒雪，以及与平日一样冷漠的城市景象，所有这一切都突出和加深了小说的基本思想：整个世界对劳动者的痛苦是毫不关心的。我在台湾大学教授齐邦媛的《巨流河》中读到，契诃夫的名篇《苦恼》被选为台湾大学外语系外国文学课的必读作品。

和《苦恼》性质相同的是短篇小说《哀伤》。镟匠格利高里·彼得洛夫在加尔钦斯可依乡是早已出名的优秀工匠，同时又是出名的最没用的农民。他正在把他的老太婆送到地方医院去。雪花像雾似的漫天飞舞，路很难走，又弱又小的马勉强移动着脚步。在镟匠的头脑中，回忆画出了一幅幅过去生活的图画。他跟他的玛特廖娜一起过了40年，可是那些日子如同在雾里一样逝去了，尽是酗酒啦，打骂啦，穷困潦倒，根本没有觉得是在生活。他想告诉她，现在他怜惜她，他没有什么再比她更宝贵的了。他要把她送到医院去治好病，重新过一种像人一样的生活。为了感谢大夫，他要给大夫用密纹的白桦木做一个精美的烟盒。可是，玛特廖娜，你怎么不说话？镟匠回头一看，雪花掉在她脸上已经不融化了。镟匠哭了，生活还没有开始，她就死了。他拨转马头，打算回去安葬老伴。天黑下来了，雪越下越大，马冻僵了，镟匠失去了知觉。醒来时，他发现自己在医院，手脚都没有了。镟匠痛苦地对医生说："我伤心，你老人家，我真的伤心，要是我再活五六年才好。这是为什么？那匹马是人家的，我得还给人家。我得给我的老太婆下葬。在这世界上，事情了结怎么这样快，你老人家？我要给你镟最好的有密纹的白桦木的烟盒。"劳动者在贫穷、愚昧造成的浑浑噩噩、无意义的生活中白白浪费了一生。当镟匠意识到这一点时，这宝贵的一生已经过去了，而意识到这一点，是莫大的痛苦。在镟匠生活的最后，物质生活的痛苦已经变为精神的痛苦，而这种精神的痛苦当然是反映了一生物质生活的痛苦。

五、反映知识分子问题。80年代末，契诃夫创作了短篇小说《亮光》《命名日宴会》、剧本《伊万诺夫》和中篇小说《没意思的故事》等，深刻地提出了知识分子的思想危机和道德危机的问题。《没意思的故事》的主人公尼古拉·斯捷邦罗维奇是一位有世界声誉的学者，写过许多学术著作，是俄国所有的大学和外国好几所大学的荣誉教授。然而，生命快结束的时候，他对这种看起来一帆风顺的生活感到深深的不满。

他说："只是回头一看。我就看见我的一生像是一篇由天才写出来的好文章，现在剩下要做的，只有别糟蹋这一生的结局了，可是我在糟蹋我的结局。"他开始看到从前没有看到的东西，周围人的庸俗、渺小、愚蠢，妻子和女儿的庸俗习气，同事们的目光短浅。不过，教授感到痛苦的主要原因是他在生命的尽头突然发现自己缺乏明确的世界观，用他自己的话来说，缺乏中心思想，缺乏那种赋予生活意义和成为他的指导原则的东西。正因为这样，科学在他手里没有成为伟大的改造力量，没有跟生活联系起来。当由他抚养成人的朋友的女儿卡佳问他应该如何生活的时候，他痛苦地回答，不知道。一个老学者在临死前得出结论，他不知道一生为了什么。这是一个惊心动魄的故事，但一向不喜欢用响亮字眼的契诃夫给作品定了个标题《没意思的故事》。他通过这个故事尖锐而深刻地提出了知识分子在沙皇俄国社会里的命运的问题，这样的社会不可能以崇高的目标和理想来鼓舞知识分子。在这个社会里，甚至正直的知识分子要是得不到伟大的社会理想的鼓舞，他们也就注定要蜕化、堕落，精神上空虚，也就是精神上死亡。这类作品也反映了契诃夫本人的苦闷和对自己的严格的要求。

六、对资本主义的批判。契诃夫在小说《在峡谷里》揭露了资本主义在农村中给农民带来的巨大灾害，这篇小说还真实地描写了革命前俄国农民的赤贫和他们那种毫无指望的生活。同类作品还有《农民》。契诃夫还通过人的精神状态来揭示资本主义社会关系的罪恶本质。如《出诊》《三年》等。《出诊》写一个资本家的女儿得了精神忧郁症，她失眠，睡不着觉，人一天天弱下来。许多名医都束手无策。后来请来了医生科罗廖夫。他看出了这个姑娘生理上没有什么病，她精神上痛苦，因为她生活在奴役人的环境里。她生活得舒适，可是她自己觉得没有权利享受这种生活。科罗廖夫同她谈心，说："您处在工厂主人和富足的继承人的地位，却并不满足。您不相信您有这种权利，于是现在您睡不着觉。这比起您满足，睡得好，睡得酣畅，觉得样样事情都顺心，当然好得多。您这种失眠是引人起敬的。”可是，科罗廖夫同契诃夫一样，也并不能开出治病的药方，他只是模糊地说，将来（50 年后），生活会是另一种模样。向往另一种美好的生活，是契诃夫后期作品中经常出现的乐观的调子，但不知道新生活将是什么样子。他的主人公喊出“你好，新生活”的口号，但是他不知道新生活将来是什么样子。契诃夫辞世于 1904 年，正是 1905 年革命的前夜，社会革命的气氛反映到他的作品里来，可惜他没有亲眼看见俄国翻天覆地的变化。

除中短篇小说外，契诃夫还创作了戏剧作品《伊万诺夫》（1887 年）、《海鸥》（1896 年）、《万尼亚舅舅》（1897 年）、《三姐妹》（1900 年）和《樱桃园》（1903 年）。他的戏剧作品的题材和主题同小说基本相似。《伊万诺夫》写一个 80 年代的知识分子所受的悲剧性的挫折，他的生活规划在社会的重重障碍面前全部落空，他也软弱地屈服了，从一个积极向上的人变成病态的心灰意懒的失败者。契诃夫在伊万诺夫身上体现了当时知识分子苦闷绝望的精神状态。《海鸥》回答了什么是艺术才能的本质的问题，写了一批艺术知识分子由于缺乏中心思想，才能无法充分发挥而苦闷。《万尼亚舅舅》写一个年轻姑娘索尼雅和他的舅舅万尼亚为供养一个无聊的假学者、一位无足轻重的教授浪费了自己的一生；也写了外省医生阿斯塔罗夫的苦闷，他在那个社会里无法发挥自己的才能，无法实现自己保护森林资源的理想。《三姐妹》写外省庸俗的小市民生活如何把美丽温柔的三姐妹排挤出生活。《樱桃园》在契诃夫的戏剧作品中表现的主题很特别。他写了没落的贵族之家。贵族朗涅芙斯卡雅家道中落，只好把全省最美丽的、曾经是贵族生活象征的樱桃园出售，樱桃树被全部砍掉。全剧充满向旧生活告别的情调和迎接新生活的欢欣。契诃夫在俄国戏剧发展历程中做了重大的革新，他不追求表面上的戏剧冲突，把日常生活搬上舞台，在日常生活的朴素中展开生活潜在的冲突。有的研究者说，契诃夫的戏剧有双重结构，即直接现实的表层结构和诗意潜流的深层结构。丰富的潜台词使契诃夫把对现实生活的反映提高到诗意象征的境界。没有一定文化修养的观众是看不懂契诃夫的戏剧的。

下面总结契诃夫短篇小说的艺术特色。

在世界短篇小说大师之中，契诃夫的风格和艺术手法独树一帜。

其一，契诃夫是一位以描写普通人的日常生活为特色的作家。他在俄罗斯批判现实主义文学中开辟了一条新的途径，独创地完成了从美学观点深入日常事务中去的任务。契诃夫从 19 世纪俄国小市民生活的腐臭的泥沼中取出一滴滴泥水，放在他的魔术家的放大镜下，通过这面神奇的镜子，与契诃夫同时代的读者惊奇地看到了他们生活在其中却从来没有发现过的丑恶的东西。后代的读者则由此深刻地认识了当时的俄国社会。在契诃夫的笔下，丑的生活变成美的艺术。一位捷克批评家写道："我们终于看到了一位不惧怕平常事物的诗人、一位魔术家，他能把日常生活的矿石变成宝贵的金子。"

其二，契诃夫在创作时保持一种冷静的客观态度。他认为，在短小的短篇小说里最好不要说透，只要叙述就行。他不大在作品里出头露面，对作品表现的东西说出自己的判断。他充分信任读者的判断力和想象力。他当然是一位有倾向的作家，有自己的爱憎，但他认为不必把自己的倾向特别说出，而应该通过情节、结构、性格刻画、场面处理、细节安排等一系列艺术手段，把读者的思想纳入预定的轨道，得出作者希望得出的结论。契诃夫不喜欢随便暴露自己的主观态度，他在同情主人公的时候，决不把自己的眼泪和主人公的眼泪掺在一起。他表示憎恶的时候，决不自己出面痛骂一顿。他认为作者越冷静越好，他说，作者可以为自己的小说哭泣、呻吟，可以跟自己的主人公一起痛苦，可是他认为这应该做得让读者看不出来才对。态度越是客观，所产生的印象越有力。作者不暴露、不说透自己的主观评价和态度，而让读者自己去得出结论。契诃夫努力做到作品写得既含蓄而又不含糊。

1886 年，契诃夫发表了短篇杰作《万卡》。鞋店学徒万卡趁主人夫妇到教堂去参加晨祷的时候，偷偷写信给他唯一的亲人祖父，哭诉自己的悲惨的学徒生活，求祖父把他领回去。他写完后，就把信投到邮筒里，信封上写着“寄交乡下祖父收”。小说的结尾是：过一个钟头，因为有了美好的希望而定下心来，他睡着了。在梦中，他看见一个炉灶，炉台上坐着他的祖父，耷拉着一双光脚，对厨娘读他的信。万卡快乐地做着他的梦。他把乡下的生活，一个农奴的孙子的生活已经看成天堂。可是，即使是这种生活，也只是一个美丽的梦了。

他的梦也永远只能是梦了。乡下的祖父永远收不到他的孙子的信，即使收到了，又能怎么样？乡下的祖父挽救不了成千成万个万卡的命运。万卡把一封地址不明的信投进邮筒的行为，引起了读者的深深的忧虑和思索。生活对于这个小小的人物是多么冷酷和无情。契诃夫通过万卡的信，描绘出万卡的凄惨的生活背景，而那封不会有着落的信则暗示了在这种生活中万卡是毫无出路的。契诃夫把那封祖父收不到的信寄给了千万名读者。万卡把信投进邮筒的行为，似乎是他向整个生活发出的吁求。我们在这里看到契诃夫跳出了个别人物的生活的圈子，而面向整个社会，在这个广阔的现实背景下，人物的命运的悲剧意义就显得异常深刻。万卡的结尾可说是写得异常含蓄。

其三，契诃夫的作品往往不追求，也不注重描写事件的外在冲突。他的小说没有那些精心布置的离奇曲折的故事。契诃夫也很少利用生活中一些稀有的转变性关头去表现主人公的性格，从不追求以各种冲突达到的高潮去吸引读者的手段。当然，契诃夫也并不完全回避表现生活中动人心弦甚至是充满悲剧意味的事件，但对于契诃夫来说，生活现象的实质主要不在于个别事件的戏剧性冲突的本身，而在于使这些冲突成为不可避免的条件和境遇。正是这些条件、境遇，以及与之息息相关的人物的心理状态，成为契诃夫的注意力的焦点。著名的短篇小《困》（或译《渴睡》）就是典型的例子。作品描写一个 13 岁的小保姆掐死了她看管的婴孩。事件本身触目惊心，但它在小说的结构中并不占主要地位，契诃夫着力渲染的是小保姆的可怕的生活条件。还未成年的小女仆在皮鞋店里干着力不胜任的家务杂活，一天下来，累得要死了。瞌睡爬上了眼皮，脑袋迷迷糊糊的，困极了。小保姆提心吊胆地摇着婴孩，拼命想把往下合的眼皮撑起来，她多么想睡一会儿啊。小说的通篇描写就充满了这种紧张不安的气氛。小保姆的痛苦的日日夜夜，她那像绷紧的弦似的心理状态，最后使她做出了无意识的犯罪行为。我们在小说中看到两种情景不断地交织在一起，一方面是幻景和半睡半醒的状态，另一方面是现实生活。小说通过幻景与现实不断地复杂而微妙的融合、纠结和交替，细致地描写出小保姆的恍惚的精神状态。

> 灯火闪烁。那块绿斑和阴影动起来，扑进瓦里卡的发呆的半睁半闭的眼睛里，在她半睡半醒的脑子里化成朦胧的幻影。她看见乌云在天空互相追逐，跟孩子一样的啼哭，可是后来起风了，云散了。瓦里卡看见一条宽阔的大路，满是稀泥，沿着大路，一串串的货车伸展出去，背上背着行囊的人们在路上慢慢走着。阴影摇摇闪闪，大路两旁隔着阴森森的冷雾，可以看见树林。忽然，那些背着行囊的人倒在烂泥地上。这是怎么回

事？瓦里卡问，睡觉！睡觉！他们回答她，他们睡熟了，睡得好香。乌鸦和喜鹊坐在电线上，像娃娃一样啼哭，极力要叫醒他们。睡觉吧，好好睡，我来给你唱个歌。瓦里卡哼哼道。

这幅幻景和现实混淆的图景，逼真地画出了瓦里卡困乏至极的情景。故事结尾的悲剧事件，就是在半睡半醒的糊里糊涂的状态中迫近的。在半睡半醒中，瓦里卡就是弄不明白到底是什么力量困住她的手脚，压在她身上，不容她活下去。她往四下里看，找那个力量，好躲开它，可是她找不着，临了，累得要死，她用尽力气睁大眼睛，抬头看那闪闪摇摇的绿斑，听着啼哭声，这才找到了不容她活下去的敌人，原来那敌人就是娃娃。现在小主人公的心理状态，已为故事结局做好了充分的准备，契诃夫只用几笔来写结尾的悲剧事件。瓦里卡笑着，挤了挤眼睛，向那块绿斑摇一摇手指头，悄悄走近摇篮，弯下腰去凑近那个娃娃。她掐死他以后，就赶快往地板上一躺，高兴地笑起来，因为她能睡了，不出一分钟，她已经酣睡得跟死人一样。可见契诃夫的技巧在于集中力量描写人物的心理状态及造成这种心理状态的现实条件，而不是在事件本身上大做文章，因为瓦里卡掐死婴孩的悲剧的实质主要不在于事件本身，而是在瓦里卡无意识犯罪的社会和生活环境。因此，引起读者强烈同情的倒不是无故遭害的小生命，而是小保姆瓦里卡的命运。

其四，契诃夫的一些作品，由于概括生活的深度，值得注意的倒不是描写的事件本身，而是故事包含的某种哲理。《跳来跳去的女人》的女主人公奥丽迦喜欢结交名流，一生都在寻找了不起的有名声的人。她把一伙颓废、无聊、低能的艺术家视为天才，而对自己的丈夫，一个默默无闻的医学科学工作者戴莫夫不感兴趣。直到戴莫夫在一次行医时感染上白喉，不治去世时，奥丽迦突然醒悟到，她追求的了不起的人原来就在她身边，她错过了他。这是对生活哲理的高度概括。不要把庸俗当作美，把渺小当作伟大，把闪光的都当成金子，而错过了在平凡的普通的劳动中体现出来的真正的高尚、伟大和美。《宝贝儿》中的女主人公奥尔迦第一次嫁给一个剧场经理，她的整个身心都扑到丈夫的事业上，她满口的词汇全都是关于剧场的。第二次嫁给一个木材商人，她满口说的全是木材生意的行话。木材商人死后，她和一名军队兽医同居，就满口说的是关于牲口的病的话。军医调走后，她思想空虚了，沉默了，张口不知道自己应该说什么才好。军医后来全家搬来了，她把军医的儿子接来一起住，奥尔迦的生命又活跃起来了。孩子在中学念书，她也满口是学校功课如何如何的话。生活中有这样的人，他们没有自己独立的思想，他们只会跟着别人说话，他们离开了别人的思想，脑袋就空空如也。动植物中都有一些寄生的东西，他们依附别的动植物，寄生在别的动植物身上，离开了就不能生存。没有独立生活见解和思想的人也是这样，离开了别人的思想，他的一切就枯竭了。有意思的是，托尔斯泰当着契诃夫的面赞扬《宝贝儿》，他说，这才是俄罗斯女人最可宝贵的品质，她总是把丈夫的意志当作自己的意志。契诃夫很窘，低下头擦眼镜，脸红了，结结巴巴地说，里边有几个字排错了。从这里可以看出，作品一旦达到哲理性的高度时，有可能出现理解不同的情形。在契诃夫生活的严酷的时代，契诃夫的作品启示人们对沙皇俄国的现实要有独立的看法，要冲破反动的思想统治。这是当时各种新思想冲击俄国社会在契诃夫思想上的反映。如果对生活没有深刻的认识，是概括不出这些道理的。契诃夫的不少作品中，都蕴含着不少这类生活的哲理。

其五，契诃夫的作品高度简练。他说，简练是才能的姐妹。怎样做到简练？第一，善于抓住事物或人物的最本质的东西。契诃夫的记事本上有这样几则。(1) 一位教授的看法，重要的不是莎士比亚的戏，而是人家为那些戏所下的注解。这位教授把生动的艺术变成僵死的教条，不研究作品本身，却在注解里讨生活。这是本末倒置，不值一文的假学术，渺小的无聊的学究。《万尼亚舅舅》中的谢里勃利亚科夫教授就是这类人物。(2) 每逢他在报纸上看到大人物逝世的消息，他就戴孝。这是十足的奴才相，是俄国官僚社会培养的奴才心理。(3) 一个卖苹果酒的商人在酒瓶上贴了商标，是一顶皇冠，这使得某某生气而且烦恼，有一个想法老是折磨他，小小的一个商人，居然在利用皇冠。某某向当局申诉，搅扰每一个人，寻求纠正的途径，他由于生气和烦恼而死了。这完全是一个普里希皮耶夫，是天生的告密者，是维护沙皇制度的一条忠心的狗。他到处防备有人有不轨的言行，敏感到了捕风捉影的地步，他认真地干着自己的卑鄙勾当，甚至心烦到死。(4) 一个男子跟一个女演员结了婚。有一回，他妻子上台演戏，他坐在包厢里，满脸放光，还时不时站起来向观众鞠躬。那份渺小而过分的虚荣心，那种沾沾自喜，那种唯恐别人不知道台上演戏的是他老婆，唯恐别人不知道他手里有样好东西的虚荣感，真是刻画得淋漓尽致。契诃夫就是这样通过细心的观察，练就了寥寥几笔就搭起人物性格架子的本领。

第二，利用有典型意义的细节。如奥楚蔑洛夫的大衣，《哀伤》中的有密纹的白桦木的烟盒，《农民》中的上将排骨和燕尾服，《套中人》中的别里科夫的一切用具，雨伞、雨鞋、黑眼镜、塞耳朵的棉花、小刀的套子、房间、床、镜子、最后躺进去的那口棺材，等等。

契诃夫的作品对于读者来说，是艺术欣赏的不竭的源泉，是鉴别艺术欣赏力的试金石；对于有志于创作的人来说，则是学习技巧的学校。

书　目

普希金：

《普希金诗选》《普希金小说集》《叶甫盖尼·奥涅金》《上尉的女儿》

莱蒙托夫：

《莱蒙托夫诗选》《当代英雄》

果戈理：

《果戈理小说戏剧集》《死魂灵》

屠格涅夫：

《猎人笔记》《罗亭》《贵族之家》《前夜》《父与子》《散文诗》

别林斯基：

《别林斯基选集》

车尔尼雪夫斯基：

《艺术对现实的审美关系》《怎么办?》

陀思妥耶夫斯基：

《穷人》《陀思妥耶夫斯基中短篇小说集》《被欺凌与被侮辱的》《罪与罚》《群魔》《卡拉玛佐夫兄弟》

托尔斯泰：

《托尔斯泰短篇小说集》《塞瓦斯托波尔的故事》《战争与和平》《安娜·卡列尼娜》《复活》

契诃夫：

《契诃夫小说选（上、下）》《契诃夫戏剧集》

后　记

1949 年中华人民共和国成立后，高校中文系的基础课“外国文学史”中，19 世纪俄国文学占了三分之一的分量，这个突出的地位不尽合理，但在客观上为系统介绍这一时期俄国文学为世界文学做出的杰出贡献提供了机会。19 世纪俄国文学传入我国已有 120 多年历史，影响深远。本书定稿时适逢北京师范大学《俄罗斯文艺》杂志设立的“中国俄罗斯文学研究口述史”课题组专程来苏州我处采访，长达 6 小时的访谈充分肯定了高校课堂在传播俄国文学优秀成果中的作用，这也坚定了我将这份讲稿付梓面世的信心。

本书的出版得到苏州大学文学院的资助。作者在此对文学院领导，特别是曹炜院长给予的大力支持表示感谢。出版过程中的所有具体事务，包括打印文档和校对，均由邢光晟一手包揽。没有他的悉心帮助，老迈的我几乎办不成什么事。谢谢光晟！

我把这份讲稿看作为文学院保存的教学档案。我以为高校各专业建立和积累教学档案是项有意义的工作，值得提倡。

陆人豪

2024 年 10 月 28 日，于苏州金鸡湖畔